旺宅好媳婦 3

文創風 403

花月薰 著

目錄

第三十九章

今日薛繡回門，薛宸和魏芷靜去了西府，韓鈺也早早在西府裡等著薛繡，姊妹幾個湊進水閣中圍著薛繡說笑。片刻後，韓鈺和魏芷靜到水邊看魚，薛宸留下和薛繡說話。

「元公子對妳好嗎？」薛宸問道。

薛繡揚眉一笑。「還成吧，沒打沒罵的。」

薛宸被她說得笑起來。「瞧妳說的，有誰打罵妳不成？」看薛繡笑得有些勉強，靠過去問道：「他那兩個通房怎麼樣了？」

薛繡看著手裡的魚食，好久之後，才將之拋入一旁的魚塘，嘆了口氣。

「能怎麼樣？都抬了姨娘。全是伺候過他的，這點情分還是要給。」

見薛宸有些擔憂，反過來安慰她道：「好了，妳別這樣看著我，好像我很可憐似的。我跟妳說，這女人啊，成了親之後，總要面對這些問題的。燕齋對我還可以，最起碼一個正妻該得到的尊重他都給我了。前三個月他會歇在我房裡，不去她們那兒。」

「那過了三個月呢，他就會去她們房裡？妳就不管了？」薛宸不忍見薛繡這樣故作堅強的神情，追問道。

薛繡又是一陣沈默。「這種事，妳將來便知道，並不是女人管得厲害，男人就管得住自己。不過……」拉長了聲音，將目光投在水面上，語氣變冷，似低吟般說道：「他要寵別人，也只能寵我給他安排的。旁的人，還是要管一管。」

薛繡婚後似乎變得陰沈了，薛宸卻能感同身受。

上一世，她只知薛繡與元卿琴瑟和諧，家族興盛繁榮，卻不清楚他們真實的相處情況。元卿出身好、才學高，這樣的男人往往心高氣傲，對女人未必會出自真心尊重，所以，他才順從接受元夫人挑的妻子。

對元卿而言，妻子只是個名義上與他白頭偕老的女人，這個女人要大方得體、受長輩喜愛、會操持家務，長得不用特別美，順眼即可。從他對元夫人的順從這點來看，他其實根本沒打算跟妻子好好過日子，因為消極，所以冷淡。

這一點，婁慶雲和元卿完全不同。婁慶雲給薛宸的感覺，就是真想找個心靈契合的女人過一輩子，有共同話題、有共同思想，為了追求這份感情，他願意付出很多。

一開始，薛宸並沒有給他回應，因為不確定這世需不需要有人陪伴，可是，他每一次都用盡心思、每一次都能站在她的位置去想事情。她不開心了，他想方設法逗她笑，例如那不知為何落入她後院的風箏、例如那隻為了討她歡心而特意放進來的兔子、例如無數個日夜，他用信鴿給她傳情。之前在懸崖上，生死攸關，他還用自己的身體為她擋住碎石撞擊，以至於遍體鱗傷。

薛宸對婁慶雲的信任，完全源自婁慶雲對她的付出，他全身上下散發著不會辜負她的氣息，熱情得讓她再也築不起心防。

薛繡的心情並不是很好，但行事頗有了些大家夫人的風範，說話比從前圓滑許多，甚至在薛家其他人面前，表現出了新婚該有的羞澀和喜氣。只有在面對薛宸時，才稍微放開一些。

薛宸看著薛繡八面玲瓏的樣子，實在不知道如何安慰她。

雖說她活了兩世，可她根本沒對宋安堂上過心，要納妾就讓他納，要通房就給他，不會像薛繡這樣傷心，因此無法給她任何建議。更何況，夫妻之事唯有他們自己能解決，旁人說再多，也是徒勞。

薛宸與魏芷靜從西府回來後，門房即從石階上迎下來。

「大小姐，世子來看您了。」

薛宸沒反應過來，提著裙襬上石階，走了兩步後才頓下腳步，轉頭看他，問道：「什麼世子？」

門房笑得有些傻氣。「就是婁世子啊，他帶了一個侍衛，親自拎了兩罈好酒來。老爺正在主院接待他呢，說是等您回來一起吃飯。」

「……」薛宸越聽越覺得難以置信，婁慶雲親自上門？這……他不是喜歡翻窗戶的嗎，今兒改路線了？

魏芷靜一臉曖昧地看著她，讓薛宸忍不住在她臉上捏了捏，這才走進了府。路上遇到來接她的衾鳳和枕鴛，兩個丫頭似乎也有些著急了。

衾鳳說道：「小姐，婁世子來了，老爺讓您回來就去主院呢。」

薛宸點點頭。「我知道了，回房換件衣裳便去。」

枕鴛贊成。「對對對，咱們快回房，我給小姐重新梳個好看的頭。衾鳳將小姐新做的衣裳取出來，定要挑件最好看的才行。」

說完這些，不等薛宸回答，衾鳳和枕鴛便雙雙把薛宸給架回青雀居。

魏芷靜在後面看得捧腹大笑，這才轉道回了自己的院子。

薛宸看著兩個丫鬟忙前忙後，費了好大的勁兒才阻止她們想把她打扮成嫦娥的意圖。在她們恨鐵不成鋼的目光中，她挑了一件淺藍色祥雲紋團花底子的交領襦裙穿上，梳個簡單的髮髻，用一根玉簪裝飾，雅致中透著貴氣。

換好衣服後，薛宸去了主院，果然看見院中燈火通明，猶如白晝般。還沒進去，就聽見院中歡聲笑語，婁慶雲獨特的低啞嗓音敲擊在薛宸心頭，不由緊張起來。走到門邊，遇見正招呼擺菜的蕭氏，蕭氏便笑著將她拉進去。

婁慶雲正與薛雲濤相談甚歡，燈火中的他脫去了正經的大理寺少卿官服，穿著一身寶藍色雲紋金邊素面直裰，簡單卻不失大方，讓他原就好看的臉上多了幾分儒雅的風采，掩蓋不經意流露出的武將氣質，變得文質彬彬。

他與薛雲濤暢談時文制藝竟絲毫不顯窘迫，對答如流，偶爾和薛雲濤看法相同，薛雲濤便一副相見恨晚的樣子，一口一個既明的喊著，別提多高興了。

婁慶雲抬起那雙深邃的黑眸，彷彿帶著光般，讓薛宸心頭一突，瞬間紅了臉，磨磨蹭蹭來到他面前，小聲地問了一句。「你怎麼來了？」

這句話在薛宸和婁慶雲聽來再正常不過了，可卻忘了這是在薛雲濤和蕭氏面前。

果然，薛宸話音剛落薛雲濤就出聲提醒。「沒規矩，要喊世子。」

薛宸有些委屈地看了看婁慶雲，只見他果斷地接過話頭，說道：「無妨無妨，辰光願意怎麼喊就怎麼喊。」

如今，薛雲濤對婁慶雲可是十二萬分地滿意了，這樣身分高貴、敬老尊賢，脾氣又好的女婿，到哪裡去找喲！

婁慶雲這麼說，倒讓薛宸更加難為情了，不知如何是好。

蕭氏走過來，將她按坐到婁慶雲身旁。「好了好了，別站著，怪累的。」

薛宸坐下，看了薛雲濤一眼，見他眼中滿是警示，將那兩個字放在舌尖撥弄了許久，才軟糯糯地喊了出來。「世子，今日怎會前來？」

那一聲「世子」可把婁慶雲的心給酥化了，要是在兩人獨處的時候，這樣軟軟的兩個字，足以讓他產生不該有的心思。

胡思亂想之際，身子差點有了反應，他強行讓自己冷靜下來，然後乾咳兩聲，對薛宸道：「哦，今兒皇上賞了幾罈貢酒蘭陵春，我想著伯父雖不好酒，但此乃酒中極品，最適合與伯父這樣的鴻儒對月而飲，便親自拿了兩罈過來孝敬。」

「……」

不知為何，薛宸聽著婁慶雲這樣一本正經地拍馬屁就覺得想擦汗。虧得婁慶雲出身好，要是寒門學子有如此功夫，估計能混出個平步青雲什麼的。

還鴻儒呢……但薛宸不能否認，婁慶雲的確一眼看出了她爹的喜好。薛雲濤考中進士，對自己的學問自視頗高，最喜歡為人師表、著作教學，和他交往，只要一個勁兒把身分放低，抬高他，他就能把心掏出來給人家。

果然，這番話後，薛雲濤立刻將婁慶雲引為知己，連說了兩句相見恨晚云云，還親自執壺替他斟酒，然後婁慶雲又是一番假意推辭，乘勢再說了好幾句奉承薛雲濤學識高明的話，捧得薛雲濤恨不得要當場跟他拜把子……幸好兩人還殘存了些理智，才沒真的做出來。

薛宸在旁邊看著他們互相吹捧，著實想就此鑽到地縫中去，簡直不知該說婁慶雲什麼好了。那些天上有地下無的鬼話，到底是怎麼闖過他的腦子一句句說出來的？故作姿態地裝正經，連她都覺得他太假了，偏偏薛雲濤就吃他這套，直說婁慶雲尊老敬賢有教養、自己女兒配不上他云云。

薛宸聽到這句話，不樂意了，放下筷子打算和薛雲濤理論理論，她怎麼就配不上婁慶雲了？

用不著她開口，婁慶雲早瞥見了媳婦兒臉上的不痛快，趕緊搶在她前頭對薛雲濤說：「不不，是我配不上辰光。她這樣的女子，世間難求，是伯父肯成全，才讓我有了這樣的福氣。」

薛雲濤喝了幾杯酒，聽婁慶雲為薛宸說話，不禁一陣感觸，道：「也算不上成全，女兒嘛，都是爹的心肝寶貝，把她交給你，我放心。從前是我不好，對不起她們娘兒倆，讓她們跟著我吃了好些苦。

「說實話，我原本想多留辰光幾年的，沒想到你們家提親提得這樣快，就是捨不得也得捨得了……唉，怎麼說到這裡了？辰光，來，給爹倒酒，再給世子倒一杯，夫人也來，咱們乾了這杯酒，今後便是一家人，世子無須顧及什麼世俗禮教，常來常往也是可以的。喝！」

一頓飯吃得賓主盡歡，最後，薛雲濤竟然喝醉了，話也少了，一個人呆愣愣地坐在窗前，不知道在想什麼。

於是蕭氏扶他進房休息，薛宸則親自送婁慶雲出去。

兩人已經訂了親，就算走在一起也不會有人說閒話，婁慶雲乾脆放慢了步子，緩緩而行。

薛宸見他不想離開，便帶他去主院一側的觀魚亭坐。亭子四角掛著燈籠，池中一片黑水，微風吹動，顯現出倒映月色的粼粼波光。

薛宸想到上回兩人在定慧寺後山亭子裡的遭遇。那真是她這輩子最尷尬的時候了，好不容易出去一趟，兩人可以獨處，偏偏她來了初潮，還讓婁慶雲跑去幫她買月事帶……至今回想起來，覺得特別好玩。

「在想什麼呢？」

婁慶雲喝過酒，聲音比平常更輕，彷彿一根柔軟的羽毛撓在薛宸心頭，讓她酥酥癢癢的。轉頭看了他一眼，見他長身玉立、俊美如斯，比平時多了種魅惑之色，把頭側抵在亭柱上瞧著她。

婁慶雲喝了酒後，臉是不紅的，只紅個眼睛，彷彿戲文中的妖孽般，睜著紅瞳，魅惑世人。

他能不能迷惑到其他人，薛宸不清楚，但是此刻，她知道自己被他迷惑住了，竟盯著那張似魔非魔的臉，久久無法言語。

「想什麼呢？這麼出神？」

見薛宸默默看著自己，婁慶雲不禁又開口問了句。夜色中的她純美得恍若空谷幽蘭般惹人心動，想著這朵幽蘭即將成為自己的妻子，婁慶雲心中別提多滿足了。

薛宸收斂了心神，見他盯著自己，有些不好意思，轉過身面對著湖，良久才對他問道：「為何今日不走西窗了？」聽說他來了，她簡直嚇了一跳。

婁慶雲低聲一笑。「原本我是想爬窗來著，但總不能一直靠爬窗見妳吧？後來想，我們都訂親了，哪還需要偷偷摸摸呢，乾脆直接上門。妳也聽到了，岳父大人讓我常來常往，不要被世俗禮教束縛。」

「……」

薛宸看著他，心中一陣無語，故意笑道：「那是我爹喝醉了隨口說的，你也當真。」

兩人目光交纏，婁慶雲一個沒忍住，伸手摟過薛宸的肩頭，將她扯到自己懷中。

薛宸怕被人瞧見，不住掙扎，卻被他越抱越緊，在她耳邊輕聲呢喃。「別動，讓我抱一會兒，我好多天沒瞧見妳了。」

薛宸發現，只要婁慶雲用這種撒嬌口吻和她說話，她就難以抗拒，不由自主地，竟讓他抱在了懷中。好在這裡臨近主院，是專門用來招待客人的地方，現在入夜了，沒人會來。

婁慶雲炙熱的氣息噴灑在她的頸側，讓她的身子為之一軟。她不喜歡酒味，上一世宋安堂經常喝醉了回來，她便直接把他趕去妾侍的房間，或者乾脆住到客房去。可現在她卻不覺得婁慶雲身上的酒味難聞，甚至還生出一些叫人臉紅心跳的親暱。

抱了一會兒，薛宸感覺某人的嘴和手不老實起來，唇瓣不住在她耳根上輕吻，手也從肩膀緩緩下滑到腰部。渾身一個激靈，雙手抵在他的胸前，說道：「適可而止。」

婁慶雲卻似乎打定了主意要賴。「嗯……適可而止是什麼意思呀？」說著，伸手在薛宸的腰上掐了一記。

薛宸又癢又麻，差點跳起來，婁慶雲見她這樣，卻是沒心沒肺地笑了，終於找回一點點理智，沒在這露天的地方做什麼出格的事，卻不由發起牢騷。「下回我還是爬窗吧。雖然偷偷摸摸，但至少妳不會讓我適可而止。」

薛宸懶得和他討論這個問題，橫了他一眼。「你怎麼跟個小孩似的？時辰不早了，我送你出門。」

婁慶雲抬頭看了看月色，自然也知道不早了，卻是不起來，而是對薛宸伸出了一隻手。見薛宸不解，便慵懶地解釋。「醉了，身子軟，妳拉我一把。」

薛宸無奈極了，對某人得寸進尺的行為很是鄙視，但最終還是敗在他懇求的眼神下，伸手抓住他。這一抓可就揮不開了，如願抓到手的某人來了精神，竟然領著薛宸主動往門邊走去。

薛宸跟在他身後，手被他牢牢攥在掌心，掙不脫、逃不開，而事實上，就算他鬆開手，她也不會將手抽出來。婁慶雲就是有那種讓人不由自主想跟著他走的吸引力，哪怕是長路漫漫，她也願意就這麼和他走下去。

一步拖成兩步走，最終還是走到了大門口，門房守夜的人過來給他們請安，婁慶雲便將兩人的手藏到身後，等到門房打開門閂，手才戀戀不捨地放開。

薛宸送婁慶雲走出大門，隨從已經牽馬過來，給薛宸行了禮。

婁慶雲上馬前回身對薛宸說：「以後有什麼事，記得來找我，不要總一個人憋在心中，我很靠得住的。」

薛宸愣了愣，隨即反應過來，心中閃過一陣甜蜜，沒有說話，卻是低下眼嬌羞地笑了笑，然後不著痕跡地點點頭。兩人間默契十足，她不用開口，婁慶雲便知道她同意自己這麼說。

旁邊有人，他們說不了什麼話也做不了什麼事，就告別了。

薛宸看著婁慶雲翻身上馬，兩人兩馬踢踏著出了燕子巷，這才轉身回府，一路像是心花綻放般，好心情不言而喻。

原來兩情相悅真是這世上最美好的事。那種彼此信任、彼此擁有秘密的感覺，實在叫人深深歡喜。

端午時，嫁出去的閨女有給娘家送節禮的習俗，可薛宸還沒嫁，婁家竟然也送了一份頗為豐厚的禮來，這是真尊重她這個準媳婦了。

四擔糕、粽、團、圓與四擔魚肉被挑入燕子巷中，另外還有幾車貢酒，萬金難求的蘭陵春不要錢似的被搬進薛家大門，所有糕點上全貼著御賜的條子，可見這些東西都頗有來歷。

如今薛雲濤是恨不得把婁慶雲這個準女婿認作兒子，只要聽到有人提他就笑得合不攏嘴，一個勁兒向人誇讚，誇得他天上有地下無的。婁慶雲也乖巧，人前人後皆給薛雲濤極大的臉面，連衛國公婁戰都對薛雲濤一口一個老弟，一副怕別人不知道婁家和薛家訂了親似的模樣。

一如薛雲濤說的那樣，自那回登門拜訪後，婁慶雲出入薛家的次數可頻繁了，頻繁到三天兩頭就上門，連東府都被驚動。寧氏還特意把薛雲濤喊去，問世子是不是去得太勤了？薛雲濤倒好，拍著胸脯幫婁慶雲說話，把一切責任擔到自己身上，一點都不給薛宸和婁慶雲扯後腿。

夏季是最難熬的，薛宸穿著一身撒花底羅絲紗裙靠在觀魚亭上，恨不能效法魚兒鑽入水中才好。

婁慶雲坐在石桌前給她剝荔枝。廣西的貢品送入了宮，衛國公府得了十筐，婁慶雲給薛家拿了五筐來，三筐放燕子巷，兩筐則送去東府。

薛家倒也不是吃不到荔枝，只是沒有哪一年像今年似的全府上下都能吃到。現在婁慶雲進薛家簡直比薛家的主人還要受歡迎，再加上婁慶雲沒架子，就算是掃地的僕人他也能聊上幾句，府裡沒人不喜歡他這位準姑爺的。

薛宸著實佩服婁慶雲這種扭轉乾坤的本事，天生能把一件很尷尬的事做得像是吃飯喝水那麼自然。一個還沒成親的準姑爺，走準岳父家竟走得這樣勤快。

婁慶雲剝了兩顆荔枝放在冰碗裡，端到薛宸面前。「剝好了，吃吧。要不要我餵妳？」

薛宸看著婁慶雲那副躍躍欲試的模樣，不禁瞪他一眼，接過冰碗塞了一塊冰到嘴裡，才覺得暑氣稍微少了些，對他問道：「大理寺最近不忙嗎？你怎麼三天兩頭地過來？」

婁慶雲坐在一旁看著薛宸吃，臉上乾乾爽爽，一點熱的樣子都沒有，薛宸突然有點羨慕他了。

「忙啊。不過再忙也要來看媳婦不是？」

薛宸熱得沒力氣反駁他，婁慶雲卻是喋喋不休地和她說話。只要他在面前，薛宸就沒有無聊的時候，即使天氣再熱、心情再悶，只要看見他，便覺得一切都可以忍受。

婁慶雲見她一到夏天就蔫蔫的，還瘦成這樣，不禁對她道：「明年夏天我帶妳去承德，我在那裡有莊園，大暑去，住到立秋再回來。那兒還有一座葡萄園，可以摘葡萄吃。」

薛宸被他逗笑了，整個夏天在婁慶雲的陪伴下，沒有從前那樣痛苦了。然後，一天天地涼下來，她的苦日子終於熬到頭了。

過了秋天，薛宸就要正式準備成親的事了。在寧氏的監督下，她做好了兩套嫁衣和枕套，其餘的則是找城內最好的繡藝師傅到府裡來做，這些全由寧氏和蕭氏負責，不用薛宸操心。

而魏芷靜和唐飛的婚期訂在明年六月，現在也要開始繡嫁衣、做枕被了。不過魏芷靜本來就喜歡做這些東西，成日待在房中也不覺得悶。

十一月時，薛繡傳來喜訊，元家的兩個姨娘被打發到莊子去，而她也懷上了身孕，讓西府上下高興了一番。生了孩子，薛繡才算是在元家站穩了腳跟。無疑地，這個孩子來得實在太及時了。

薛宸和韓鈺結伴去元家看她，因為是頭三個月，胎象還不穩，所以薛繡遵循大夫之言，躺在床上養胎。

兩人被薛繡的陪房嬤嬤領進去時，薛繡正趴在床前吐得一塌糊塗，把薛宸和韓鈺嚇壞了。

薛繡吐完後，才接過丫鬟手裡的茶喝了一口，拍了拍床畔，對薛宸和韓鈺說：「妳們快坐，我真是沒法子招待妳們。這小東西太磨人了。」

薛宸和韓鈺對看一眼，便一個坐在她床頭的杌子上、一個坐在她床側，正說著話，就見元夫人親自端著一碗雞湯過來。薛宸她們行了禮，元夫人知道薛宸是兒媳的堂妹，和衛國公府訂了親，因此對她們殷勤備至、客氣周到，給了薛家不少臉面。

因為薛繡一直吐，薛宸和韓鈺沒能和她說上什麼話，叮囑她好生休養後便回去了。

回燕子巷後，蕭氏正要找薛宸，說首飾打出來了，讓她去挑一挑。雖然都是要帶去婁家的，可有些是用來賞人、有些則是自己戴的，總有個分別，得薛宸自己選了才成。

首飾鋪子的女掌櫃親自送了首飾過來，瞧見蕭氏和薛宸進門，便滿臉喜氣地站起來行禮，和氣得不得了。

三人坐下後，女掌櫃掀開桌上的紅綢布，露出三個大紅絨布盤子，裡頭整齊地擺放著各色各樣的首飾，金燦燦的晃人眼。

薛宸要成親的消息傳了出去，不管是多遠的店鋪或田莊，全命人備上厚禮趕著送來了京城；而在京中與附近的掌櫃和莊頭更是親自上門向薛宸道賀，送上聊表心意的孝敬。這些禮品，蕭氏全記入了嫁妝冊子，然後放進薛家的添箱中，光這些東西就有八十抬之多，更別說送上的禮金了。

自從薛宸接手盧氏的嫁妝後，所有店鋪的收益都變多了，新鋪子更是一鳴驚人，給薛宸賺了不少銀錢，也讓他們多賺了分紅。這些事情所有掌櫃看在眼中，心中清楚得很是誰才能領著他們賺錢，自然對薛宸百般巴結了。

眼看著到了臘月，宮裡賜下臘八粥，薛雲濤將之連碗帶粥一同供奉到了祖先牌位前，帶著全家一起祭祖跪拜，謝主隆恩。

薛宸的嫁妝已經準備得差不多了，蕭氏還為此臨時增加了幾處院子作為府庫存放。送嫁的人自然是魏芷靜和韓鈺，薛繡有孕不方便陪她忙進忙出，薛宸自然理解，要她好生休養，不要操心其他的。

因為薛宸和婁慶雲的婚期在正月初八，所以這個年薛家和婁家過得有些忙，不過兩家都忙得心甘情願。

婁家是不用說的，婁戰和綏陽長公主之前已經絕望地做好兒子要去當和尚的準備，可兒子突然不做和尚了，還給他們找了個門戶相對的小姐進門。

他們永遠不會忘記，婁慶雲回來和他們說起自己在涿州的遭遇，邂逅薛家大小姐、受她救命之恩的事，並說出自己要娶對方為妻的願望。

衛國公婁戰一生最重情重義，當即在心裡認定薛家大小姐就是他的兒媳。綏陽長公主更是喜出望外，她對兒媳的渴望已經超越了一切，別說婁慶雲願意娶個官家小姐，就是要娶平民，她也會咬牙同意的，當即配合衛國公，將這些年給兒媳備下的禮品盡數整理出來，沒過幾日便準備就緒，上門提親去了。

而薛家也從一開始的不得不答應，漸漸變成喜結良緣，其中跟婁慶雲時不時上門拜訪博好感有莫大的關係。現在薛家上下，別說薛雲濤了，就是寧氏和薛柯也對這個準孫女婿稱讚得不行，撇開婁慶雲是衛國公世子的身分不談，他本身便是個禮數周全的好孩子。

一門親事得到兩家認可，共同操辦，哪有不熱鬧的？雖然外面傳來許多兩家門第不合適的話，但絲毫不影響他們結親的願望。

眼看著好日子即將來臨，衛國公和綏陽長公主成日裡喜笑顏開，一副多年夙願終於達成的樣子。

第四十章

從正月初一開始，薛家就在忙著初八的喜宴。

薛宸的喜服掛到了她的閨房中，韓鈺和魏芷靜每天都來陪她，但薛宸仍然有些焦慮。這幾天，婁慶雲也被困在府裡忙著，想安慰她都沒辦法。

初六，薛繡從元家回來，肚子已經有一點點顯懷，卻是不吐了，氣色也好了很多。她和薛宸說了好些話，才讓薛宸的心情平靜下來。

初七晚上，薛家和婁家各自辦暖場酒，先款待遠來之客，旁支親戚也趁著這次聚會趕來相聚，等待第二天的正日子。

初八清晨，薛宸覺得自己剛睡下就被人拉了起來，換上大紅喜服，然後又是開臉、又是梳妝，忙到天大亮了，才將妝容打理好。

喜娘端來一碗甜蛋茶讓薛宸吃下肚，然後在她唇上塗抹脂膏，意味著直到入洞房揭蓋頭之前，她都不能再吃東西了。

上一世，薛宸出嫁可沒這樣講究。回想上一世的悽苦，薛宸感慨良多，真的要找個對的人才能無怨無悔地過一生。若是人不對，從出嫁那日起便是女人悲慘一生的開端，日日對著不喜歡的人，是周而復始的折磨。

外頭的鞭炮聲響了起來，薛宸看了自己閨房最後一眼，只要蓋上了婁家的蓋頭，她今後便不再只是薛家大小姐，人家說起她，首先想到的是婁家媳婦。

鮮紅蓋頭擋住了她的目光，似隔開了她與薛家的牽連。

婁慶雲一身大紅喜袍，騎在馬背上，意氣風發，身後領著幾名儐相和迎親隊伍。

薛雲濤親自在門前相迎，婁慶雲翻身下馬來到他面前，俐落跪倒，喊了一聲。「岳父大人在上，請受小婿一拜。」

薛雲濤笑得合不攏嘴，親自上前扶起婁慶雲，在他肩上拍了拍，然後與他身後的儐相見禮，領著他們入內。

薛宸被喜婆領到了廳中，與婁慶雲一同向薛雲濤和蕭氏拜別。蕭氏看著薛宸，眼中早已濕潤；薛雲濤更是頗有感觸，雖說沒有落淚，但目中流露出不捨。

薛宸瞧不見外面，只知道喜娘給她換了新鞋，踩在絨布上，手中被塞了一把筷子，然後被扶上寬厚的背脊，看見大紅繡暗紋喜袍，讓薛宸更加不安。

直到被揹到門口，喜婆才在她耳旁輕聲道：「大小姐，快把手中筷子用力向後拋去，祝小姐和姑爺早生貴子、白頭偕老。」這是寓意「快子」的意思。

現在沒有讓薛宸害羞的時候了，她將手中筷子舉起，重重向後拋去，便聽見門外鼓樂和鞭炮齊鳴，在一片歡聲笑語中，被穩穩地揹進了花轎。

車馬漸漸遠離了燕子巷，往位於朱雀街最東的衛國公府去，歡快的鼓樂聲不曾停歇。走了一陣後，鞭炮聲又響起，周圍的人聲越來越多，轎子終於停下來。

喜婆吟唱著，讓新郎官踢轎門，將新娘子揹入夫家。

然後，兩人手中牽著一根紅綢，跨火盆，走吉祥，從鮮花鋪就的路走到禮堂上，一拜天地，二拜高堂，夫妻對拜。

禮成後，喜婆那句「送入洞房」，實在讓薛宸有些難為情，幸好喜帕遮著她的臉。紅綢那頭動了動，牽著她往前走去，身邊似乎跟了好些人，歡聲笑語不斷。

走了一會兒便進了一座院子，紅漆玉石臺階，看起來富麗堂皇、奢華貴氣。跨入門檻後，薛宸被扶著坐在床鋪上。

藉著這個機會，婁慶雲在薛宸耳旁輕聲說了句。「我讓人在墊子下藏了兩塊糕點，妳先偷吃著，我早點回來。」

說完這話，婁慶雲忍不住在薛宸手上輕輕捏了捏，才在眾人的起鬨聲中離開喜房。過了一會兒，喜娘便將賓客全送了出去。

偌大的房間內空蕩蕩的，只有薛宸和幾個伺候她的丫鬟，衾鳳和枕鴛自然在側，但礙於喜婆在場，不好對她噓寒問暖。

不久，薛宸聽見房門又被人打開，急促的腳步聲傳來，有人將一只滾熱的薄絨手爐送到她手中，低聲說道：「夫人且先用這個，世子一會兒就回來。」

薛宸看不見她，不過從聲音能聽出來，她是之前幫婁慶雲約她的丫鬟。點了點頭，對她道：「謝謝妳。妳叫什麼名字？」

丫鬟輕聲回道：「奴婢名叫蘇苑，是伺候世子外室起居的人，我與父母兄弟皆為世子做事。我的夫君是國公府回事處管事的長子，因夫人緣故，我才被世子調到內室伺候。今後，我們一家都為世子和夫人效力。」

薛宸聽她說話有條有理、咬字清楚，回想之前見她時，她還梳著姑娘頭，一段時日不見竟也嫁作人婦，一時頗有些感觸，對旁邊喊了一聲。「衾鳳，替我挑些好東西，謝謝這位姊姊。」

衾鳳領命，蘇苑誠惶誠恐、百般推辭，最後在衾鳳的勸說下才收下薛宸的賞，走了出去。

婁慶雲果真沒讓薛宸等太久，揭蓋頭的吉時是戌時一刻，可他酉時剛過就回來了，直接拿起秤桿揭了蓋頭。喜婆阻止不及，蓋頭一掀，滿室燭光讓薛宸瞇起了眼，長長睫毛的影子落在略施粉黛的臉頰上，有種驚心動魄的美豔。

薛宸的新娘妝讓婁慶雲驚豔不已，白皙的臉頰、鮮紅的唇、靚麗的胭脂，混合著薛宸特有的馨香。

過往種種如烙印般深刻在腦中，婁慶雲癡癡望著薛宸，在遇見她之前，他根本想像不出來，自己有朝一日會因為一個女子而神魂顛倒，為她的一顰一笑所牽動。

薛宸是他這輩子要守護的心願，現在他才真真切切感覺到什麼叫做心願達成。沒有她，他早已葬身在涿州雁鳴山底，被積雪掩蓋，不知此時有沒有被人找到屍體。因為有她，他才能奇蹟般從那樣的絕境中存活下來；因為有她，才讓他原本無趣的人生變得豐富多彩。

她終於是他的妻子，是他今生今世唯一的妻子了。

薛宸適應了室內的光線，抬眼對上婁慶雲，見他雙眼迷離，應該喝了不少酒，雖然臉上根本看不出醉意，可她觀察他一些時日了，喝酒後的他，眼睛會發紅，而且全身熱得驚人，連看人的目光都比平時多了幾分侵略的野性，使原本就俊美無儔的面容更添魅惑，大而斜飛的桃花眼似乎要勾人心魂。在薛宸眼中，這世間，再沒有比他還要好看的男子了。

兩人似乎都很滿意對方，竟然相視笑了起來。喜婆在旁見了，打從心裡覺得奇怪，這麼不害羞的新人她還是第一次遇見呢。

既然蓋頭已經揭了，那剩下的禮只好繼續下去了。

兩人在喜婆的伺候下同吃了一顆半生的餃子，又喝了早生貴子湯，飲了交杯酒，一連串的禮行下來，便過了半個時辰。

薛宸由衷感激婁慶雲早些回來，若讓她等到戌時再行這些禮，就算不虛脫也會餓得發昏。現在，她的心中唯有甜蜜，擔憂的心情全拋開了，一個為了讓她好過些，連定好的吉時都能不顧的男子，她哪還不放心把自己交給他呢？

喜婆的工作做完了，薛宸被丫鬟們領入內間卸妝更衣，松江錦的紅色睡袍被薛宸穿出相當古典的韻味，而婁慶雲則在屏風後頭換了衣裳。

喜婆將東西收拾好，然後把薛宸的丫鬟帶了出去，婁家的丫鬟進來詢問是否要留夜伺候，也被婁慶雲打發走了。

喜房大門關上後，偌大的房內只剩下薛宸和婁慶雲。

薛宸瞧了瞧身後紅彤彤的喜鋪，臉瞬間燒了起來，像是天邊紅霞般光彩照人，讓婁慶雲不禁笑著在她臉上刮了刮，說道：「咱們都是夫妻了，這都臉紅，待會兒怎麼辦？」

薛宸越發難為情，側過了身。

臉紅這種事，哪能說不紅就不紅呢？

婁慶雲沒臉沒皮地湊到薛宸面前，捧著她清洗乾淨的小臉說道：「歷經艱辛，妳終於是我媳婦兒了，先親一口。」說著，就親了薛宸的小嘴，還發出一聲讓人臉紅的響聲。

薛宸推了推他。「哎呀，你怎麼這樣！」

婁慶雲毫無自覺，似乎天生不懂什麼叫做含蓄和矜持，一把將薛宸橫抱而起，飛快往喜鋪跑去，將還沒準備好的薛宸送上床，自己也爬了上去，將兩邊的銀鉤放下，然後捧起薛宸的腳，親自將她腳上的繡花鞋給脫了下來。

「哎，我自己來。你……你別這麼急嘛，我們……我們先說會兒話。」

婁慶雲再次把薛宸撲倒在床，扯著她的衣帶，急不可耐地說：「我都二十好幾的人了，到今天還沒嘗過女人的滋味，平日裡又只能瞧著妳，啥也不能幹，妳說我怎麼能不急？」

「……」

薛宸實在沒想到，自己的洞房花燭夜竟然是在這樣的情況下度過的，婁慶雲急吼吼的，什麼風花雪月都顧不上，用他的話說叫實在人辦實在事，可對於薛宸來說，就無語了。

原本她還幻想這一夜兩人能說出多少甜死人不償命的情話來，但婁慶雲哪有那個工夫呀！忙著攻城掠地還來不及，除非薛宸喊疼他才稍微緩緩，可一會兒就又忍不住了。薛宸在蕭氏和寧氏給的春宮圖中學到的根本毫無用武之地；紙上談兵的東西也就只能看看，真到關鍵時刻，誰還管書裡寫的步驟和順序！

一夜狂風暴雨，打得嬌花再沒有一絲力氣，直到天明時才被擁入一個滿足又溫暖的懷抱中，沈沈睡了過去。

薛宸感覺渾身好像被幾十匹馬踩了幾個來回，骨架都要散了，偏偏才睡下沒多久，又被吵醒。

她迷糊地睜開雙眼，入目便是大紅色的被褥，屋裡燒著地龍，暖洋洋的，聽見旁邊有輕微的衣衫磨擦聲，轉過身，就看到婁慶雲已經精神十足地站在床下。

婁慶雲發現薛宸醒了，便掀開帳幔湊進來，在她臉上親了一口，說道：「妳再睡會兒，我去應付他們。昨天是我不好，一時沒克制住……」

薛宸緩緩將身子縮進被褥，想逃避這個害羞的話題，可突然想起今天是她這個新媳婦要去給公婆敬茶還有認識婁家親眷的日子，這麼重要的事如何能偷懶呢？

她立刻從被窩裡起身，顧不上害羞，在婁慶雲癡癡的目光中將內衫穿好，然後喚了早已守候在外的丫鬟們進來服侍她梳妝。

婁慶雲整理好自己後就倚靠在屏風旁，好整以暇地瞧著薛宸梳妝。

薛宸在鏡中瞪了他一眼，他便立刻走到她身後，彎下身子，頭靠在她的頸窩上，道：「娘子，讓為夫替妳畫眉吧。」

薛宸斜斜看他一眼，滿臉不信任，最終也沒有讓婁慶雲如願。梳妝完，走出屏風，正好瞧見婁家的兩個嬤嬤收走了她和婁慶雲昨夜墊在身下的白布，上頭沾著令薛宸面紅耳赤的東西，她強忍著，才沒讓人去追回兩個嬤嬤。

婁慶雲朝她笑了笑，伸手牽過她，將微涼的小手包裹在他的大手中，一如昨天晚上，他將她完全包裹在溫暖的懷抱中那樣。

想起兩人昨夜的親密，薛宸只覺兩頰又如火燒般滾燙起來。不得不說，在床下時婁慶雲真的可以算是個體貼入微的好丈夫，可她沒想到，這樣一個溫柔體貼的男人，到了床上竟然會是那副樣子……

他昨晚說，二十多年從未碰過女人……好奇地看了他一眼，只見陽光下的他俊美得彷彿玉雕而成，這樣好看的男人，守身如玉二十多年，實在讓人難以想像。

婁慶雲知道薛宸在看他，得意地轉頭對她揚眉，道：「待會兒妳進去，只管拜見我爹、我娘和太夫人，其他人等我帶妳去。妳記得，從今往後，妳就是這個家的少夫人，這裡是衛國公府，我爹是衛國公、我娘是綏陽長公主、我是世子，而妳是世子夫人，也就是說，在這個府中，除了我爹、我娘之外，就數妳的身分最高，其他人該來拜見妳。」

薛宸點點頭，幾個月前婁慶雲便跟她說過婁家如今的情況以及長公主的性格，她對此已略有所知。

簡單地說，衛國公府一共分為四房，婁慶雲和她屬於大房，二房老爺叫婁勤，是衛國公婁戰的嫡親兄弟，他夫人是韓鈺的姑姑；三房老爺叫婁海正，是庶出，娶的是上州刺史余大人的長女余氏；四老爺婁海威也是庶出，娶了刑部尚書的嫡親妹子包氏。這幾個都是婁家的正經親眷，其餘的，薛宸還真不認識，的確需要婁慶雲帶她。

兩人到了擎蒼院的花廳，裡面已經坐滿了人，薛宸放開婁慶雲的手，雙手攏入袖中，沈穩得體地走入廳內，跟在婁慶雲身後，目不斜視、下顎微收，端莊秀麗，無一處不美。

上首坐著三人，太夫人寇氏端坐其後，綏陽長公主與衛國公婁戰坐在她身前。薛宸落落大方地行過禮，給三位長輩敬茶，從他們那裡得到了豐厚的禮品，一一謝過後，又被太夫人寇氏喊到身前打量，好一會兒才對她說道：「是個齊全孩子。慶哥兒的眼光真不錯。」

但寇氏心裡卻有些犯嘀咕，總覺得這個孫媳婦是不是長得太漂亮些，慶哥兒說非她不娶，到底是看中了她的才還是貌？如今看來，怕是後者的可能居多啊！她不敢奢望長成這般模樣的閨女會是個頭腦清明、做事有條理的，偷偷瞥了長公主一眼，心中嘆氣，莫不是這對父子都是一個脾氣，對女人只看重臉，不看重其他的？

沒人知道寇氏的腹誹，在她打量薛宸時，薛宸已經對長公主和國公敬了茶、收了禮，看動作和表現，似乎是個懂事的。寇氏藉著喝茶的工夫又上下看了薛宸幾眼。

拜見公婆和太夫人後，婁慶雲便帶著薛宸在廳中轉了一圈，將該認識的人介紹一遍，心裡卻暗自記住這些人今日的穿著打扮，要是薛宸記不住，晚上回去再和她仔細說說。

薛宸的記性不錯，而且有一套自創的記憶法，一般的人和事，只要說一遍大概就能記清楚，若非如此，上一世她根本管理不了那麼多產業、記不住那麼多掌櫃和莊頭。沒想到，上一世賴以生存的本事，到這一世依舊發揮了作用。

兩人來到一個中年婦人身前，吸引薛宸注意的不是她的長相，而是她的穿戴，穿的並非名貴絲料的袍子，而是普通綢布做成的夾襖和妝花褙子，顏色頗為鮮亮，看著便知道是新做的。她穿得這樣普通，戴的卻是極不普通，甚至可說是逾越規制，因為好些東西都是官造，而官造中又分御用和宮用，看那些首飾款式，並不像普通宮人用的，倒像是宮中賞賜，然而這婦人的談吐和氣質，實在不像能進宮領賞的。

婁慶雲的態度證實了薛宸的猜測。只見婦人老早就從椅子上站起來，準備接受薛宸和婁慶雲的禮，可婁慶雲好像沒看見她似的，直接從她身邊走過，弄得那婦人十分尷尬，卻又不敢說什麼，摸著鼻子退坐回去。薛宸對她點頭致意後，便跟著婁慶雲去見下一位。

認完親，便是女眷們與新媳婦說話的時候。男賓去了前院，後院中瞬間變成了女人的天下。

薛家的人口簡單，成日裡府中都是靜悄悄的，薛宸一時竟有些不適應這裡的喧鬧聲，太夫人似乎也不耐這場面，由貼身嬤嬤扶著去了內堂休息。綏陽長公主見太夫人離開，整個人像是鬆了口氣，薛宸看在眼裡，並沒有表現出異樣。

長公主怕薛宸累著，親自過來扶她坐到上首的太師椅上，正和她說話，剛才那個被婁慶雲忽視的婦人竟堂而皇之地湊了上來，對薛宸說道：「喲，這新媳婦兒可真漂亮，長公主好福氣呀！」

婦人的語氣很隨意，讓薛宸十分意外，但綏陽長公主絲毫不在意她的無禮，笑得真誠，道：「是呀，多漂亮的孩子。慶哥兒的眼光真好！」

婦人推了推坐在凳子上和人說話的四夫人包氏，包氏回頭見婦人對她揮手，意思是叫她讓座，瞧了長公主一眼，看長公主沒說什麼，便站起身，給婦人讓了座。

婦人這才回過身來，對長公主說道：「模樣到底是比我給慶哥兒說的那幾個標致多了，怪不得慶哥兒喜歡她。」

綏陽長公主聽了，覺得有些不妥，偷偷對婦人搖了搖手，讓她不要再說下去，可婦人似乎還記著剛才薛宸沒有向她行禮的怨憤，根本不理長公主的暗示，繼續道：「早知道慶哥兒喜歡這模樣的，我就照著找了，說不定早能成了這段姻緣呢。」

薛宸眼觀鼻、鼻觀心，默不作聲，一副就是聽不懂她在說什麼的樣子，嘴角帶著一抹和綏陽長公主相同的天真微笑，婆媳倆坐在一起，看起來真有些相像。

長公主有些尷尬，生怕兒媳生氣，哪個女人都不願聽見自家夫君和別的女人之事，雖說兒子根本沒見過那些姑娘，可現在說出來總歸是多生事端，遂急著岔開話題。「宸姐兒可能還不認識，這位是我的姊姊，妳與慶哥兒一樣喊她姨母便是。」

「……」

薛宸無語地看著自家婆婆，這樣的話，她還真能天真無邪地說出來啊?!竟讓兒媳認一個平民做姨母……怪不得剛才婁慶雲連看都不看她一眼了。

婁慶雲是綏陽長公主之子，他的姨母只能是其他長公主，可眼前這位，頭髮枯黃、身子瘦成一副骨架，根本撐不起華服美衣，戴著那些御賜首飾，卻依舊不能將她的市井氣質掩蓋住。

婦人坐直了身，姿態彷彿一下子高了起來，以為薛宸在聽見長公主這麼說之後，定會恭恭敬敬地上來向她行禮。誰知，薛宸竟依舊傻愣愣地坐在那裡，讓她臉上的笑容再次露出了尷尬。

見自家婆婆正一臉期待地看著她，想要她接過這個話頭，薛宸再看了婦人一眼，姨母兩個字實在叫不出口，乾脆裝傻，對長公主問道：「母親，夫君從前竟相看過其他女子嗎？他從未與我說過這些。不知都是誰家千金？可否說出來叫我認識認識呢？」

長公主臉色微赧，覺得兒媳果然因為這件事生氣了，為難地看看婦人，像是在詢問這下該怎麼辦才好？

婦人聽薛宸主動問起這個，並不理會長公主遞來的求救目光，以為薛宸十分介意這些，一心想出出剛才被無視的氣，遂挺直了腰桿，對薛宸趾高氣揚道：「我給慶哥兒說的小姐可多了去，有趙員外家的千金、王財主家的小姐，還有李掌櫃的親妹子……個個溫柔漂亮，家世又好，才學、人品，沒有一樣是不出色的。只可惜慶哥兒與她們對不上眼，若對上眼，成了親，如今該子孫滿堂了。」

「噗，咳……咳。」

薛宸一邊聽、一邊喝茶，肚子裡憋得難受，直到婦人說出「子孫滿堂」四個字時才沒忍住，藉著咳嗽笑出了聲。婁慶雲得幾歲成親生子，才能在這個年紀有孫子啊？鎮定地從腋下抽出帕子抵住鼻端，微微抬眼看了婦人，肚中幾乎已經笑翻了天。光是想像婁慶雲和趙員外家的千金、王財主家的小姐和李掌櫃家的親妹子相看，她就忍不住要笑，不知婁慶雲本人有沒有聽過這樣的事。

有這麼多極品在身邊，這些年，婁慶雲過得很無奈吧。而最最關鍵的是，他還有個凡事這樣天真無邪的母親。

聽見薛宸咳嗽，長公主忙湊過來問道：「沒事吧？」說著話，還伸手給她拍背順氣。

薛宸看著這個讓她驚嘆的長公主，作為母親和女人，該有的溫柔和體貼她都有了，可作為長公主和冢婦，她這性子無疑叫人頭疼。有足夠的身分，卻沒有足夠的能力立起來，很容易被人當槍使而不自知。

深吸一口氣後，薛宸不看那婦人，只對長公主問道：「母親，不知這位夫人是哪位長公主，為何您要我喊她姨母呢？」

知道這婦人不可能是其他長公主，薛宸才敢這麼大膽地詢問。有時候，對於這種蹬鼻子上臉的人，最好的方法就是直白地無視，因為她所倚仗的不過是對她的情面，如果連情面都不給她，就沒有什麼威脅了。

「哦，她不是長公主，是我外祖母收養的義孫女。妳可能不知道，我並不是在宮中出生，六、七歲前跟著外祖母生活在保定。她姓陶，與我一同長大，情同姊妹，小時候她照料我許多。」

長公主說到這裡，陶氏便上趕著插嘴道：「可不是嘛，長公主是我帶大的。那時老夫人哪有精神，還不是我一口水、一口飯將長公主餵大的。」

長公主聽她這麼說，溫順地點點頭。

「是啊，多虧了陶家姊姊護著我呢。」

兩個女人開始憶苦思甜，薛宸在旁邊聽了一會兒便明白了。這婦人是長公主外祖母的義孫女，這是好聽的說法，不好聽的就是個丫鬟，與長公主和她外祖母度過了一陣困苦的歲月。長公主的性子雖然軟弱，卻一直記得當年陶氏回護的恩情，所以才對陶氏這般縱容。

長公主被接回宮中後，陶氏和外祖母都進了京，然後一直在這裡生活，直到長公主的外祖母去世，陶氏才嫁給奉車都尉做填房，似乎有一個兒子、兩個女兒。

婁慶雲在前院說完話，回來領著薛宸去了小輩們那裡，見過其他親眷。婁慶雲是婁家的長子嫡孫，於小輩中輩分最高，婁家旁支有幾個四十歲的，竟稱呼婁慶雲為叔叔、薛宸為嬸母，一圈走下來，薛宸只覺得自己的年紀瞬間翻了一倍。

薛宸也見到了婁慶雲的三個妹妹——婁映煙、婁映寒、婁映柔。婁映煙是大小姐，已經梳了婦人髻，溫柔解意、笑面迎人，說話輕聲細語，彷彿怕驚擾了薛宸般，軟得薛宸有點受不了。而婁映寒和婁映柔還是姑娘，說話與婁映煙如出一轍，不用問都知道，這三個姑娘肯定是綏陽長公主的親閨女。她們只有長相和婁慶雲有些相似，可論起氣勢，幾乎是沒有的，一副謹守三從四德的小家碧玉模樣，嬌嬌弱弱，叫人不忍心和她們大聲說話。

婁映煙嫁給汝南王江之道，一直住在汝南，因為婁慶雲大婚才趕回來參加婚禮。薛宸不知汝南王是什麼性子，不過，婁映煙是衛國公府嫡長女，她父親是婁戰、哥哥是婁慶雲，想來只要汝南王不是個腦子缺根筋的，汝南王妃的位置，婁映煙必能坐得相當穩妥。

而婁映寒和婁映柔，今年一個十五、一個十歲，都還待字閨中，沒有說人家。

薛宸對於三個嫡親的小姑子出手相當大方，各送一套珍珠頭面、一套黃金頭面和一套點翠頭面，另外還有一副金玉手鐲和幾疋天絲布料。不過這些沒當著所有人的面拿出來，而是在昨日進門時，隨著薛宸的嫁妝帶進府，已經分別送去了她們的院子。

因此，三姊妹對這個嫂子的印象著實不錯，再加上薛宸擅長交際、會說話，不過一會兒便讓幾個姑娘完全忘記了親哥哥的存在，圍著薛宸說起女兒間的嬌話。

下午，薛宸跟著婁慶雲去祠堂祭祖，一天勞累下來，回到他們居住的滄瀾苑時已經是華燈初上。

兩人在房中簡單用過晚膳後，婁慶雲便早早把薛宸帶上了床，不過他知道昨天沒收住，讓媳婦兒受了苦，今晚做好了不碰她的準備，而是讓她趴在床上，在旁邊給她按按肩膀、敲敲背、捏捏腿，順便吃吃豆腐。

薛宸的身子除了有點瘦，其他沒有一處不好的，骨架勻稱、窄肩細腰，肌膚更是白皙滑膩、吹彈可破。

按著按著，薛宸感覺某人的手有些不對勁了，所到之處哪裡還是按摩，根本是在點火！正想轉身，卻被婁慶雲快一步按住，人輕輕坐到薛宸的後腰上，無賴說道：「別動，我就摸摸。」

薛宸被他按在枕頭上，聲音似乎帶著哭腔了。

「哎呀，還疼著呢，今兒就算了嘛。」

婁慶雲俯下身含住薛宸的耳垂，瞬間讓薛宸噤了聲。看著她的反應，婁慶雲不禁笑了，在她挺翹的臀部上拍了拍。

「放心吧，我說了今兒不碰妳，就不碰妳！昨兒衝動了些，今兒我說什麼也能忍住，放心。」

然而就在婁慶雲說出這話的一個時辰後，薛宸的手伸出帳幔，想要往外逃，可最終還是沒能逃出去，被人一拉，又回了帳幔中。

她欲哭無淚，一邊嬌吟、一邊抱怨。「婁慶雲，你混蛋！」

偏有人沒臉沒皮，一個勁兒地討好。「是是是，我混蛋、我混蛋，妳再靠近些……」

「……」

第四十一章

新婚第三天是回門之日，薛宸坐在鏡子前梳妝，看著自己憔悴的臉，有氣無力的吩咐道：「再塗些胭脂吧。」

她臉色慘白的樣子，可不就明擺著告訴別人他們這兩天幾乎沒睡嗎？睨了站在她身後、好整以暇看著她梳妝的婁慶雲一眼，實在搞不懂，明明兩個人都沒怎麼睡，而且力氣顯然都是他出的，最後累的卻只有自己，他倒是每天神清氣爽，完全沒有累的跡象。

兩人坐上馬車，婁慶雲把薛宸摟入懷裡，道：「靠著我睡會兒。」

薛宸難得想對一個男人使使小性兒，被他摟著還挺舒服，便沒掙脫，捏起粉拳在他胸膛上敲了幾下，算是報復他這兩晚的心狠手辣。

婁慶雲也不閃躲，就那麼由著她打，打了兩下後才捏著她的粉拳說：「好了好了，再打下去手該疼了，我給妳吹吹。」

薛宸無語，這人跟鐵打似的，穿著衣裳根本看不出他竟那般精壯，雖不至於肌肉橫結，可摸上去卻是硬邦邦的，就是想掐他一下反擊都掐不動，還讓某人裝傻地以為自己是在和他調情，玩得更開心了。

婁慶雲垂頭看見薛宸眼底的青紫，心中頗為愧疚，可不知是怎麼回事，只要碰到薛宸他就忍不住衝動。說也奇怪，二十多年來他跟和尚似的，並不覺得怎麼樣，可一旦開了葷便跟脫韁的野馬似的，怎麼都收不住，這兩日確實將薛宸折騰夠了，遂在她耳旁低聲說道：「今晚我睡地上。」

薛宸閉著眼睛沒有說話，不過婁慶雲這句話傳進她耳中了，將身子往他身上靠得更緊，表達了自己的態度。

薛家早已派人在巷口等待姑爺和姑奶奶回家，看見車隊後，鞭炮聲響起，一下將薛宸的睡意全驚跑了，張著兩隻迷茫的大眼睛看了看婁慶雲，才迷迷糊糊想起她這是回門來了。

讓婁慶雲給她看了看儀容，薛宸強撐起精神，由他親自扶著下了馬車，看見薛雲濤和蕭氏站在門口，兩人便雙雙拜倒在地，恭敬地行了禮，然後被迎入門。

薛雲濤領著婁慶雲見過薛家的族老和旁支兄弟，婁慶雲的談吐、見識皆屬上等，一開口便俘獲了所有人的心，無人不羨慕薛雲濤找了個好女婿。

一家人相聚後，到了酉時，婁慶雲和薛宸告辭，完成回門之禮，回婁家去了。

至此，薛宸正式成為婁家長房長媳，想起軟弱天真的婆母、幾個溫婉秀麗的小姑子，還有那些極品親眷們，只覺自己長媳的身分任重而道遠，責任重大啊！

蘇苑是婁慶雲安排給薛宸的一等丫鬟，全家的身契都在衛國公府裡。蘇苑為人通透，肯做事、明事理，分得清形勢，懂得自己該做什麼、不該做什麼，單這個優點，已經比很多人厲害了。這世間有自知之明的人到底還是少數，很多人到最後仍不能看清自己的處境，一輩子糊裡糊塗的。

有了蘇苑在身邊指點，薛宸對衛國公府有了初步的了解，對大房和其他幾房的關係了然於胸，有些明白婁慶雲把蘇苑派到她身邊來的目的了，為的是讓她能更快弄清楚衛國公府的事情。

從蘇苑口中，薛宸明確地聽出了國公府裡的問題。

在外，衛國公婁戰和世子婁慶雲是無可挑剔的，只是這後宅委實亂了些，主母的身分雖然高，卻始終立不起來。太夫人倒是有手段，只可惜，長公主入宅做媳婦，她手裡的權無論如何都要交給長公主，這麼一來，府中好多事情全要長公主決斷。可長公主那脾氣和性格……薛宸真的很佩服，婁家在長公主糊塗的治理下，這麼多年竟沒鬧出大事來，簡直可以用幸運來形容了。

國公府占地廣闊，乃京城第一的府邸，薛宸和婁慶雲住在滄瀾苑，衛國公和長公主住擎蒼院，太夫人則住松鶴院，這三處地方是衛國公府的中心；二房位於東南角，三房在主院右側，四房則在西南角。

婁戰是長子，軍功赫赫，承襲衛國公的爵位，身上還兼兵部和軍部的職務，在武官中算是第一人。二老爺婁勤是水部司的，掌管水師。三老爺婁海正是文官出身，考中進士後便做了庶起士，在六部觀政，如今升做禮部左侍郎。四老爺婁海威則不靠文、不靠武，在詹事府任職。

婁戰娶的是綏陽長公主，因此身邊沒有妾侍。二老爺婁勤娶韓氏為正妻，有兩個姨娘。三老爺婁海正有三個記了名的妾，不過據說都是三夫人余氏給他張羅的人。四老爺婁海威身邊倒是只有包氏一個正妻，十幾年如一日。

每天早晨，薛宸辰時起身，伺候婁慶雲用過早飯，三刻左右便去擎蒼院給長公主請安。平心而論，長公主的確不是個凶惡的婆母，甚至很溫柔，對待薛宸跟對待自己女兒似的，有什麼好看的、好用的，全想著給她送一份。平日裡更是對她關心得無微不至，廚房裡做了什麼好吃的，也總給薛宸送去。

不過幾日工夫，薛宸對這個婆母便打從心底喜歡起來，儘管她的脾性讓人有些頭疼，但就母親和妻子這兩個角色來說，她做得夠好的了。

這日，薛宸去擎蒼院請安，經過翠竹林時，聽見假山後頭傳來焦急的聲音。

「不不不，表哥，你別靠過來，男女授受不親！」

「哎，我說表妹，妳太見外了，咱們是兄妹，哪有什麼授受不親的。哥哥這便過去，妳別走啊。」流裡流氣的話音接著響起。

那女聲聽著似乎是婁映寒，薛宸看了蘇苑一眼，蘇苑想了想，在薛宸耳旁說了幾句話，薛宸立即提著裙襬轉身，走過左邊的垂花門，踏上鵝卵石鋪就的小徑，果真瞧見一名男子正往拱橋上走。而拱橋另一頭，婁映寒和她的貼身婢女正頭也不回地從別道拱門跑了出去。

男子站在橋上，對著婁映寒兔子般逃走的背影笑道：「表妹，妳跑什麼呀！我又不會吃了妳！哈哈哈哈。」舉止孟浪至極，言語輕薄、用詞粗濫，十七、八歲的向學年紀，卻生得尖嘴猴腮、氣質油滑，看著就叫人厭惡。

他對著婁映寒離開的方向咂了幾下嘴，意猶未盡似的哼哼唱唱走下橋，完全是一副地痞模樣，只差在腦袋後頭插一把扇子裝風流了。

蘇苑告訴薛宸，這是陶氏的兒子柴榮。

柴榮下了橋，瞧見橋下站著一個行似弱柳扶風、貌若西施的嬌美人兒，這模樣身段，可比婁映寒漂亮多了。但薛宸一身華服、梳著婦人髮髻，讓他不敢貿然上前調戲，不過那雙眼睛可不大老實。

薛宸沈住氣，對他問道：「你是何人？為何會在後院中出沒？」

剛才蘇苑已經告訴她今日陶氏來府中找長公主，心知這柴榮定是跟著陶氏進府，薛宸才故意這麼問。

柴榮是個色胚，見薛宸長得漂亮，說話聲音又輕輕柔柔的，想著不管是誰，說兩句話逗逗她總不會出什麼事，遂上前笑道：「我是何人？小美人，妳先說說妳是誰，哥哥再告訴妳。」

薛宸冷笑一聲，大聲喝道：「來人！」

蘇苑知道這園子大，生怕值守的人聽不見，於是跟在薛宸後頭又喊了一聲。「來人，管園子的是誰啊！」

不一會兒工夫，從不遠處跑來了四個人，為首的是個婆子，叫宋勇家的，身旁跟著另一個胖乎乎的僕婦孫柏家的，身後還跟著兩個園丁。

宋勇家的見了薛宸，立刻上前行禮。「參見少夫人。」

薛宸不和她廢話，指著柴榮問道：「他是誰啊？這是後院，怎麼會有外男出沒？」

宋勇家的看了看柴榮，上前給薛宸介紹。「哦，少夫人有所不知，這位是柴公子、長公主的姨姪兒，不是外人。」

柴榮沒想到，這嬌滴滴的美人竟然是前些日子剛進門的世子夫人，想起婁慶雲那副厲害樣子，頓時失了想調戲美人的心，對薛宸拱了拱手就想離開。

卻聽薛宸冷冷說道：「什麼柴公子？他是哪位長公主生的，如何就成了長公主的姨甥兒？給我拿下。」

她一聲令下，宋勇家的卻不敢動，為難地站在那裡；孫柏家的想上前，卻被她拉住了，推到後頭去。兩個園丁見狀也面面相覷，不敢動手。

薛宸冷聲問道：「怎麼，不聽我說的話，欺我剛進門不是？」

宋勇家的立刻搖手，說道：「不不不，我們哪裡敢啊?!柴公子真是長公主的姨甥兒，算是這院裡的半個主子。我們是奴才，哪能去抓主子？少夫人莫要叫我們為難。」

薛宸盯著她看了一會兒，然後對蘇苑道：「去把管家喊來，我今兒倒要問問這是個什麼理。我要在自家後院拿個人，居然拿不住?!」

蘇苑領命而去，宋勇家的見薛宸實在不懂事，心中無語，以為少夫人剛進門想擺擺威風架子，不禁道：「瞧少夫人說的，這多大點事啊！哪需勞煩管家過來？少夫人真要挑事，那大家臉上都不好看。」

薛宸聽她開口，乾脆在一旁的石凳上坐下來，看看她想如何。

宋勇家的有心給柴榮面子，上前打圓場。「俗話說得好，冤家宜解不宜結，柴公子與少夫人怎麼說也是親戚，抬頭不見低頭見，少夫人何必將這事鬧大呢？我看不如就此算了。」

此時，蘇苑將管家喊了過來，半百的老頭，跑兩步便氣喘吁吁了，來到薛宸面前行了禮。

薛宸不拐彎，指了指宋勇家的，直接吩咐。「這是誰安排進府的？把她打發出去。在這院子裡，我還真不信差不動人。妳不做，自然有人做。」隨手一指孫柏家的，道：「妳頂她的位置，能做嗎？」

孫柏家的看著薛宸，愣了愣，然後立刻跪下行禮。「能，奴婢能做！」

宋勇家的拿的是一等僕婦的月例，足足兩百錢，是她的兩倍有餘。沒機會也罷了，現在有機會，誰不上誰是傻子。

宋勇家的見薛宸說得如此兒戲，以為她是想拿自己作筏子，管家也覺得少夫人太隨意，有心幫宋勇家的說兩句。「哎喲，瞧這事辦的，宋勇家的不是不聽少夫人吩咐，這不是情況特殊嘛。柴公子不是外人，少夫人若揪著這一點不放，長公主那裡咱們也不好交代不是。更何況，府中人事任免，總要長公主點頭才成，咱們別私下給長公主添亂了，鬧上去，誰都不好看。」

宋勇家的也跟著道：「就是就是，奴婢給少夫人賠罪，少夫人是大家小姐出身，出嫁前總學過這些規矩吧？可不能兒戲呀！」

薛宸冷聲一哼。「說完了嗎？妳是什麼東西，敢說我兒戲不兒戲？好，我今日就讓你們看看，我有沒有這個權力攆走妳。」轉身對孫柏家的道：「把柴榮帶上，咱們一同去長公主面前問問，這事到底該怎麼辦！」

孫柏家的聽了知道這是個機遇，何況她已經跟少夫人表態，若不能將宋勇家的弄走，那今後的日子可不好過呀！當即來了精神，對身後兩個園丁使眼色，三人把柴榮牢牢抓住，跟著薛宸往擎蒼院走去。

陶氏正和長公主共坐一席吃早點，正說著話。「這事就拜託妳了，妳姪兒今年都十七了，是該給他找個伴。這女子得知書達禮，家世要好，三品官以上好了，三品的也成，最好是嫡長女，母族厲害些的。」

長公主有些為難地看著陶氏，想說這事她也難辦，畢竟是求姻緣，又不是下旨配婚，也得看看人家願不願意。可瞧著老姊姊一臉信任的樣子，有些說不出口，只好讓她多吃點。

半碗粥還沒喝完，外頭傳少夫人來請安了，長公主連忙起身想親自迎上去，卻被陶氏拉住。「長公主這是做什麼？天下哪有婆母去迎兒媳的道理，只有坐著等她過來跪拜上茶的。」不讓長公主出去。

長公主有些急，伸著腦袋往外探了探，就見薛宸不是一個人來的，身後跟了一大群人。

陶氏瞧見那群人中還有她兒子，手臂被園丁抓著，一看就是來尋事的，不知這小子怎麼得罪了少夫人，眼珠子一轉，惡人先告狀地撲了出去，指天罵地地道：「哎喲，哪個缺心肝的把你給綁了？放開放開，不知道他是誰啊？他可是你們長公主的姨甥兒，親姨甥兒！誰拿他的，待會兒我要你們好看！」

薛宸冷冷瞥她一眼，跟看個唱戲的似的，對孫柏家的使個眼色，從陶氏旁邊擦身而過，道：「架開這潑婦，看著心煩！」

孫柏家的如今跟薛宸拴在一根繩子上，心裡犯怵，沒想到真會鬧到長公主面前，現在騎虎難下，根本不容她反悔，只能埋頭向前衝去。

她擋開陶氏，讓薛宸進了屋，仗著自己膀大腰圓，堵著門不讓陶氏再進去。

薛宸來到長公主面前給她行了禮，長公主不禁問道：「這是怎麼了？榮哥兒哪裡得罪了妳？」

薛宸還沒說話，陶氏便嚷嚷起來。「妳這翅膀還沒長全的小丫頭片子，怎麼，剛嫁進來就想給老娘擺威風啊？我早看妳不順眼了，到底是個有爹生、沒娘教的，沒王法的東西！」

薛宸上前，要孫柏家的讓開，陶氏想衝進來，薛宸卻給了她一巴掌，響亮又震撼，直把陶氏的臉打得偏過去。

不再理會這潑婦，她轉而對長公主道：「母親，兒媳剛才來的路上遇上這個外男，一問之下才知道他是柴夫人的公子，並不沾著血親。外男如何能在內院行走？母親覺得我說得是也不是？」

長公主有些迷糊，想了想才點點頭。「自然是的，後院女眷居多，外男如何能隨意行走呢？」

薛宸點頭，繼續道：「母親說是，我便放心了。那我命人將這外男擒住送出去，母親覺得可有錯？」

長公主這回聽分明了，連忙搖頭。「自是沒錯。」

「也許柴夫人家容許外男進後院與小姐們玩耍，但咱們府裡不同，兒媳這麼做，是為了女眷的安全考慮，母親覺得可有錯？」

一連三個問題將長公主給問懵了，可聽薛宸所言，卻是有理有據，沒有能反駁的地方。

「既然沒錯，那兒媳可以自己處理嗎？」薛宸趁熱打鐵，對長公主問道。

長公主不自覺地點頭。「自然可以。但……但妳不該動手打姨母……」

薛宸微微一笑，轉頭對惱羞成怒、摀著臉的陶氏說：「是兒媳一時沒控制住，想來柴夫人寬宏大量，不會與我計較才是。」

說完這句話，薛宸便越過陶氏走到廊下，朗聲對院中的人說道：「從今往後，若有男客進後宅，需層層通報，未經許可不得私自放人入內。宋勇家的身在其位，不謀其事，和其親眷一併趕出府去，一人不留。管事年邁糊塗，御人不善，罰月俸半年，若今後再犯，便效仿宋勇家的下場，全家攆出府去，絕不留情！」

庭院中的人全嚇傻了，呆愣愣看著這個凶悍的少夫人，久久不敢說話。從前都覺得長公主院裡的差事是最好糊弄的，因為長公主性子和軟，從未與人動怒，連大聲說話都沒有過，這麼多年來，大家還是第一次被另一道聲音給震懾住。

有人雖不服，可知道薛宸是國公府的少夫人，連宋勇家的都能毫不猶豫地攆出去，而管家的月俸更是說罰就罰，這等魄力，別說是長公主，就是國公親自出馬也沒有這樣強勢過。國公還會給長公主一些面子，可這位少夫人剛進門就搞出這麼大的陣仗，完全不給長公主留半分顏面，這樣凶悍，誰還敢不聽話，不怕成為第二個宋勇家的嗎？

宋勇家的和管家跪在庭院，大聲向長公主求饒，嘴裡說著自己入府的年分和功績。長公主在屋裡聽著，有些為難，來到薛宸身旁小聲道：「這個，宸姐兒的處置是不是太過嚴厲了些？他們都是府中的老人，這樣做，其他人心裡該有意見了。治家也得顧及人情，不是這麼硬來的。」

薛宸看著天真的婆母，直言不諱道：「母親，您說的自然有道理，治家的確需要顧及人情，但那是對謹守本分之人，若下人連自己的本分是什麼都忘記了，那咱們做主子的還要顧及什麼人情？

「無規矩不成方圓，這是古來之理，我今日處置他們是因為他們做得不妥。我是主子，有權力處置，如果母親覺得我處置得不對，自然也可以處置我。母親，您覺得我處置得對還是不對？」

長公主幾乎被薛宸逼得說不出話來，覺得這個兒媳實在太厲害了，她是說不過的。不過想想她的說詞，若這些下人真的冒犯了她，的確該處置，既然要處置，那便不管重與輕了，橫豎兒媳總比這些下人要親，這個道理，她還是能想得通的。

她搖了搖頭，道：「我沒說妳做得不對，只是……」下手太重。不過這句話長公主沒說出口，因為在對上兒媳那雙漂亮得不像話的黑眸時，竟被她眼中的殺氣驚得再也說不下去。

長公主縮了縮身子，越發覺得兒媳和兒子真是太像了，一瞪眼，哪怕是不說話，都會讓她感覺無所適從，不知該怎麼辦才好。

「既然母親也認可兒媳說的，那便好。」薛宸回過身，對著庭院中的人喝道：「宋勇家的以下犯上，絕不可留在府中。主人家養的是能做事的人，不是跟主人作對的人，每個人引以為戒，聽見了沒有？」

院中此起彼伏的應答聲，讓長公主很是震驚，她院子裡的人何時這樣聽話了？不由看向了自家兒媳，心想：這世上的人，果真還是懼怕惡人的……

薛宸可不管他們此刻心裡在想什麼，瞥了陶氏一眼，道：「今後不管是誰來求見長公主，都必須在門房通傳，得到許可後方可由門房親自領入，任何人皆無權私闖。從明天開始，柴夫人若要進來，也得讓門房通傳一聲。」

這些年來，陶氏入國公府如入無人之境，誰知今日會被個小丫頭片子給限制了，當然不服，怒道：「妳是個什麼東西，竟敢阻攔我？妳知道我是誰嗎？妳婆母尚且要喊我一聲姊姊，妳又算老幾？憑什麼這樣和我說話？長公主，妳說說這個不知天高地厚的小丫頭！」

薛宸上前，又是一個巴掌打在陶氏臉上，似笑非笑地說：「讓我來告訴妳我是什麼東西。這裡是衛國公府，我的丈夫是衛國公世子，妳說我在這個家裡是什麼東西？妳是長公主的姊姊，請問妳姓啥名誰？宗室譜牒中有何封號名諱？我今日打妳兩個巴掌，妳且記好了，看看這個家中有誰會給妳作主，讓妳來還我這兩個巴掌？」

說到這裡，薛宸徹底冷下了面孔，湊近陶氏的耳朵，用只有她能聽到的聲音說道：「妳信不信，我就是把妳打死在這裡，都沒人替妳出頭。」

陶氏怒目圓瞪，轉身跑到長公主身邊指著薛宸說道：「長公主，妳可聽見了，她要殺我，說要打死我！我是妳姊姊，老夫人在時曾經說過我們就是姊妹，妳是我一口一口餵大的，我們之間的情分妳難道忘了嗎？妳就真的不管我了？」

長公主有些為難，只覺得薛宸動手打人不對，可她沒聽見薛宸說要殺了陶氏，不禁拍了拍她安慰道：「陶家姊姊莫生氣，宸姐兒是直脾氣，她是和妳說說氣話罷了，哪會真的殺妳呢？」

陶氏沒想到，一直對她唯命是從的長公主突然倒戈，保兒媳去了，當即失控，推了長公主一把，吼道：「妳怎麼回事？沒長耳朵聽她說話嗎？她剛才說了，就算是把我打死在這裡都沒人替我出頭，這不是要殺我是什麼！」

薛宸眼明手快地扶住了長公主，而後厲聲對身邊伺候的人怒目喊道：「全是死的不成？有人當面對長公主動手，還不把人給我打出去！」

長公主院裡的人因為這些年的安逸反應都遲鈍了，自家主子性子和軟，陶氏又那樣有臉面，平時恨不得幫著長公主發號施令，便打從心底覺得她和主子的地位是一樣的。

但是，薛宸這一嗓子把她們給喊醒了。不管怎麼說，陶氏就是動手推了長公主，如今少夫人開口吩咐，所有人如夢初醒，一擁而上，把鬧騰不休的陶氏給架出了院子，直到老遠，還能聽見她口中罵出的那些污言穢語。

薛宸嘆了口氣，真不知像陶氏這樣的市井婦人，為何會在衛國公府自由出入這麼久。扶著長公主坐下，然後讓人撤掉桌上冷掉的早飯，換了熱的上來，親自給長公主盛了碗蓮子銀耳粥送到她手中，輕聲說道：「母親，今日是兒媳踰矩了，不過母親也看到了，柴夫人並不是真心尊敬母親。」

見長公主捧著粥碗，依舊唉聲嘆氣，薛宸便將廳中伺候之人盡數屏退，然後拿了一把小勺塞到長公主手中。

「本來，我也不是非要處置柴夫人母子，可是母親沒有看見，柴公子亂闖後院，遇見了要過橋的寒姐兒，竟出聲輕薄，這是我和蘇苑親耳聽見、親眼看見的，寒姐兒被嚇得不敢過橋，落荒而逃。母親可以找寒姐兒來問問，看兒媳說得是不是真的。」

長公主這才訝然地看著薛宸，蹙眉問道：「果有此事？」

薛宸鄭重點頭。「母親要是不信，大可私下去問寒姐兒，若兒媳有一句謊言，願受五雷轟頂的懲罰。」

長公主立刻放下粥碗，雙手合十，說道：「呸呸呸，童言無忌，我沒說不信妳，發這毒誓做什麼？若真如妳所言，那今日這處置我便沒什麼好說的了，的確該這麼做。」

薛宸見長公主還不至於無可救藥，便和她一同吃了早飯，才回滄瀾苑去。

第四十二章

松鶴院裡，太夫人寇氏正拿著剪子親自修剪蠟梅的枝椏，一旁站著兩個丫鬟，一個手上捧著絨布托盤，另一個拿著兩把剪刀。

金嬤嬤跑了進來，將剛才發生在擎蒼院中的事情一五一十告訴了寇氏。

寇氏聽了一半便停了手，訝然地看著金嬤嬤。「妳是說，慶哥兒媳婦當著長公主的面，處置了宋勇家的和管家？」

金嬤嬤點頭。「可不是嘛，少夫人雷厲風行，說一不二，厲害著呢！」

寇氏眯起眼，將手裡的剪子交給丫鬟，擦了擦手，又問道：「還有那個陶氏，也給趕出去了？長公主沒說什麼？」

金嬤嬤回道：「可不就是趕出去了。據說，少夫人還動手打了陶氏兩巴掌呢！最後陶氏和她兒子是被人架著打出府去的，陶氏一路上罵罵咧咧，好多人都瞧見了。」

寇氏聽到這裡，雙掌不由一擊，捏在一起抖了良久才激動地說：「好、好、好！這麼多年終於給我等到了，不愧是慶哥兒找的媳婦兒，好啊！哈哈哈哈哈……」

金嬤嬤伺候太夫人這麼些年，哪裡不懂太夫人話中的意思。

這幾年，太夫人被迫交出府中中饋，有些事情不能當面去管，如果長公主處理完了，也沒法扭轉乾坤。更何況，她到底是長輩，若凡事皆和小輩計較實在太跌了身分，有些事只好去找國公了。但國公畢竟是男人，不好多干預後宅之事，太夫人光在背後替長公主收拾殘局，就忙得不可開交。偏偏長公主又是個不長心的，身分擺在那裡，誰也不能說她的不是，以至於這些年太夫人過得委實有些辛苦。

世子說要娶親時，太夫人便成日擔心會不會和他爹一樣，娶進個繡花枕頭，府裡最不缺的就是這個，長公主娘兒四個已經夠多了，若再來一個，太夫人可真是生無可戀了。

如今，慶哥兒媳婦露了一手，太夫人終於看見曙光，讓她如何能不高興呢？

太夫人一路負手回了主院，突然回身對金嬤嬤道：「慶哥兒媳婦剛進府，手裡沒有可用之人，挑幾個能幹的給她送去。」

「是。」

金嬤嬤正要領命下去，又被太夫人給喊住了。「哎，等等，還是算了，把人給慶哥兒吧，讓他領回去。別讓孫媳婦多心，以為我要在她身邊安插眼線呢。」

金嬤嬤心裡暗自稱讚，太夫人果然想得周到。

下了朝，婁戰去大理寺找婁慶雲。

從涿州回來後，婁慶雲便升了大理寺卿，正式成為大理寺的頭兒，要做的事情太多，忙得成天不見人影。以前兒子也忙，不過有時候還能瞧上兩眼，如今兒子有了媳婦兒，要是碰上幾天不上朝，婁戰就瞧不見他，那小子回家了便直接往媳婦房裡鑽，他這個老子難得碰見他幾回。正好今兒有空，就親自找來了。

婁慶雲正在看案卷，見婁戰來了才放下，讓人上茶。

婁戰端過杯子喝上兩口，然後說道：「我要是你媳婦兒都得埋怨你，成親才多久，就天天忙得不見人影。」

婁慶雲想起薛宸，笑了笑。「您怎麼知道她埋怨我，她巴不得我天天住這兒才好呢。」

婁戰就瞧不上兒子這副得意樣子，像誰不知道他成親了似的，懶得理他，問了他手裡的案子進展。正打算父子倆一同出去吃個飯，府裡回事處的管事就來了，將今日發生的事全說了出來，聽得婁戰目瞪口呆，婁慶雲是興奮不已。

婁戰不敢相信。「你是說，少夫人把陶氏給打了！還立了規矩，讓她今後不許來國公府？」

管事回道：「回國公，少夫人沒說不讓柴夫人來國公府，而是今後要通傳才能進來。」

「一樣一樣。」婁戰揮揮手，又問道：「這個，長公主沒說什麼？沒生氣？沒哭？」

「沒有。長公主本來想勸來著，不過聽了少夫人的話就沒勸成，但也沒生氣、沒哭，最後還留少夫人在擎蒼院吃了早飯，才讓少夫人回去。」

管事的話，說得婁戰一愣一愣的。

陶氏把長公主給迷惑得言聽計從，走國公府跟走他們家後花園似的，他每回說，長公主就跟他掉眼淚，然後絮絮叨叨說起小時候的事、受了陶氏多少恩惠什麼的，說得他啞口無言，只好妥協，後來乾脆撂挑子不管了，隨她折騰去。可不管不代表他願意讓陶氏在家指手畫腳啊！只是長公主那性子實在就是個玻璃，碰不得。

他轉頭去看婁慶雲，挑眉道：「你這媳婦兒還挺有能耐啊。」

婁慶雲與有榮焉。「那是，也不看看是誰的媳婦兒！要跟您一樣娶個淚包回來，那咱爺兒倆的日子可真沒法過了。」

婁戰還在詫異兒媳婦的能耐，不覺跟著兒子點了點頭，突然感到不對，橫眉說道：「瞧你說的，什麼淚包？有你這麼說親娘的嗎？」

婁慶雲放下案卷，從書案後頭走出來湊到婁戰面前，輕聲道：「不是淚包是什麼呀？皇上都拿她沒辦法，遇到事坐下一哭，哎喲喂，天都塌了！黃河決堤，氾濫成災，說淚包還是好聽的。」

婁戰伸手要給兒子一下，幸好婁慶雲閃得快，沒讓他打著。要說他如今能有這身本事，和他爹真脫不開關係。小時候，爹給娘哭煩了，就抓他來練手撒氣，小小年紀便得跟在老爹後頭練拳、練棍，練得不好，一個字，揍！揍了還不讓他回去跟娘說，要不然還得揍！這性子正是這樣一天天磨出來的。

小時候他很不諒解父親，覺得他娘多好呀，溫柔體貼……直到長大了、明白事理了、懂得很多事情了，才發現自家娘親就是空心蘿蔔，一無是處，要不是仗著親弟弟登基，親娘做了太后，依她這性子，能不能平安活著都成問題。

從那個時候開始，婁慶雲便立志一定不能娶個軟弱的妻子。就算他有能力保護好妻兒，可若妻子什麼都不會，遇到事就哭，被人壓著不僅不反抗，還直往後縮，他總不能十二個時辰都盯著她吧？他也有想做的事，要整天都盯著她，這日子過得可真沒勁！

婁戰又狠狠瞪了婁慶雲一眼，回過神來，才道：「不過這事，你媳婦兒辦得真讓人解氣，咱們家是該好好管管了。決定了，今兒回家吃飯，咱們喝一杯，我得敬兒媳一杯酒哇！」一戰場上廝殺養成的性子，豪氣干雲，賞罰分明，說話也沒有忌諱。

婁慶雲白了他一眼，道：「您別給我媳婦兒添亂了。她第一回出手您就去敬酒，不給她找事嘛？還想再看熱鬧就得安分些。我媳婦兒我自然會獎勵她的，不勞您費心了。」

「……」

太陽還沒下山，婁慶雲就回來了，手裡拎著兩只包裹，直奔滄瀾苑。

衾鳳和枕鴛等幾個丫鬟見著他，忙站起來行禮，婁慶雲揮揮手，高高興興地進了屋。

薛宸正在小書房裡。她從前不喜歡房間裡有許多人進出伺候，嫁到婁家，並不打算入鄉隨俗，依舊我行我素。

對於這一點，婁慶雲倒是舉雙手贊成，小時候跟著婁戰去軍營，最該嬌養的年紀就是在樣樣都缺的軍營中度過的，所以什麼事都能自己做，也不喜歡別人幫他做。因此，薛宸提出這個要求時，他沒多想便答應了。更何況，他還有私心，媳婦兒這般可人，兩人在屋裡時，他不敢保證會不會做出什麼來。有人在，總是不方便的。

薛宸聽到聲音探頭看了看，見是婁慶雲，便從房裡走出來問道：「今兒這麼早？」

婁慶雲嘿嘿一笑，對薛宸揚了揚手裡的東西。「陳記的泡椒醬肘子剛出鍋，我買了兩隻回來，待會兒準備點果釀，喝一杯唄。」

薛宸將鼻子湊到他揚起的紙包前聞了聞，果真香味撲鼻。和婁慶雲成親之後，她很快就發現了兩人的共同愛好。她年紀越大越喜歡吃辣，原以為自己口味獨特，沒想到婁慶雲在這方面竟然還是師父，不時從外面帶些辣貨回來，夫妻倆躲在房裡偷吃，吃得嘴裡噴火、眼冒金星，卻直呼爽快。

薛宸喜孜孜地接過肘子。「我這就叫人備酒。」剛要轉身，就被婁慶雲抱住，撒嬌似的將頭埋進她的肩窩裡。

婁慶雲個子高，雖然薛宸也算高䠷了，不過在他面前還是嬌嬌小小的。他咬了咬她的耳垂，說道：「媳婦兒，妳真好。」

薛宸覺得癢，往旁邊縮，回頭看了婁慶雲一眼問道：「你今兒遇上什麼好事了？心情很好嘛。」

婁慶雲笑著放開她，薛宸見他不說，便提著肘子去外頭，交代蘇苑和衾鳳準備。回來看婁慶雲在倒茶，對她舉了舉杯，意思是問她喝不喝，薛宸搖搖頭，又往小書房走去。

婁慶雲拿著杯子跟進跟出，見薛宸已經寫完了一堆紙，旁邊還放著府裡奴僕的名冊，不禁問道：「妳在寫字啊？這些都是什麼？」

薛宸回答：「嗯，記記府裡如今的人事安排，把這些人的關係理一理。你知道嗎？咱們府裡一共有三百六十個下人，其中沾親帶故的，就有一百七十人之多。」

婁慶雲拿起一本冊子，坐到旁邊的太師椅上，低頭翻看起來。「我哪裡知道，沒人告訴我呀。」

薛宸把一張自己寫的紀錄遞給婁慶雲。「我也是一條條理出來的。一個府裡的下人，其中竟有一半沾親帶故，幸虧國公府的門庭高，這些人掀不起什麼大浪來。若是在一般人家，不出兩年，金山銀山都能敗了，你信不信？」

婁慶雲看著薛宸寫的東西，眉頭蹙起，從前只曉得府裡亂，可沒想到居然亂成這樣，要是薛宸不提，他還不知有多嚴重呢。

「信，當然信，這就是個老鼠窩啊！一個咬著一個，要真鬧出事來，肯定元氣大傷。」

薛宸見他臉色有些沈重，遂笑著安慰。「你別太擔心，不過是些後宅裡的小老鼠，清理了便是，不值得你傷神。」

婁慶雲聽薛宸說得輕描淡寫，心裡明白這事並不如她說的那樣容易，看著桌上那堆紙，知道她整天全耗在這裡了，問道：「這些事怎麼是妳在做？」

薛宸抬頭看他。「這……我不能做嗎？啊，也是，我沒當家，原不該由我做。我就整理整理，整理好了，再去找母親商量。你放心吧，我不會擅自作主的。」

薛宸以為婁慶雲是說她不該干涉府中的事，便這麼回答，讓他寬心。

誰知道婁慶雲卻是搖頭。「不，這事妳得管！我的意思是，這些整理的小事可以交代旁人去做，自己用不著這麼累。妳是世子夫人，將來府裡的中饋要交到妳手上的，若是妳不該做，就沒旁人該了。」

薛宸看著他，突然笑了。「我還以為你不想讓我插手府裡的事呢。不過，就算你不讓我插手，我也要去找母親說的，這樣真的不行。再這麼下去，將來國公府一旦經歷風浪，千里之堤便毀於蟻穴。這些平時關注不到的細節正是蟻穴所在，不可不防。」

婁慶雲一把攬過薛宸，讓她坐在自己腿上，摟著她盈盈一握的腰，道：「媳婦兒，妳說，我要是沒娶到妳，這輩子該怎麼辦呀？」

薛宸橫了他一眼。「能怎麼辦？沒娶到我，你總能娶到別的好女人啊。」

婁慶雲卻是搖頭，說道：「不，我沒娶到妳的話，肯定就死了，嘔死的！」

薛宸被他的話逗得失笑，看著這張俊美無儔的臉龐，心道他上輩子還真是死了……

不過，雖說這一世因為她的搭救，婁慶雲才得以活下來，但她卻覺得是婁慶雲改變了自己。從前，她的心像一潭死水，不懂被人寵愛的感覺，自從嫁給婁慶雲，他對她視若珍寶，讓她的心性慢慢地活了起來。她救了婁慶雲的命，可他卻給了她無上的幸福。

蘇苑和衾鳳的聲音從門外傳了進來。「世子、夫人，酒菜備好了，現在送進來嗎？」

因為薛宸和婁慶雲恩愛得不得了，滄瀾苑裡的丫鬟們都知道，進門前一定要問清楚主子在幹麼，要是久久沒有回音，可千萬不能進去打擾了主子們的好事。

薛宸從婁慶雲腿上下來，對外道：「端進來吧。」

丫鬟們魚貫而入，兩隻泡椒肘子已被切成小塊，浸泡在湯水中，分作兩份。另外還配了四樣冷菜、四樣熱菜，外加一壺沒熱過的果釀酒。擺放好，丫鬟們便懂規矩地退了出去。

婁慶雲牽著薛宸的手扶她到椅子上坐了，然後自己在她對面落坐。夫妻倆相視一笑，氣氛溫馨又自然，低頭看了面前的泡椒醬肘子，不再客氣，埋頭苦吃起來。

婁慶雲用沒沾上醬料的手給彼此倒了酒，夫妻倆躲在房中大快朵頤，隔絕了外面丫鬟們各種浪漫旖旎的猜想。

第二天一早，婁慶雲起身要去大理寺，見薛宸還在睡，一張小臉沈在紅綢軟枕裡，想起昨晚她的嬌吟和求饒，便不由自主傻笑起來。穿好衣服後，俯下身在她額頭上親了兩口，低聲呢喃道：「妳繼續睡，我出去了。」

薛宸咕噥一聲，然後把被子拉高蓋住了腦袋。婁慶雲被她的小動作給逗笑了，拍拍她的屁股，掀開帳幔走下了床。

洗漱完，他正要拎著食盒出門，卻被太夫人身旁的金嬤嬤給喊住，非要讓他先去松鶴院一趟，只好過去了。

婁慶雲進去後，就看見院子裡站了四個丫鬟、四個婆子、四個護衛。

太夫人走出來，拉著他到旁邊說：「這些人，待會兒送去你院子裡。」

婁慶雲摸著頭，不解問道：「他們是什麼人啊？我院子裡伺候的人夠了，您湊什麼熱鬧？」

太夫人在他的後腦上敲了一記。「臭小子，怎麼說話的？我還不是心疼你媳婦兒，怕她在府裡吃虧。你不要就算了，反正又不是我媳婦兒。」

婁慶雲聽見「媳婦」兩個字，頓時心花怒放，對太夫人咧嘴笑道：「是給我媳婦兒的？您早說嘛！那他們都會什麼呀？」

太夫人白他一眼，然後把挑選出來的十二個人全介紹了一遍。「……這些都是厲害的，給你媳婦兒使喚，只有好處沒壞處。府裡這麼亂，你娘身邊的小人那麼多，不在她旁邊多放點人，萬一遭了毒手，有你哭的時候。」

婁慶雲嘿嘿一笑。「您怎麼知道我沒暗中給她派人手？不過那些都是暗樁，不如這些人實在。成，您的心意我領了，定把這些人交到她手中，好好利用起來。」

祖孫倆相視一笑，有默契地點點頭，然後婁慶雲便立刻領著人回到滄瀾苑。為了這事他決定歇半天，回去陪親親媳婦兒再睡個回籠覺，等媳婦兒睡醒，把人安排好，再去大理寺。

薛宸看著眼前的一大群人，聽婁慶雲說了他們的來歷，還是有些不敢相信。「你是說，他們全是太夫人派給我用的？」

「可不是嘛，太夫人想得比我周到多了。他們個個都有些能耐，妳儘管使喚。」

薛宸又看了看他們，仍覺得像在作夢，頓時明白了太夫人的意思。這些年，太夫人將府中的混亂看在眼中，卻不能插手管事，兒媳又是長公主，身分崇高，有些事實在不好和她對著幹。

可薛宸不同，她是長公主的兒媳，一代管一代，今後要從長公主手中接過管家的責任，早一點或晚一點並沒有什麼區別。反正，從人情上來說，她插手是名正言順，就算有了點爭執，太夫人也能從中調解一番。

薛宸垂眼想了想，對婁慶雲說：「其實，關於用人，我覺得……還是嚴洛東和顧超他們比較可靠，替我做事也做習慣了，看能不能以你的名義寫封聘書，讓他們到婁家來。他們畢竟是外男，這種事由我出面不大好。」

婁慶雲看著薛宸，知道她打這個主意肯定不是一、兩天了，這欲言又止的小模樣，說不出的招惹人，他心癢難耐，忍不住湊到她耳旁輕聲說了兩句話。薛宸的臉唰地紅起來，考慮片刻後，才勉為其難地點頭，答應這坐地起價的條件，把某人給樂壞了，樂顛顛地幫她寫聘書去了。

薛宸趁著這工夫記住了太夫人給的十二個人，領頭的是夏珠和孫武，夏珠精於管帳、在府裡打探消息；孫武就不用說了，乃是廣東府武魁。兩人各有特長，有他們在薛宸手下做事，總能給她增添不少助力。

聘書就這麼到了薛宸手上，將這一切全安排好後，婁慶雲才放心去了大理寺。

薛宸讓孫武將這幾封聘書送去燕子巷，然後便整裝上擎蒼院向長公主請安。雖然長公主和她說過無須每日請安，但薛宸依舊堅持，就算只是坐一會兒，也是她的一番心意。

擎蒼院中有客人在，薛宸到時正好遇見了，是正興侯夫人和太傅夫人，兩人身後跟著各自的兒媳。薛宸與她們見禮，正興侯夫人拉著她瞧了一會兒，又對長公主說了幾句奉承的話，這才告辭。薛宸代替長公主送她們出了院門，才折回去。

薛宸問了才知道，原來正興侯夫人和太傅夫人是來替婁映寒說親的，說的是宣寧侯家的嫡次子康義臣，在西山大營做參總，六品官職，年齡二十，風華正茂。

「我覺得這個康二公子應該是個好的，聽說他從前訂過親，不過那家小姐患了隱疾退婚，這才耽擱至今。二十歲的年紀，身邊也沒半個妾侍，不就和慶哥兒一樣守身如玉嘛。」

長公主似乎對康義臣很有好感，只是薛宸看著康家的拜帖，總覺得不對。康義臣的名字她似乎聽過，可一時又想不起來到底是在哪裡聽見的，只跟在長公主後頭附和兩句，也沒有說好還是不好，請了安之後，就要回去。

都走到門邊了，長公主忽然又喊了薛宸回來，叫貼身嬤嬤從裡間拿出一只小盒子遞給她。

薛宸接下盒子，笑著問道：「母親要給我看什麼？」

長公主端過養生的花茶，答道：「昨日國公回來便與我說，讓我將府中對牌的副牌交給妳。府裡的對牌雖在我手上，可我無法事事親力親為，將來慶哥兒襲爵，國公府總要交給你們的，妳早一天、晚一天接手，只是時日的差別。

「這副牌，早幾年便準備好了，本就是打算交給兒媳，沒想到慶哥兒一直不成親，才會放在我這裡。如今有了妳，我就有了幫手，這副牌放在妳那兒，今後府中一些小事，妳便自己拿主意看著辦吧。」

薛宸沒想到盒子裡裝的竟然是這樣的東西，打開看了看，果然是一對赤木雙魚的對牌，刻得很細，不過比一般的對牌稍微小些，看著更加精緻。

她趕緊將盒子合上，送到長公主面前，跪下道：「母親，兒媳知道自己的斤兩，不敢與您爭奪，這副牌我不能要，今後府中有什麼事，自然都會來請示您的。」她以為是自己昨日太過強勢，方有了長公主今日的試探，不敢大意。雖然大概知道長公主的脾性，可畢竟才相處幾天，還不能完全了解長公主的想法，不敢斷定她說得是真還是假。

長公主見薛宸跪下，嚇了一跳，趕緊親自扶起她，替她拍去裙襬上的灰塵。「哎，妳這是幹什麼？我不過是讓妳替我分擔一些事嘛。妳年紀還小，本不該這麼早就要妳跟著我做事，但昨日國公開口了，我若是替妳說話，反倒讓國公覺得妳嬌氣。這副牌妳收下，先做個樣子，今後如果有不想做的事，偷偷推給我也是可以的。」

「……」

薛宸看著長公主，再次覺得這個女人做母親真是合格又稱職的了。她對她沒有絲毫保留、沒有絲毫試探，真真切切的，反倒是她以複雜之心度她一片赤誠，遂有些慚愧地低下了頭。

在長公主的堅持下，薛宸收下了那對象徵著當家副冢婦的赤木雙魚對牌，若有所思地走出了擎蒼院。

她真的搞不懂，為什麼國公要讓長公主把這個交給她？看來晚上婁慶雲回來後得好好問他才行。

薛宸跟著蘇苑走在回滄瀾苑的小徑上。國公府太大了，以至於她都進門一個多月，還沒完全摸清楚，回回都要讓蘇苑帶著，要不然非迷路不可。

經過一處景色幽靜的小湖，薛宸讓蘇苑帶她過去坐坐，剛在亭中坐下，老遠地便瞧見兩個家丁走過來，一路說說笑笑，動作親密，你撞我一下、我碰你一回，頭都要湊到一起了。

薛宸看著他們，忽然靈光一閃，記起來了——上一世，因為唱戲的粉頭和人大打出手，最後把官位給弄丟的那個紈袴，就是康義臣！

難怪，她總覺得這個名字聽起來很耳熟，原來是他，那陣子可在京中掀起了不小的風浪！若他真是她記憶中的康義臣，便是好男風了，這樣的人，如何能說給婁映寒呢？幾年後，康義臣就該做出那糊塗事來，要是婁映寒嫁給他，今後該怎麼過日子！

可惜，她不記得上一世康義臣的妻子是誰，不知是不是婁映寒。他和男人私奔的消息傳出後，她還在心中替他妻子可惜了一把。

這下，該如何是好呀……

第四十三章

薛宸心裡有事，想了想後，便轉道去了婁映寒的院子。

婁映寒正站在樹下吟詩，窈窕的背影，看著就叫人憐愛。丫鬟走過去和她說了兩句，便轉過身，瞧見薛宸站在垂花門前，忙親自請進來，又吩咐丫鬟。「嫂子是雅客，用我冬日裡藏的雪水煮茶，茶湯鮮亮些。」

薛宸和她坐在樹下鋪著絨毯的矮榻上，立刻就有丫鬟送來薄氈子讓薛宸蓋在腿面。薛宸瞧著婁映寒殷勤周到的模樣，一時竟不知道說什麼好。

婁映寒卻是十分喜歡這個嫂子的。上一回柴榮的事情，母親私下問過她，那日她確實被他嚇得不輕，對於陶氏母子，她向來敬而遠之，遠遠瞧見就知道要躲開了。後來她才曉得，嫂子只說了幾句話便把陶氏母子收拾了。雖然她是個沒用的，可這並不妨礙她崇拜新入門的嫂子，儘管她只比她大一歲。

「今日嫂子怎麼有空來我這裡？」婁映寒親自給薛宸奉了茶，薛宸謝過後，兩人便說起話來。

薛宸微微一笑。「我剛從母親那裡回來，瞧見了太傅夫人和正興侯夫人。她們來做什麼，妳知道嗎？」

婁映寒許是已經聽到了風聲，臉頰浮起一抹紅潮，低下頭道：「不知。」

薛宸看著她嬌羞的模樣，忽然生出許多感慨。婁慶雲的三個妹妹長得都很周正，不過要說四兄妹中誰的容貌最好，還是數婁慶雲。三個妹妹雖然生得好看，但身上卻沒有婁慶雲那種吸引人的氣質。

不知不覺間，薛宸竟然想遠了，端起茶聞了聞香氣。這個動作讓婁映寒感到十分欣慰，原來嫂子也是個風雅的人。

薛宸聞了一會兒，又低頭看一會兒，才把茶送到唇邊，分三口喝進嘴裡，素手將空杯放在茶盤上，然後才抬頭對婁映寒道：「真是好茶。」

婁映寒不好意思地低下頭，說不出的嬌怯。若按照性格而言，婁家的姑娘與魏芷靜倒是頗為相似，只不過，魏芷靜是因自卑導致個性柔弱，而婁家三姊妹則是養尊處優下的安靜。

「據說兩位夫人是來給宣寧侯嫡次子說親的，妳怎麼看？」薛宸並不隱瞞，直接說了出來。她若想管這件事，勢必得先把婁映寒的想法給探聽清楚才行。

仔細盯著婁映寒的表情，見她微微一笑後，答道：「這事由父親母親作主，哪能讓我說話了？」

「若是讓妳作主，妳會想挑個什麼樣的？」薛宸又問。

婁映寒低頭想了想，然後抬起頭，笑著反問薛宸。「那嫂子呢？嫁給哥哥之前，妳想挑個怎樣的？」

薛宸垂眸失笑，道：「我在嫁給妳哥哥之前，原本是想去山上做姑子的。我娘去世得早，給我留了一大筆錢，我就想著，與其在這世上受人擺弄，不如上山自立門戶，建一座姑子庵，我做住持，安安靜靜、舒舒服服地過完這一生。」

婁映寒聽薛宸這麼說，不禁掩嘴，震驚地望著她，說道：「嫂子本來想做姑子？這、這怎麼可能？好端端地，為什麼要做姑子呀？」

薛宸也不隱瞞，將自己父親有外室的事告訴婁映寒，果真讓這個善良的姑娘對她親近了不少，掏心掏肺道：「我的想法沒有嫂子那樣新鮮，就想找個斯斯文文的，有才學，空閒時能與我談談詩文，哪怕出身貧寒，只要一心向學，就算只考中秀才……

「可惜，父親是武將，哥哥也在大理寺，婁家女兒哪能嫁給文官？可是，我真的不喜歡那些打打殺殺的魯莽漢。小時候，我隨父親去過軍營，軍營中的男子身上臭不可聞，說話又極為粗魯。雖然我知道父親母親不會替我挑個毫無學識和家世的人做丈夫，但……很顯然，他們空閒了，並不會與我談論詩文的。」

婁映寒是想找個斯文些的男人，要懂詩文、懂風雅，薛宸暗自記下了。姑嫂倆又聊了一些話，婁映寒留她用飯，薛宸想著，反正婁慶雲不在院中，便讓人把婁映柔請來，姑嫂三人坐在一起吃了飯。

飯間，幾人就薛宸從前想去建姑子庵的事展開熱烈討論。兩個姑娘太喜歡這個既幽默又和善的嫂子了，三人的年齡原本就相差不大，說起話來完全把薛宸當作是自己人般，毫無顧忌。

第二天，嚴洛東和顧超等人拿著婁慶雲親手寫的聘書，上門投靠了。

婁慶雲對嚴洛東可是相當熱情的。當初他跌落崖底，就是嚴洛東等一干侍衛揹他上山。雖說是薛宸在後面運籌帷幄，可若沒有嚴洛東的嚴防死守，最後還親自帶人下去將他們揹上懸崖，如今只怕夫妻兩人都葬身崖底了。所以，對嚴洛東，婁慶雲不僅僅是惜才，而是打從心底感激他們。

不用等薛宸安排，他便親自在滄瀾苑中劃出一座院子給侍衛住。嚴洛東進來，便是府中的一等侍衛，由婁慶雲欽定的身分，沒有人敢質疑。

等他們安頓好後，薛宸讓嚴洛東去調查康義臣，得到的結果頗令薛宸感到意外。康義臣雖然沒有納過妾，卻在府外養了兩個二爺。

康義臣好男風，他的父母一定知道，而在知道兒子有這毛病的情況下還到處給他張羅婚事，這就不對了。宣寧侯夫人也不知怎麼和正興侯夫人、太傅夫人說的，她們上門給康二公子說親，知不知道康二公子的毛病？

薛宸一點都不懷疑旁人知道康義臣的事，畢竟他沒有太過遮掩，只要稍微打聽一下這事就會露出來。兩個夫人在明知道的情況下，還答應宣寧侯夫人前來說親，由此可見，長公主糊塗的名聲應該已經傳了出去，以至於讓那些夫人連這種關乎姑娘家一輩子幸福的事都能拿來糊弄她。

松鶴院中，太夫人得知了正興侯夫人上門給婁映寒說親的事，也派人出去打聽康義臣的德行。

探子回來稟報後，太夫人暴跳如雷，拿著龍頭枴杖不住擊地，怒道：「還真是翻了天了！算計到咱們婁家頭上來！我換身衣服找長公主去。」

金嬤嬤攔住太夫人，在她耳旁道：「太夫人，您還沒看看少夫人是怎麼處理的呢。奴婢聽說，少夫人將原來在她薛家伺候的幾個侍衛全聘進了府，說不定正是為了這事。太夫人何不先沈住氣，看看少夫人會做出什麼來，一來再探探少夫人的人品，二來也好摸摸她的手段。」

太夫人聽了金嬤嬤的勸，收回腳步，笑道：「她一個十六歲的小姑娘能有什麼手段，她自己才剛成親，哪裡懂裡頭的彎彎繞繞。不過，我先等等也成，看看她到底能做到哪一步，反正只是上門說親，又不是訂親，不差這一、兩日。」

金嬤嬤和太夫人相視一笑，然後扶著太夫人進內間休息了。

薛宸在書案後頭坐了一會兒，心中有了初步的計劃。

康義臣這事實在不宜打草驚蛇，若婁家直接以這個理由拒絕，康家完全可以矢口否認，到時候，婁家便失去了主導權，這是最差勁的做法，薛宸自然不打算用。

若想快些解決這件事，唯有主動出擊，先發制人了！

第二天一早，薛宸便去擎蒼院請安，陪長公主拜佛唸經後，依然不打算回去，要伺候長公主用早膳。長公主哪裡捨得她站著伺候，便讓她坐下一起吃了。

婆媳倆吃了一半，外頭傳來了通報聲。「長公主，柴夫人求見。」

長公主一聽是陶氏來了，想也沒想，揮手道：「快讓她進來。」

說完這話，長公主看了薛宸一眼，放下勺子，語重心長地對她說：「柴夫人縱然有不對的地方，但她終究是我認的姊姊，就算妳不喜歡她，也別再當面給她難堪了。」

薛宸看著長公主，緩緩點頭，道：「是，兒媳知道了，今天保證一句話都不擠兌她。」

長公主被她逗笑了，拍了拍她的頭。

外頭傳來一陣急促的腳步聲，陶氏三步併兩步竄了進來，給長公主行禮，然後瞧見桌上擺滿了早膳。

長公主見她這樣，展顏說道：「陶家姊姊若是不嫌棄，便一起吃吧。」

陶氏點點頭，然後看看坐在那裡的薛宸，終究沒敢像從前那樣放肆。現在她真怕了這個世子夫人，小小年紀，煞氣逼人，手段狠得完全不留情面，那回她竟跟過街老鼠似的被人揪著打出去。原本想在家裡多歇息幾日再來戰鬥，可昨天聽見個千載難逢的好消息，若是今天不來，說不定過了這村，再難有這個店了。

陶氏若有所思地喝了口粥，終於還是忍不住，開口道：「長公主，不知前些日子，是不是有宣寧侯府的人上門給寒姐兒說親？」

長公主訝異地看著她，問道：「陶家姊姊如何知道這事的？」

陶氏擺擺手。「您別管我怎麼知道的，只要說是不是。」

長公主點了點頭，陶氏心裡暗喜，斟酌著詞句說道：「這個，我身為寒姐兒的姨母，覺得宣寧侯府的二公子哪裡配得上咱們寒姐兒，憑妻家的門第，就是找個王爺也使得。但我們家不一樣了，青青和柳柳如今已經十五、六歲，再不嫁人可真要變成老姑娘了。上回我與長公主說的事，長公主可還記得嗎？」

長公主聽陶氏說了一大堆，並沒有不耐煩，想了想後才道：「哦，記得，妳讓我給青青和柳柳留意合適的人。」

「對！就是這事！您看，這不是現成的人選嗎？反正妻家也瞧不上康家，不如把康二公子讓給我們青青或是柳柳，看二公子喜歡哪個。」

長公主似乎有些為難。「這……不大好吧。」人家到底是上門提妻家姑娘的親，現在又要介紹其他姑娘，康家該有想法了。

「有什麼不好的？反正康家想娶媳婦兒，妻家又瞧不上他們，乾脆撮合二公子和青青或柳柳，您那兩個姨甥女，今後一定會記得您對她們的好。」陶氏似乎打定了主意，一定要把康二公子給搶過去。

長公主實在為難，心想自己並沒有瞧不上康家呀！事實上，她根本沒來得及跟國公及太夫人說這事呢。

見長公主猶豫，陶氏又是一陣軟磨硬泡，終於勸得長公主給她寫了封信，讓陶氏拿去宣寧侯府，以長公主的身分命令康家二公子見陶氏的兩個閨女。

陶氏得了長公主的信，興高采烈地告辭，連早飯都不吃了。

看著她離開的背影，薛宸向長公主問道：「母親，您信裡是怎麼說的？就算您是長公主，也沒有架著人家公子去相親的呀。」

長公主笑了笑。「這我還是有分寸的。我一個深宅婦人，如何能寫信給康二公子？我是寫給宣寧侯夫人的，委婉拒絕她，然後才推薦柴家姑娘。看在我的面子上，柴家總會見一見青青和柳柳，只是最後能不能成，我就作不了主了。」

薛宸勾唇，揚眉笑道：「母親為了柴家的兩個姑娘，就這樣把康家的親退了？」看來這個婆母也不是太糊塗，知道康家並非良配。

長公主搖搖頭。「哪裡是為了她們，我也知道康家並不適合寒姐兒，就算告訴太夫人和夫君，他們也不會同意，不過是想等兩天，和他們商量後再拒絕。如今陶家姊姊看上了康二公子，又來求我作主，那我便做個順水人情，也沒什麼。」

「母親怎麼知道康家並不適合寒姐兒？」薛宸對這個婆母又有了些改觀。雖然長公主在大事上拿不定主意，但說不定並不是因為蠢笨，而是太過善良。只要有人求她，她就會儘量滿足對方的要求，是不想讓任何人受到傷害吧？可她心中還是清醒的，知道底限在哪裡。

只見長公主莞爾一笑，慈祥又動人。「我是寒姐兒的母親，如何不知她喜歡什麼樣的。她那屋裡，除了書就是畫，難道還會喜歡武將出身的人？只是咱們家乃武將出身，鮮少有文人上門罷了。」

「原來母親都知道，這下好了，寒姐兒能放心了。」薛宸主動勾住長公主的胳膊，愛嬌般擠在她身旁，俏皮說道。

瞧薛宸盯著自己發笑，長公主越發覺得兒媳和兒子簡直是一個模子出來的性子，都有些強勢，嫉惡如仇，喜歡誰的時候笑得能將人溺斃；不喜歡誰，便冷得能將人凍死。

但說起這個兒媳，長公主還是相當滿意的，不僅僅因為她與兒子相配，而是因為她嫁進來後，真的把國公府當作自己家，有什麼事並不藏著掖著，直言不諱，沒有絲毫隱瞞。

更難得的是，她對婁映寒和婁映柔都很好，年紀雖小，卻頗有長嫂的架勢，姑嫂間能相處得這般融洽，極為難得。兒媳懂事大方、漂亮能幹，難怪眼高於頂的兒子說什麼也要把她娶進門來。

陶氏拿著長公主的親筆信，大搖大擺領著自家閨女去宣寧侯府，遞了拜帖求見。

這些年，陶氏在長公主身邊，一些貴夫人是知道她的，不管長公主的眼光如何，她就是入了長公主的眼，其他人也只好應付著。

宣寧侯夫人黃氏在後院接見陶氏母女。本來還客客氣氣的，直到陶氏將長公主的信交給她後，黃氏的笑容再也掛不住，在心中將長公主給罵了——就算她瞧不上自家兒子，也犯不著找這兩個歪瓜裂棗來噁心她呀！

陶氏卻毫無自覺，自以為有長公主的信在手，宣寧侯夫人定會將自己奉為上賓。

事實上，黃氏也確實不敢得罪她，把信塞回信封，儘管內心氣憤無比，表面上卻還得維持笑容，抬眼瞧了瞧站在陶氏身後的兩個姑娘，一個高瘦、一個矮胖，皮膚黑不說，還偏愛穿鮮亮的衣裳，配戴的首飾更是老氣，有幾款明顯是長公主賞賜給陶氏的東西，此刻卻偏偏掛在她們手上充門面。這模樣，要是去老財主家相親倒是夠了，可穿成這樣到侯府來，就有些過了。

「不知二公子今日可在府上？」陶氏厚臉皮地問道。

黃氏微微一笑，拿帕子擋在鼻端，似乎有些難以忍受陶氏的氣味，淡淡道：「在倒是在。」

陶氏一聽，回頭看了故作嬌羞的兩個閨女，便往前坐，離黃氏更近了些，搓著手問道：「那……不知二公子可願出來一見？」

黃氏聽了，手中的帕子差點被自己擰碎。此等無品婦人著實叫人難以忍受，把她的兒子當成什麼人了，還出來一見？市井之言簡直粗鄙不堪。她深吸了一口氣，沒有答話。

這下，陶氏也看出黃氏的不情願了，臉上的笑稍稍隱去，指了指桌上那封信，道：「長公主在信裡可是寫得明明白白，我都不辭辛苦將兩個女兒送上門給二公子相看，二公子卻不出來見一下，我回去稟告長公主，長公主可是要生氣的。」

黃氏簡直想笑，誰不知道陶氏狐假虎威的路數，只有她把自己當個人物似的，以為有長公主撐腰就能凌駕於她們這些侯門夫人之上，簡直可笑！連對長公主她們如今都已經不怎麼看在眼中，更別說陶氏這種粗鄙的女人了。

不過，思慮間，黃氏有了主意。這件事，很明顯是長公主做得不厚道，看不上她兒子就算了，竟然還讓陶氏來羞辱她，若嚥下這口氣，她今後怎麼在貴婦圈裡做人？容陶氏這樣的女人騎到她脖子上撒野，豈不是淪為笑柄？

既然陶氏仗著長公主撐腰，那這一回，她就去落一落長公主的面子，看看陶氏還有什麼臉在外面耀武揚威！

黃氏不動聲色地喊了身旁的丫鬟，讓她去把二公子請過來，露了面後，便讓他回去了，弄得康義臣丈二金剛摸不著頭腦，以為陶氏母女是什麼不得了的大人物，舉止彬彬有禮。這可把陶氏樂得心花怒放，康義臣不愧是侯門公子，待人接物實在有規矩，要是能做她女婿，那她今後不就能得意得飛上天了？

讓兒子出來見人後，黃氏便讓她們先回去了。陶氏和兩個閨女走出宣寧侯府，一步三回頭，留戀起這可能成為她們親家的地方來。

剛出了門，柴青青就對陶氏說道：「娘，我就嫁這康二公子了。您去和長公主說，讓她給我賜婚，我等不及要嫁進來做少夫人了。」

陶氏還沒說話，高瘦的柴青青就被矮胖的柴柳柳推了一下。「呸，什麼給妳賜婚，我才要嫁給康二公子呢！我是姊姊，長公主要賜婚，也應該先幫我賜，哪裡輪得到妳說話？」

兩人說著，恨不得當場打起來。陶氏見狀，恨鐵不成鋼道：「瞧妳們這點出息，不過是個侯府的二公子，值得這樣爭來爭去？這回，咱們就看康二公子看上誰，到時候我再去跟長公主說，一句話的事，還能讓長公主多給點嫁妝錢。走走走，咱們回去慢慢商量商量。」

母女三人便手挽著手，歡天喜地地回家去了。

薛宸在書房裡寫字，嚴洛東向她稟報情況，說到陶氏帶著女兒趾高氣揚地去宣寧侯府相親時她就想笑，宣寧侯夫人看見長公主那封信，心裡一定嘔死了吧。

「那對母女離開宣寧侯府後，宣寧侯夫人就派人去請正興侯夫人了。」

嚴洛東替薛宸打聽這些後宅之事，一開始還有些不好意思，可現在已經駕輕就熟。和從前在刀口舔血的日子大不相同，後宅有許多有趣的事，能夠見到人生百態，還沒有生命危險，又能滿足他打探消息的興趣，幾乎都要愛上這份工作了。

薛宸不知道嚴洛東心裡的奇葩想法，只是勾了勾唇，道：「哼，找便找吧，無非就是想撒一撒心頭的惡氣。派人盯著，這幾天她們大概就會結伴過來，到時你先告訴我，我另有安排。」

「是。我讓顧超在那兒盯著，有消息就回來稟報。」嚴洛東回道。

薛宸點頭，繼續道：「想辦法讓陶氏知道康二公子金屋藏『嬌』的地方。她不是看上康二公子了嗎，咱們總不能看著她閨女跳火坑不是？尋個機會讓她知道康二公子好的是什麼。」

她可以想像，陶氏既然看上了康二公子做女婿，就是一心撲在上面的，要是知道了康二公子的愛好，只怕不會善罷甘休。

到時候，才是一場大戲的開始呀！

陶氏簡直難以相信自己眼前看到的是什麼。

今天她喜孜孜地帶著女兒上街做衣裳，若是和康家訂親，總要打扮得鮮亮些。正在量尺寸，卻聽外頭有人說了句。「咦，那不是宣寧侯府二公子的馬車嗎？怎麼停在那宅子前面？」

母女三人聽到宣寧侯府二公子這幾個字時，眼睛亮了亮，柴青青率先反應過來。「娘，咱們追上去和康二公子說兩句話吧。」

柴柳柳也很感興趣。「是啊，娘，還能當面問問康二公子看上誰。若是看上我，您就可以不必替青青做衣裳，只替我做就可以了。」

柴青青憤憤地瞪自家姊姊一眼，陶氏也覺得這是個機會，便帶著兩個閨女往外頭去，果真看見宣寧侯府的馬車停在街角處的宅院前，後面跟著的小廝可不就是那天她們在康家見的那個？

宅院的門房把凳子放在馬車下，眼看康義臣要下來了，陶氏帶著兩個閨女往前衝去，好不容易氣喘吁吁地跑到車前，正要說話，卻看見康義臣摟著兩個穿著單薄暴露、脂粉味十足的男子下了車，一會兒在左邊那個臉上親一下、一會兒又在右邊那個嘴上親一口，一雙手還不時摸著兩人的腰臀，逗得兩名妖嬈男子當街嬌呼連連。

陶氏腦子裡響起轟的一聲，看到這樣，她還不明白康義臣在幹什麼就真是傻了。她想也沒想，衝上去對著康義臣叫道：「你們在幹什麼?!康二公子，您是大家公子，怎麼、怎麼能和他們這些沒臉沒皮的粉頭在一起呢？這是不對的！您馬上就要娶妻了，還跟他們鬼混，叫個什麼事啊！」

康義臣看清了衝出來說話的潑婦，想起是那日母親喊他去見的客人，一開始他不知道她們的身分，頗為禮遇，可後來聽母親說了才知道，這是三個想吃天鵝肉的癩蛤蟆。莫說他不喜歡女人，為了撐個門面不得不娶妻，可就是娶，也要娶像妻家那種高門大戶出身的小姐，要身分有身分、要容貌有容貌，這個陶氏算什麼東西，也敢在他面前撒野！

「妳是個什麼東西?還不快滾！」

看陶氏的樣子，似乎還在作著春秋大夢呢，想著自己金尊玉貴的身子竟然被她那兩個歪瓜裂棗般的無鹽閨女惦記，康義臣就覺得氣不打一處來，不和她廢話，命人把陶氏母女打跑，看著她們過街老鼠般逃走後，才摟著他的嬌「妾」進了宅子。

黃氏派人把正興侯夫人尤氏請到了府裡，把長公主寫給她的信拿給尤氏看。

尤氏上下看了一遍後，並沒有馬上說話，而是收起信，抬眼看了看黃氏，良久後才問道：「長公主這信是什麼意思？」

黃氏冷哼一聲。「什麼意思？哼，還能有什麼意思，就是看不上咱們家唄。可她看不上就看不上，做什麼非要讓陶氏那個賤人來羞辱我？妳沒瞧見她那兩個閨女是什麼歪瓜裂棗，這樣的女子也想進我康家的門？我看長公主的腦子是被門夾了吧，簡直太不把我放在眼裡了！」

尤氏又低頭看看手上的信，點點頭，道：「的確是過分了。她自己把陶氏當個寶，還以為旁人也該如此，什麼樣的人都敢來說。」

聽到尤氏的附和，黃氏更加氣憤了，一拍桌子，說道：「不行，這口氣我可嚥不下去。陶氏既然仗著長公主的聲威來折辱我，那我便要去會會這個糊塗的長公主，當面質問她到底是什麼意思。」

尤氏想了想，勸道：「這……不大好吧，她是長公主啊。雖說有些糊塗，可身分在那兒呢，而且婁家也不是好惹的。」

黃氏回道：「怕什麼，長公主的脾性難道妳還不知道嗎？最是軟弱，連陶氏那樣的人都能拿捏她，更何況是咱們！再說了，這回咱們手裡有長公主親手寫的信，婁家要過問，咱們也有理，就算鬧到天邊去，咱們還是站得住腳。

「買賣不成仁義在，她瞧不上我兒子，私下派人來與我說一聲便是，可她偏偏要給陶氏出頭，讓陶氏壓到我頭上來撒野，這口氣，我說什麼也不會吞下去。明日，妳與我一同上門，我倒要看看婁家和長公主敢把我怎麼樣！」

聽了黃氏的話，尤氏有些猶豫。「哎，我看，這事還是再想想吧，長公主也沒說什麼，就是讓二公子見見她們，又沒一定要二公子娶。況且，旁人不知道，咱們還不知道嗎？二公子的毛病也不少啊。」

雖說在貴族圈中，不只康義臣一個人好男風，但終究是上不得檯面的事情，若康家還想娶名門貴族的女子回來做正妻，這事就不能傳出去。若是傳了，還有哪個高門大戶肯把女兒嫁進來守活寡！

黃氏也考慮到這個，不過卻是篤定一笑，道：「妳放心吧，在請妳們幫我說親之前，就已經讓臣哥兒把人從原來的宅子送到其他地方去了，如今他在外頭的幾個宅子裡輪流住，就是有人打聽也打聽不出什麼來。長公主那綿軟性子，糊裡糊塗的，哪裡會往這方面想？

「妳就別猶豫了，咱們這麼多年的交情，我難得想做件事情，妳還能不陪著？上回妳要去小姑子家鬧，還不是我陪妳去的，如今我有事了，妳便退縮了嗎？」

尤氏心裡清楚，就算她們直接找上門，長公主的性子也不會對她們怎麼樣，不過是怕惹上婁家。既然黃氏這麼說，那她也沒什麼好擔心了，畢竟交情這事本就是你來我往，妳幫我一回、我幫妳一回，今後難保自己還有點事要她幫忙呢！遂答應了。

於是，兩人決定明日一早便結伴去衛國公府，鬧鬧長公主，出一口氣！

第四十四章

薛宸和衾鳳等人在描花樣子。

昨天晚上，薛宸實在受不住，向某人提出條件，說給他做身新衣裳，讓他放她一回，某人勉為其難地答應了。於是，薛宸信守承諾，果真親自動手給某人裁製內衫，等今後手藝好些，再做外衫。

正描著繡花的圖樣，顧超從外頭跑了進來，薛宸在院子裡的涼亭中接見他。

顧超一邊喘氣、一邊告訴薛宸。「頭兒還在盯著，宣寧侯夫人和正興侯夫人打算明早上門，宣寧侯夫人已經讓門房備下車馬了。」

薛宸點點頭，道：「我知道了，就按計劃進行。人都看好了嗎？」

「看著呢，明天早上便能帶著陶氏去抓人。」顧超早依薛宸的指示安排好一切，只等宣寧侯府行動了。

薛宸勾唇一笑。「做得漂亮點。別露了餡。」

顧超拍胸脯保證。「夫人放心吧，頭兒是什麼人？做事滴水不漏，陶氏家住哪裡、有幾口人，都調查得清清楚楚了，這事保準辦得妥帖。」

讓他下去後，薛宸回到屋裡繼續描花樣子，心裡想像著明日那場戲該有多精采。

陶氏給人攆著追了一路，像過街老鼠似的，兩個女兒也跟著她挨了好幾下打。她氣憤不已，對康義臣的好感瞬間沒了，在家裡又是踢桌子、又是摔杯子，發洩了好久還不停歇。

兩個姑娘嚇壞了，回房歇著去了。陶氏的貼身丫鬟翠喜迎上來給她順氣，說道：「夫人，您別氣了，您可是長公主的義姊，那些人得罪了您，不跟得罪了長公主似的？難道就這麼白受了委屈，總要給康家一個教訓才好啊。」

陶氏順過氣，撫著胸口喘，抬眼看了看這個機靈的小丫頭，咬牙切齒地道：「不錯，康家算什麼，竟敢這樣對我！翠喜，妳不知道他們有多可惡，我原以為康家二公子是個好的，人品出眾……呸！一個兔兒爺，他髒不髒！還敢打我?!這事我一定要告訴長公主，讓長公主出頭，叫康家給我磕頭道歉！對，就這麼辦，我現在便去找長公主，告他一狀！」

陶氏說著就要往外走去，卻被翠喜拉住了。「哎，夫人，您不能這麼去呀！無憑無據的，回頭康家來個死不認帳，您沒證據，到時候長公主還以為您信口開河、挑撥離間呢。」

翠喜的話讓陶氏茅塞頓開，收住了腳步，遲疑片刻後才點點頭。「沒錯。我手上沒證據，康二公子包男妓的事，只要他抵賴誰也拿他沒法子，沒準還真會讓長公主說我大驚小怪、胡說八道呢！這可怎麼辦？」

翠喜笑著，湊近陶氏在她耳邊說了幾句。陶氏瞪大了雙眼看著她，咧嘴笑道：「能成嗎？」

「當然能成！只要夫人擒住那兩個人，把他們揪到長公主面前去，到時還怕長公主不給您作主？當場辦了康家都有可能啊！」

陶氏連連點頭。「不錯，就該如此！還是妳聰明。只是……我讓誰去給我抓人呢？」

翠喜道：「這個夫人不用擔心，我家裡最不缺的就是表兄弟，今兒回去喊一聲，讓他們來十幾二十個人。您不是知道地方嗎，明早您帶著他們去抓人，然後直接奔國公府找長公主。」

現在陶氏看翠喜可真是越看越喜歡了，這機靈丫頭，若這回的事成了，就讓兒子納她做妾，抬舉她當姨娘，算是賞她了。

一早，宣寧侯夫人的馬車就到了衛國公府門前，隨行的還有正興侯夫人尤氏，及被她們臨時請來主持公道的鎮國公夫人。門房通傳後，便將三位貴夫人請了進去。

綏陽長公主在擎蒼院的花廳接見她們，薛宸跟在她身邊伺候著。

「一大早的，妳們怎麼約著一起來了？」長公主最是和氣，未語先笑，說起話來輕聲細語，溫柔得簡直不像個公主。

黃氏心中冷笑，和尤氏交換個眼神，便走出來說道：「哦，昨日承蒙長公主厚愛，替我兒相看，今日就想上門親自給長公主道謝。正好正興侯夫人和鎮國公夫人在府中做客，便隨我前來了。」

長公主接過薛宸親自奉上的茶水，並沒有喝，抬頭看了黃氏一眼，道：「原來是因為這個。我倒是忘記問了，二公子和陶家姊姊的兩位閨女相看得怎麼樣啊？」

黃氏冷哼一聲，語調變得陰陽怪氣起來。「怎麼樣，長公主還不知道嗎？我是信得過長公主眼光的，以為長公主替我兒看的都是頂頂好的人家。可柴家的姑娘……我真不願意多說，怕影響她們的閨譽。那樣的人，長公主居然能提得出口，實在叫我心寒呀！」

長公主放下茶杯，正色對黃氏問道：「怎麼，二公子不喜歡她們嗎？也無妨。他……」

長公主的話還沒說完，就被黃氏打斷了。「柴家姑娘的樣貌與家世，我兒如何能喜歡？說句大不敬的話，若長公主真覺得她們好，為何當初不幫世子娶進門呢？為何長公主挑來挑去，也要挑像薛家小姐這般人品相貌的做兒媳？長公主，您這就是厚此薄彼了。」

長公主想說話，卻又被尤氏搶先，只聽尤氏說道：「就是，自古有句話，己所不欲，勿施於人。長公主自己都不願意娶進門的姑娘，為何偏偏要塞給康家？」

長公主連連搖手。「不是的，我、我就是讓康二公子和陶家姊姊的女兒見一見，並沒有要撮合的意思，妳們誤會了。」

見長公主軟弱沒脾氣，黃氏更來勁了，聲音逐漸大了起來。「您可是金枝玉葉的長公主，突然給我寫了一封信，指名道姓要讓我兒見見柴家的姑娘，這不是撮合是什麼呀！」說著從袖子裡抽出一封信，遞到鎮國公夫人面前，指著信中的字句給她看。

鎮國公夫人四十多歲，算是德高望重了，看了信，也不免對長公主說了一句。「這事確實是長公主做得過了。」

黃氏有她撐腰，脾氣越發上來了，將信甩到長公主面前，厲聲道：「我一直尊敬長公主，可沒想到長公主是這般對我的！我知道，為我兒求娶府上二姑娘是高攀了，只是窈窕淑女，君子好逑，您瞧不上我們就算了，私下裡派人告訴我一聲，哪怕把我喊來說說，也是可以的，卻偏偏要將這兩個歪瓜裂棗塞到我面前來。您是長公主，就能為所欲為了嗎？」

長公主連忙站起來，來到黃氏面前，扶著她解釋道：「不是的，妳真的誤會我了，我、我就是……」

長公主的話還沒說完，外頭就傳來了騷動，門房跑來稟報。「長公主、少夫人，柴夫人帶著一大幫人鬧進來了，咱們人少，攔不住她呀！」

說話的工夫，陶氏帶著一幫喊打喊殺的人闖了進來，穿過垂花門想直接進擎蒼院，被聞訊趕來的護衛擋在門外。

於是，陶氏在垂花門外喊了起來。「哎喲！這簡直是欺人太甚，求長公主給我作主啊，不然我可活不了了！」

她帶著哭腔喊叫，配合破鑼嗓子，真是鬧翻了天，讓擎蒼院裡的夫人們全聽得蹙起眉頭。

黃氏聽出陶氏的聲音，走到鎮國公夫人身邊告起了狀。「夫人，您也聽見了，就是這個潑婦！她在國公府中尚且這樣張狂，何況在我等面前，拿著長公主的信當作聖旨般，只差讓我跪在地上給她請安了。」見鎮國公夫人也是一臉憤慨，看了看長公主，搖頭嘆了口氣。

黃氏見狀，又走到長公主面前側身說道：「不是我說，這陶氏也忒沒規矩了，當這裡是什麼地方？偌大的國公府，門房居然攔不住她？長公主，您當這個家當得也實在太窩囊了。」

長公主被黃氏說得啞口無言，薛宸從她身後走上前，將長公主扶著坐到椅子上，然後才對門外的管家喊道：「去把柴夫人請進來，瞧瞧她到底出了什麼事，莫不是真受了什麼天大的冤屈不成？」

管家應聲去了，黃氏見薛宸竟然站出來說話，言語不乏天真，以為她和長公主是相同性子的人，不由輕蔑地哼了一聲，道：「倒沒看出來，衛國公府的長孫媳也是這般悲天憫人，當真是國公府之幸啊。」

薛宸回過身，臉上帶著濃厚的笑意，輕飄飄對黃氏回了句。「康夫人此言差矣，悲天憫人沒什麼錯，仗勢欺人才有錯呢。」

不等黃氏反應過來，薛宸已經將目光投向院子，瞧見進來之人後，便不由自主地勾起唇角，用帕子掩著唇，看似自言自語，可聲音卻足以讓廳內所有人聽見。

「喲，母親快瞧，柴夫人進來就進來，怎麼身後還押著兩個不男不女的人？」

眾人聽了薛宸的話向院中看去，穿著一身醬色寬袖服的陶氏身後，兩名妖裡妖氣的男子被兩個壯漢抓著胳膊拖進來。在他們身後，還跟著一個被五花大綁的男人，看著模樣還挺俊秀。

黃氏坐不住了，跨出門檻尖叫道：「臣哥兒！」想過去救兒子，卻被陶氏身後五大三粗的漢子給擋住了。

陶氏走過去，一把揪住黃氏的髮髻往後一拉，黃氏摔倒在地，手忙腳亂地想爬起來。

陶氏擒著人，來到花廳前，帕子一甩，乾嚎起來。「長公主，您可要替我作主哇！這姓康的不是東西，他、他根本就是個兔兒爺！他喜歡男人！哎喲，我竟然還作死地想把閨女嫁給他，這沒屁眼的孫子也配？虧得昨天在路上遇見，要不然還真被他蒙在鼓裡，若青青和柳柳嫁過去，可就是把這兩個姑娘的一生給毀了！」

康義臣滿臉是傷，剛才吃了不少拳頭，一路上才老實了點，可現在聽見陶氏那樣說他，實在忍不住了，就算被打，也不想讓那兩個癩蛤蟆占他的便宜，怒道：「放屁！誰看上她們才是孫子呢！」

陶氏一聽康義臣敢當面說她閨女不好，從地上爬起來，衝到他面前抽他的嘴巴。康義臣被綁著還不了手，被她打得不停後退。

院子裡這麼多人，竟沒有一個人出手阻止，黃氏還來不及扶好髮髻就趕過去救兒子，拉著陶氏不讓她動手。「妳給我住手！妳是個什麼卑賤的東西，竟然敢打我兒子，我跟妳拚了！」

院子裡亂作一團，黃氏是大家閨秀出身又是深宅婦人，實在不是陶氏的對手，三兩下就被按坐到地上。康義臣見母親被打，遂用身子去撞陶氏，陶氏被撞倒在地，黃氏便順勢撲了上去。

長公主在廊下瞧他們打起來了，想要阻止，卻被薛宸拉住。「母親，康夫人和柴夫人之間有恩怨，您又不知道是什麼事，怎麼好去插手呢。」

長公主猶豫片刻，然後說道：「就是不知道，也不能看著她們扭打呀！還愣著幹什麼？快將她們分開，有話好好說嘛。」

國公府的護衛出手將扭成麻花樣的幾人給分開，將三個狼狽不堪的人帶到長公主面前。

尤氏想上去替黃氏整理衣裳，卻被鎮國公夫人拉住，對她搖了搖頭。鎮國公夫人活了這麼大歲數，這點眼力還是有的，自陶氏進門開始，她就知道今天不該跟著宣寧侯夫人來衛國公府鬧事的。此時見黃氏有難，在事情沒弄清楚之前，她可不打算再插手。

「說說吧，怎麼回事啊？」薛宸好整以暇地讓人給長公主搬了張椅子過來，請她坐下，才對陶氏問道。

「長公主，我剛才都說了，這康家二公子是個兔兒爺！他……」

陶氏的話還沒說完，黃氏便打斷她。「什麼兔兒爺！妳的嘴巴給我放乾淨點！」

陶氏不願意搭理她，指了指兩個被押著、不敢說話的妖嬈男子，道：「不是兔兒爺？哎喲，妳是沒瞧見，今兒我帶人闖進去的時候床上是個什麼光景，三個大男人光著身子貼在一起呢，不是兔兒爺是什麼？別告訴我他們是在玩扮家家酒啊，我都不好意思說出口了！妳別再逼我，再難聽點的話，我這兒還有呢！」

黃氏哪裡被人這般無禮對待過，卻不敢承認兒子有這方面的問題，嘴硬道：「聽妳信口胡言！我、我不和妳說了！」

陶氏還想開口罵她，薛宸的聲音傳了過來。「柴夫人說的，不會就是那兩個人吧？若是如此，只要審審他們不就知道了。聽聽他們是怎麼說的，若柴夫人誣告，正好還康二公子一個清白不是。」

押人進來的孫武收到薛宸的眼色，走到那兩個嚇得瑟瑟發抖的妖嬈男子身前，還沒說話呢，兩人即嚇得癱倒在地，不住磕頭，倒豆子般將他們和康義臣的關係說了出來。

「求夫人們放我們兄弟一條生路，我們本是窮苦人家孩子，迫於生計只好委身青樓，操這皮肉生意。康二公子是好人，說喜歡男子，將我們兄弟贖了出來養在外頭的宅子裡，供他淫樂。康二公子喜歡男人塗脂抹粉，就成天讓我們這麼打扮著。

「我們本來一直住在麻煙胡同裡，可前幾天突然換了地方。康二公子說他母親要給他說親，說的是高門大戶的小姐，生怕被那戶人家查出我們的存在，就把我們帶到長安街街尾的宅子去。我們發誓，我們從來是規規矩矩、本本分分，沒想過要害人，求夫人們放了我們兄弟，我們保證以後再也不做這種斷子絕孫的事。」

兩人的話說得分明，黃氏氣得差點厥過去，要不是被人拉著，康二公子早撲上去咬斷他們的喉嚨了，嘴裡一個勁兒地罵道：「好個婊子養的！老子平日待你們不薄，好吃好喝供著，這個時候你們不想著幫我，竟然還反咬我一口！給我等著，看我回去怎麼收拾你們！」

兩個兔兒爺更害怕了，縮在一起低頭哭泣。

在場眾人全被這一幕給驚呆了，鎮國公夫人和尤氏低下頭，再不敢說一句話。長公主也沒有想到，事情竟然會這樣發展。

只見薛宸緩緩走下臺階，陽光下的她美得驚心，她走到黃氏面前道：「這麼說，康夫人早知道令郎有這個毛病，前幾日竟然還讓人來說親，就真有點不厚道了。」

知道兒子喜歡男人還讓人上門議親，這可不是用不厚道能形容的了。鎮國公夫人後悔得簡直想撞牆，她怎麼就信了黃氏的話，跟她來這裡丟人現眼！

長公主也知曉了問題的嚴重，從太師椅上站起來，指著黃氏，久久不曾言語，但眸子裡難得出現的憤怒，足以讓黃氏驚嚇得直發抖，還想狡辯，不住搖頭道：「我……我不知道這事！我、我也是今天才知道啊。都是那個逆子的錯，絕不是我存心……」

後面的話，她怎麼也沒敢繼續說出來。兒子如今肯定是毀了，若再把衛國公府的二姑娘扯進來，讓人發現她想騙婚，這罪名可真是跳進黃河都洗不清了。

薛宸極為冷靜，提出黃氏話裡的漏洞。「妳不知道，前幾天怎麼會讓妳兒子帶人換地方？不是妳授意的，那就是妳兒子蓄意的，這罪名，他擔得起嗎？」

黃氏滿臉驚恐，抬頭看著似笑非笑的薛宸，只覺得連頭皮都發麻起來，終於想通，自己也許惹了不該惹的人了。騙婚皇族之女，兒子就是有幾個腦袋也不夠砍啊！

她失魂落魄地跪下來，認罪道：「不關他的事，是我做的。我錯了，求長公主恕罪！」

長公主看著黃氏，氣不打一處來，若非這件事被揭露出來，若非陶家姊姊突然想搶人，她一念之差，真將婁映寒嫁進康家，那婁映寒今後的日子該怎麼過？

思及此，長公主縱然再心軟也不會立刻原諒黃氏，只讓她跪在地上，不准她起來。

陶氏在旁看著，不知不覺間自己竟惹出了這麼大的事。她只想報被康義臣當街追打的仇，沒想到事情會演變成這樣。

鎮國公夫人看戲看到這裡，知道自己不該再留下，走到長公主面前，恭恭敬敬地行了禮，道：「長公主，是老身識人不清，給您添麻煩了。老身這就回去反省，告辭。」

鎮國公夫人的身分雖不如綏陽長公主，但也是郡主出身，年紀又長，有一品誥命，平時見了長公主未必要彎腰，此時卻恭敬地行了禮，足以表達她的歉意。

長公主對她點頭回禮，鎮國公夫人便帶著尤氏頭也不回地離開了這個讓她丟臉至極的地方。

長公主看看自家兒媳，見她一臉篤定，便對她招了招手讓她過來，問道：「宸姐兒，妳看這事該怎麼處理好？」

薛宸轉頭瞥著面如死灰的黃氏，勾唇道：「世子不是大理寺卿嗎，康夫人這罪涉及皇家，交給大理寺審理，一切按照律例來辦就成，咱們不用操心。」

黃氏還想說什麼，薛宸一記厲眼掃過，她立刻嚇得閉上了嘴，認命地被婁家護衛扣著，和康義臣及兩個男妓一起被押出門。

陶氏見事情鬧得這麼大，心虛了，雖然覺得有點奇怪，卻不敢再停留，跟長公主說了一聲後，帶著跟她進來的人走出了衛國公府。

黃氏母子已經不在這裡了，但陶氏竟瞧見了兩個兔兒爺在門內和婁家的護衛說話，態度諂媚得很。護衛從懷裡掏出一包東西遞到他們手中，打開一看，全是白花花的銀子，那麼一大袋，怎麼說也有三百兩。

陶氏的腦子一下子就懵了，從她收到宣寧侯府派人來給婁映寒說親的風聲開始，似乎一切都有些不對勁。

照理說，侯府和國公府間議親，在沒有成之前應該會保密，怎麼偏偏讓她知道了呢？她是聽說婁家看不上康家，才動了心思和長公主商量。後來，她如願拿到長公主的信，以為憑這個就能把女兒嫁入康家。可事情再次急轉而下，就那麼湊巧，讓她發現了康二公子金屋藏嬌的地方。回去後，她雖然氣惱，可又怎麼會想到去把那兩個兔兒爺抓到長公主面前對質？

翠喜！陶氏想到這個丫鬟了，就是她慫恿自己去拿人的，還把她家的眾多表兄弟喊過來幫忙。可今天跟著她抓兔兒爺的漢子，長得完全不像一家人，高矮胖瘦各不同，怎麼可能都是翠喜家的？

陶氏想到這裡，回頭一看，剛才跟著她一起出府的男子們已經全消失不見了，頓覺背脊發涼得厲害。這些人根本不是翠喜家裡的，她之所以會抓人來國公府鬧，是翠喜煽動的，可見翠喜背後肯定有人。那個人是誰？怎麼能神通廣大到這種地步？

她站在巷子口，看著兩個收了錢的兔兒爺從國公府走出來，手裡那包銀子明晃晃的扎她的眼。給銀子的是國公府的侍衛，也就是說，騙她入局的人，很可能就是國公府的，究竟是誰這麼厲害？國公？世子？太夫人？不，這麼多年了，他們都沒有出過手，現在怎麼會突然出手？

是薛宸！

陶氏吞了下口水，完全被這個想法給驚呆了。

除了薛宸，她真想不出會有其他人這麼做。是她讓人透露了康家的消息給她知道；是她誘騙她跟長公主要求；是她讓她故意發現原本藏得好好的康二公子的住處；是她買通了翠喜、煽動她抓人鬧事；是她讓那麼多人陪她一起去康家外院抓人；是她把原本該被侍衛攔在外面的一幫人特意放了進來。

陶氏給了自己一個嘴巴子，她真是傻，翠喜的兄弟是莊稼人，根本不會功夫，可是今天隨她去康家外宅抓人的全是練家子，她怎麼就沒看出來呢？若不是有人故意放行，就憑她和一幫烏合之眾怎能輕輕鬆鬆闖入戒備森嚴的衛國公府？若不是有人設計好，她怎麼就能趕巧趁著宣寧侯夫人她們都在府裡時，押著人過來鬧？

還有康二公子的兩個男寵，若不是被人買通了，怎麼會在關鍵時候死死咬住康二公子不放，一口咬定和他有關係呢？但凡他們還想在康二公子身上賺錢，只要絕口不提和康二公子的關係，就沒有十足的證據能扳倒他。

若這一切全是那個小姑娘一手操弄的，陶氏實在難以想像，這姑娘的心計到底有多深，算計起人簡直比老虎吃人還可怕。

「喂。」

一個聲音在陶氏面前響起，嚇了她一跳，不自覺地便想逃，卻被人抓住肩膀，跑都跑不掉。

陶氏顫抖地回過頭，看見一個年輕的小夥子，正是剛才給錢的婁家護衛，好像叫孫武。

陶氏二話不說，對他跪了下來，不住搖頭道：「不要殺我、不要殺我！」

孫武被她跪得莫名其妙，從懷裡掏出一只小錢袋，拋給陶氏，說道：「這是我家少夫人賞的，說妳這回表現得不錯，要我拿給妳。」

陶氏看著手上的錢袋，本來就被嚇到了，又見孫武五大三粗、壯得能打死一頭牛，縮了縮頭，完全不知道該怎麼辦才好了。

她想了半天，才反應過來，決定在這位世子夫人面前痛改前非，恭恭敬敬地收下了銀子，對孫武道：「替我謝謝少夫人，今後我再也不敢鬧事了。」

孫武沒說話，轉身走了。

陶氏看著他離去的背影，又低頭瞧了瞧手裡的銀子，忽然生出欲哭無淚的感覺。手段根本不是一個等級的，怎麼和人家鬥啊！

她一邊走、一邊給自己順氣，回想第一次與這位少夫人交手時只挨了幾個巴掌，其他什麼事都沒有，可見薛宸已經手下留情了。

把院子裡的人都清理乾淨後，薛宸回到了屋內。

長公主被吵了一上午，頭有些疼，側躺在軟榻上休息，身上蓋著一條厚絨毛的氈子，看見薛宸進來就對她招招手。丫鬟替薛宸搬來杌子，讓她坐下。

長公主拉著薛宸的手，有些傷心地說：「唉，妳說，怎麼會發生這種事情呢？幸好沒答應，若答應了，我等於是親手斷送了寒姐兒的幸福啊。」

薛宸微微一笑，替她拉了拉身上的氈子。「您別多想，原本您就不打算答應這事的，不是嗎？只是沒想到事情會這樣發展。現在讓柴夫人戳破了康家的壞心，也算是老天有眼，您說對嗎？」

長公主被薛宸逗笑了，薛宸見她好像真的累了，便將她的手放入氈子裡，道：「今兒忙乎了一整天，母親睡會兒吧，外頭的事情我先料理著，若是有不懂的，再進來問您。」

長公主點點頭。「好吧，那我睡會兒，妳有事直接來喊我便是。」

薛宸從擎蒼院出來，回到滄瀾苑，那些由孫武派出去的護衛全回來了，正在院子裡等著覆命呢。

薛宸心情大好，每人賞了五兩銀子，誇讚幾句，便讓他們回護衛所去了。

松鶴院中，太夫人親自站在垂花門前，等著金嬤嬤。

她知道主院那邊在鬧，似乎鬧得還挺大的，好幾撥人回來，都帶來令她震驚的消息。

看見金嬤嬤，太夫人乾脆迎出了院子，金嬤嬤來不及行禮，便將事情的結果稟報給太夫人知曉。

「結果真是太出人意料。康家二公子是斷袖的事被揭穿了，現在已經被抓去京兆府，然後就要送往大理寺了。」

太夫人瞇著眼睛看金嬤嬤，然後拉著同樣震驚的金嬤嬤將這件事從頭到尾理了一遍，發現這件事有太多巧合之處。如果沒有人在背後操控，怎麼可能會這樣發展？康家帶著鎮國公夫人上門鬧事，陶氏正好就擒著人進來了？一個潑婦帶著一幫打扮成鄉民的人，能在戒備森嚴的國公府裡穿梭自如，沒有絲毫阻攔地順利抵達擎蒼院外？怎麼可能！

「以老奴之見，這件事很可能是世子的手筆。您想，若世子早就知曉了康家二公子的癖好，對康家惡意騙婚之事定然有氣，這事布局得如此精妙，除了世子，老奴實在想不出還有誰能做出來。國公爺不可能管這些事，長公主又是……」金嬤嬤沒敢繼續說下去。

太夫人在垂花門前踱起步來，將事情又從頭到尾想了一遍，突然笑了起來，不再說什麼，直接負手進了門。

金嬤嬤追上去，太夫人突然回頭對她問了一句。「對了，如今滄瀾苑還能打探到消息嗎？」

金嬤嬤搖搖頭。「打探不到了。從前世子不在家，滄瀾苑沒人管，現在世子回來住了，咱們要想再去滄瀾苑探聽事情，就困難許多了。」

太夫人聽了，點點頭，滿意地笑了。

金嬤嬤見狀，更加摸不著頭腦，出聲問道：「太夫人，您怎麼總是笑呀！難道我有什麼地方說得不對嗎？」

兩人是幾十年的主僕了，太夫人在金嬤嬤面前沒什麼架子，就跟朋友說話似的自在。她坐到羅漢床上，拿起床前點好的旱煙抽了一小口，緩緩吐出煙霧，才對金嬤嬤說道：「滄瀾苑哪裡是因為世子回來後才打聽不到消息的？妳什麼時候瞧見世子公然管過內宅之事？從前世子雖不住在府中，可也沒有對滄瀾苑加強管束。妳再想想，將滄瀾苑管得跟鐵桶似的到底是誰啊？」

金嬤嬤垂眸想了想，恍然大悟。「是世子夫人。」

太夫人看著她，又笑了。

「我之前只覺得她是個性格潑辣的小姑娘，可妳瞧見她這回的手筆沒有？怪不得她出嫁前能管著薛家的中饋，那時她不過才十二、三歲。」

剛開始，她讓人探到這個消息時，以為是傳言過頭了，可如今看來，自家孫子是傻人有傻福，糊裡糊塗地娶了個寶貝進門。

會做人、會做事，不驕不躁，對長公主沒有絲毫輕視之心，大小事情都會事先請示，無一處不守規矩，跟她那個被人保護得有些天真過頭的婆母比起來，薛宸真是個非常不錯的孫媳婦呀！

第四十五章

這些天，婁戰沒什麼事，有空就到大理寺坐坐，發現兒子這裡有上好的茶，也不客氣，大咧咧地享用起來，順便念叨兒子。

「……那時候是條件不允許，我三十歲成親，三十一歲才有了你。可你不同，好不容易盼著你娶妻，別老窩在這裡，回家多陪陪媳婦兒，早點給我生個大胖孫子。你成天在大理寺忙，我孫子會自己跑出來嗎？」

婁慶雲抬眼瞥了瞥這看起來一點都不像年過五十、頂多四十多歲的老頭，實在不想搭理這個無聊的話題。

可是，婁戰一點都不覺得無聊，見兒子不理他，又接著說道：「你在這裡寫寫寫，能生出孩子來嗎？你成天跟大理寺這幫大老爺們混在一起，能生出孩子來嗎？你就是把這些案子審得再漂亮……能生出孩子來嗎？」

婁慶雲將手裡的案卷放下，抬頭對婁戰道：「爹，您能不能換個地方嘮叨？您要不嘮叨，我就能早點把事做完，做完就能回家給您生孫子去。您……」

他還沒講完，外頭就來傳，說府中管家求見。管家進來後先行了禮，然後把今日發生的事告訴兩位主子。婁戰聽得有些雲裡霧裡，不過婁慶雲可是一下子就聽懂了。

管家離開後，婁慶雲對婁戰笑道：「爹，我媳婦兒的誥命，什麼時候請啊？」

婁戰不懂兒子怎麼突然說這個，還沒有弄清楚今日府中發生這件事的重點在哪裡。不過就是幾個上門鬧事的人被處置了嘛，很正常的事，反正不可能是長公主幹的，太夫人倒是有這能耐，不過，太夫人好幾年沒有這樣出手了。

他睨了兒子一眼，道：「你媳婦兒的誥命，自然由你請，問我做什麼？不過你們剛成親，她才十六，也太早了些，除非是那些皇家子弟，否則我從未聽過有誰十六歲當誥命夫人的。況且你又是一品，十六歲的一品誥命夫人，別寵得無法無天了去。」

婁慶雲心裡得意得很，揚眉一笑。「我媳婦兒，我愛怎麼寵就怎麼寵！過兩天，我便遞摺子去內務府。」

婁戰拿這傻兒子沒辦法，不過，他也不是那種不開明、喜歡管小輩私事的人，兒子願意怎麼辦，就怎麼辦，反正一品誥命的名分少不了兒媳的，早一天、晚一天，沒什麼差別。

「我管你什麼時候遞摺子，我只關心我孫子。我告訴你，一年內，哪怕是孫女兒，先開花後結果也成，反正我要個孩子！一年之後做不到，我就把你弄到邊關去，聽到沒有?!」

對於婁戰這樣的威脅，婁世子對這傻爹無語了，然後繼續埋頭苦幹，希望能早點做完回家，腦子裡順便想著今天晚上和媳婦兒吃什麼。

婁戰得不到兒子的回應，杯裡的茶也喝完了，灌了一肚子水，就不在這裡和他耗，想著今天府裡有人鬧事，長公主一定嚇壞了，他得回去哄哄，便翻身上馬，回家去了。

回到府裡，長公主的貼身侍婢告訴他長公主睡下了，婁戰才百無聊賴地去了太夫人的松鶴院。

太夫人看見兒子，就拉著兒子仔細說了今兒發生的事，又把薛宸誇了一番，婁戰這才驚訝地看著自己的母親，道：「您是說，今兒這事不是您的手筆，而是……慶哥兒媳婦？」

太夫人點點頭，知道兒子有些不信。事實上，若非她親身經歷，她也不敢相信。

婁戰看著太夫人良久，然後才吶吶說了一句。「怪道要請誥命了。」

婁慶雲回家時，正是華燈初上，薛宸站在明絲燈罩前，用竹籤撥弄著燈芯。直到蘇苑、夏珠給婁慶雲請安，薛宸才回過身來，婁慶雲接過她手裡的竹籤，放到夏珠手裡的托盤上。

薛宸笑道：「回來了？」

婁慶雲點點頭，然後對蘇苑、夏珠揮揮手，兩人便退了下去，體貼地替他們把房門關好。婁慶雲這才一把抱起薛宸，轉了兩圈，薛宸嚇得摟住他的脖子，嬌嗔道：「哎呀，你幹什麼呀！又有什麼好事了，怎麼這樣高興？」

婁慶雲在她嘴上用力親了一口，才擁著她坐下，順勢讓她坐在腿上，靠著自己，道：「媳婦兒，妳太給我長臉了。」

說著話，又要親薛宸，被薛宸用手擋住了，無奈問道：「什麼呀？你說得沒頭沒腦的。」

婁慶雲把今兒的事說了一遍，末了還小小埋怨薛宸都沒要他幫忙云云。

薛宸不以為意地笑了，道：「就這個？我還以為是什麼事呢。」就要從婁慶雲身上起來，卻被兩隻箍子般的手臂箍住了腰身。

婁慶雲說道：「就這事？妳不知道太夫人有多高興。我一回來，就被她叫去了，把妳從頭到腳誇了個遍，千叮嚀萬囑咐，讓我一定要對妳好，一定要把妳看牢了。」

薛宸無語地看著自家夫君。「不至於吧。太夫人不嫌我多管閒事就很好了，還誇我？」

「怎麼能叫多管閒事呢？康家這樣過分，騙婚居然騙到我們頭上來，若妳不出手，靠我娘，這事就沒個結果了。太夫人是真喜歡妳，就跟我似的，從頭到腳都喜歡。妳也不想想我娘是個什麼性子，這些年，太夫人為了給我娘善後，不知費了多少心呢！就怕再娶個我娘那樣的麵糊孫媳婦回來。妳這樣的，她怎麼可能不喜歡呢？她老人家說了，今後這府裡的事，妳放心大膽地辦，她給妳撐腰！還有我，不僅是府裡，就是府外，有事我也給妳擔著，儘管橫著走！」

薛宸被婁慶雲這番話說得笑了起來，捏了捏他的鼻子，道：「傻子。」

夫妻倆在房裡膩歪了一會兒，婁慶雲說帶薛宸去吃飯，薛宸也想出去看看，換了衣服，就和婁慶雲出去了。

夫妻倆在景翠園吃完晚飯，婁慶雲又帶薛宸去集市逛了逛，玩到戌時二刻才回府。今兒婁慶雲大發善心，只要了一回，就放薛宸去睡了。

五月，薛繡給元家生出個六斤重的閨女，薛宸和魏芷靜、韓鈺去元家道賀。

薛繡的精神還不錯，坐月子時養得白白胖胖的，比從前多了幾分富態來。

「哎喲，生個孩子可不容易了，咱們女人真是辛苦。」薛繡靠在軟墊上，把女兒抱過來給大家看了兩眼，就讓奶娘抱下去餵奶了。

薛宸坐在一旁給薛繡剝果子吃，薛繡接過後，對薛宸問道：「妳的肚子還沒動靜啊？」

薛宸橫了她一眼。「果子還堵不住妳的嘴？」

礙於韓鈺和魏芷靜都沒成親，薛繡不好多談已婚婦人的話題，只好和薛宸交換了個眼神，卻被薛宸瞪回去。

「下個月靜姐兒也要嫁人了，我聽人家說唐家二公子個性俠氣，是個好人，定不會欺負靜姐兒。只是，唐大公子之前娶了長安侯府的嫡長女宋毓華，我和宋毓華見過面，說了幾句話，那不是個好相處的，靜姐兒嫁進去後，言行舉止都要當心些。」

已經不止一個人跟她說唐飛的嫂子厲害，搞得魏芷靜很心慌，薛宸拍了拍她的手，道：「別太擔心了。就跟妳從前說的那樣，妳又不和她爭權奪利，她不會對妳如何的。」

魏芷靜點了點頭，然後把話題引到韓鈺身上，問道：「對了，鈺姐兒到今天都還沒訂親，妳母親有什麼打算嗎？」

韓鈺正在吃東西，見所有人的目光都落在自己身上，眼神有些閃爍，故作輕鬆地說：「哎呀，說我做什麼，我就不訂親，妳們能拿我怎麼著？」

對於韓鈺這任性的說法，幾人紛紛搖了搖頭。

正說著話的工夫，就聽外頭有丫鬟來稟報。「少夫人，楚姨娘親自給您燉了雞湯送過來。」

薛繡的臉色瞬間冷了下來，整個人如臨大敵。薛宸從她的反應中看出，這個楚姨娘絕對和從前那兩個姨娘不一樣，最起碼，她能讓薛繡露出正經神情，便足以說明她在元府中的地位不一般。

薛繡似乎看出了薛宸的疑惑，深吸一口氣後笑著解釋。「她是宛平人，三個月前被納入府中做妾。」寥寥幾個字，就把楚姨娘的身分說得分明。

薛宸心中實在難受，薛繡的情路真是多舛，元公子身邊的鶯鶯燕燕多得叫她這個外人都覺得頭疼。

薛繡應了後，門外吹進一陣清淡香風，一名環珮叮噹、形態風流的女子走入，大概十七、八歲的樣子，整個人如一顆成熟的蜜桃般誘人，規規矩矩給薛繡行了禮，然後才親手奉上雞湯。

薛繡端過湯，卻是不喝，笑吟吟道：「有勞了。這些事如何要妳來做？交給下人就得了。」

楚姨娘一口嬌軟音調，說話時，讓女子都為之心顫。「伺候夫人是妾身該做的，夫人別嫌妾身笨手笨腳就成了。」

薛繡沒有說話，低頭用勺子攪著湯，外頭又傳來丫鬟的傳話聲，說是大公子回來了。

楚姨娘聽見這句話，整個人站直了些，薛宸是婦人還行，可魏芷靜和韓鈺是未出閣的姑娘，不大方便留下，遂起身讓薛繡好生休養，她們改日再來探望。

薛宸彎腰替薛繡整理髮鬢時，用眼神詢問了一下，薛繡不著痕跡地搖搖頭。既然薛繡說沒事，她也不好多問，畢竟這是人家的家務事，外人實在不好插手。

薛宸轉身走到門邊，丫鬟送上了她的披風。

誰知，楚姨娘竟跟過來，對薛宸說道：「想必您就是衛國公世子夫人吧。時常聽我家夫人說起您。」

薛宸穿好披風，看楚姨娘一眼，只對她笑了笑。

片刻後，薛宸領著幾位姑娘出門，楚姨娘趕忙屈膝相送，走到門邊時，正好遇見進門的元卿。

看見薛宸，元卿往後退了一步，拱手為禮，薛宸向他點頭致意後，在丫鬟、婆子的簇擁下離開了元家。

魏芷靜定在六月初二嫁入唐家，五月底，薛宸就跟太夫人和長公主告了假，說要回薛家幫忙幾天，太夫人准了，讓她不用擔心府裡。

晚上跟婁慶雲說起，他倒沒反對，不過聽到薛宸說這幾天都不回來時，態度就變了，說什麼也要跟薛宸去薛家住。薛宸拗不過他，只好同意，於是夫妻倆便一起去了燕子巷的薛家，住回薛宸的青雀居中。

雖說是回薛家幫忙，其實薛宸根本幫不上什麼，所有的事情蕭氏都安排好了，薛宸最多是給魏芷靜充充門面。魏芷靜出嫁那天，蕭氏請薛宸做送嫁娘子，隨著來迎的隊伍一同去唐家，看著魏芷靜拜堂。

上一世薛宸來過唐家，畢竟她嫁給了宋安堂，宋毓華是武安伯府的當家媳婦，免不了要和唐家打交道。不過每次都是匆匆來、匆匆走，不曾多留。

薛宸是衛國公世子夫人，年紀雖然小卻受到唐家的禮遇，武安伯夫人孫氏親自領著她去內間吃甜茶。

宋毓華正在招呼內間裡的夫人們，瞧見孫氏進來，又看到了薛宸，孫氏主動給她介紹。「這位是衛國公世子夫人，是靜姐兒的繼姊。世子夫人，這位是我的長媳宋氏。」

薛宸對宋毓華點了點頭，沒有說話，不過宋毓華對薛宸倒是有所耳聞，說道：「哦，原來妳就是衛國公世子夫人薛宸啊。」

孫氏瞪著宋毓華，讓她不得無禮，宋毓華卻視而不見，一雙有些突出的眼珠子裡充滿了對薛宸不友善的敵意。

這種目光薛宸上輩子見多了，除了厭惡，還真找不出其他的感覺。既然她不友善，那她也沒必要和她虛與委蛇，淡淡地瞥她一下，便越過宋毓華走開了。

孫氏連忙跟上薛宸的步伐，經過宋毓華身邊時，特意又冷冷地瞪了她一眼。

宋毓華瞧著婆母看自己的目光，又看她巴結地跟在薛宸身後，氣不打一處來。她是長安侯府的嫡長女、父親是長安侯、弟弟是長安侯世子，她這樣的身分原本就是攀個王爺也夠的，偏偏被武安伯看中，親自向她爹提了親。武安伯是她爹的老部下，實在不好意思推辭，便答應讓宋毓華嫁給武安伯的長子唐玉。

宋毓華平生最討厭的就是比自己長得漂亮的人，而薛宸那副身段和樣貌處處都觸了她的逆鱗。不過是個三品官的女兒，憑什麼和她這個侯府千金相比？

更何況，薛宸和自家兄弟還有那麼一段不清不楚的關係，若不是攀了高枝，這時只怕已經嫁給她弟弟宋安堂了，哪裡還輪得到她在自己面前耀武揚威？呸！就是因為薛宸不配合，才讓她的手頭越來越不寬裕，長安侯府開銷大，有時還得向她拿銀子回去。她總共就那些嫁妝，被郁氏要了兩、三回已經差不多了，最後一次來要錢，還是跟唐玉拿的。

剛才她瞧著薛宸身上的穿戴，從頭到腳沒有一處不精緻華貴，單她頭上戴的東珠簪子，那顆東珠只怕都能抵上一座三進小宅院的價錢了，可她就這麼無所謂地戴在頭上，招搖過市，炫耀給誰看？還有她身上穿的衣裳，全是貢緞做的，別說外面買不到，就算買得到，也是價格高昂，普通人穿不起的。

如今薛宸的身分是衛國公世子夫人，很多年輕夫人便圍了過去，與她說話套近乎。宋毓華站在門邊瞧著薛宸被眾星拱月的模樣，心裡更不是滋味，當初她要是嫁到了宋家，看她怎麼收拾她！得意什麼呀?!

宋毓華心中憤憤地想著，扭過腰，轉頭走到廊下，長安侯府的丫鬟就湊了過來，說是長安侯夫人請她去前面聚聚。宋毓華沒作聲，等丫鬟走了之後，想了想，調轉腳步，打算躲回房裡歇去。這個時候，她娘找她準沒好事，說不定又來要銀子，她現在是泥菩薩過河自身難保，哪裡有銀子給她？可那是自己的親娘，見了面，她開了口，怎麼也不好拒絕，乾脆不見，反正今天是小叔子成親，她是長嫂，有的是藉口說忙。

宋毓華沒走幾步，就聽見唐玉在對面的花壇喊她，停下腳步回頭，果然瞧見唐玉急匆匆地朝她奔來，問道：「我上回讓妳多備的酒，妳備了嗎？放在哪兒？賓客們都來了，人數太多，酒不夠了。」

宋毓華想了想，一陣心虛，他讓她去備酒的銀子，她給了郁氏，可這話不能直接跟唐玉說，於是指了指南邊，道：「備、備下了，應該是放在南邊庫房下面的地窖裡。」

唐玉立刻派人去拿，宋毓華要轉身，唐玉卻又喊住她。「哎，妳去哪兒啊？妳是長嫂，前面都快忙不過來了，妳也去搭把手，別一天到晚窩在房裡。真不知道你們侯府是怎麼教的，一點規矩都沒有！」

唐玉跑來跑去，忙得不可開交，原本這些後宅之事根本用不著他操心，可他娶的媳婦只拿錢不管事，好多東西都要他親自去弄。之前，父親說讓他娶長安侯府嫡長女時，他想都沒想便同意了，以為侯府千金總比一般府邸的小姐要上得了檯面，可是娶回來之後才知道，這個侯府千金真比不上懂事的官家小姐，為人刻薄善妒又目中無人。

不過娶都娶了，唐玉再後悔也沒法退親了，畢竟父親還在長安侯手下做事，若是鬧翻，對兩家都不好。

唐玉對宋毓華說教完便轉身忙去了。宋毓華站在原地氣得鼻孔冒煙，顧不得是什麼場面，對著唐玉離去的背影就吼道：「唐玉，你是個什麼東西？敢對我說教！」

宋毓華的性子得了郁氏的真傳，不過，她沒有郁氏運氣好。郁氏性子不好，卻嫁了個相對有用的丈夫，最起碼長安侯早年是立過軍功的；可她嫁的唐玉，到今天，武安伯連個世子都沒給他請封。

提起世子，宋毓華又是滿肚子氣，憑什麼薛宸便能嫁個國公府世子，順順當當地做了世子夫人，就憑那張妖精般的臉嗎？她宋毓華哪裡比薛宸差，為什麼她的夫君只能做個閒散的從六品小官？而這個沒用的丈夫現在居然還敢嫌棄她沒用，也不想想，若是他有用，給她掙個世子夫人的名頭回來，她在這個家裡不就立起來了嗎？

想到這些事，宋毓華的脾氣上來，更不想做事了。管他什麼小叔子成親，反正他娶的是薛宸的繼妹，母親是縣主又怎麼樣，看她今後怎麼教訓魏芷靜！

薛宸向來善於交際，從前她不過是三品官的女兒，為人處事都能十分圓滑妥帖，更別說如今的身分了。

放眼整個封國，國公府就有十來處，可衛國公府只此一家，是皇上的嫡親舅舅家、戰功赫赫的婁家，婁家的媳婦走出去都比其他人家要高一頭。不僅僅因為婁家簡在帝心，還因婁家娶了個不開府的長公主。長公主出嫁，從來都是開獨門獨院的長公主府，由駙馬入贅，可婁家這個駙馬卻是堂堂正正將綏陽長公主給娶進門，從此以後，綏陽長公主還是長公主，不過長公主的頭銜前還得再加上國公夫人與婁夫人的名頭。

薛宸在這些夫人裡不算是身分最高的，身分最高的是鎮國公夫人，既是國公夫人，又是一品誥命。但大家似乎更願意和薛宸親近，一來她的樣貌漂亮討喜，二來她妙語連珠極會說話，捧人於無形之中，因此，唐家的內院裡，不時傳出歡聲笑語來。

鎮國公夫人坐在最裡面的屏風後喝茶，聽著外面的笑聲，抬了抬眼。

寧國侯夫人和太尉夫人坐在旁邊，見狀，以為她是嫌吵，太尉夫人便道：「不過是個世子夫人，大家犯得著對她這般奉承嗎？要說身分，誰能比得上您？一個小丫頭片子，竟然這樣張狂。」

寧國侯夫人緊跟著附和。「就是，小小年紀便這般張揚，她這是還沒封誥命，若二、三十年後請封了，還不得把這屋頂給鬧得掀翻了去？」

鎮國公夫人端著茶杯，一聲不響地坐在哪裡，扭頭從屏風的縫隙中瞧去。薛宸正在喝茶，前面站著個開朗活潑的小姐，和她說著去關外的趣事。收回了目光，心中依舊有些惴惴。

那日從衛國公府回去後，她想了半天，宣寧侯夫人怎麼就在國公府裡栽了呢？必定是被人算計了！大家都知道綏陽長公主是個什麼性子——綿軟得很，就算在她面前罵她，最多是坐下來哭兩聲，所以絕不會是她出的手，她沒那膽子，也沒那腦子。國公府的太夫人是厲害的，可已經好些年不管事，應該不會貿然出手懲治黃氏。但黃氏就是在國公府裡遭了算計，而且下場淒慘！在婁家的新媳婦進門之前，從沒發生過這樣的事，所以，到底是誰策劃了那場鬧劇，答案呼之欲出。

從那時開始，她就知道，衛國公府的世子夫人絕對不是個好惹的。

薛宸似乎感覺到屏風後有人，抬眼看去，那一眼帶著清冷煞氣，讓鎮國公夫人猛然一驚，趕緊收回目光，差點將杯子掉在地上，抓好後，乾咳了一聲。

之後在婚禮上薛宸看見了唐飛，雖然生得沒有他哥哥唐玉俊朗，但濃眉大眼，舉止虎虎生風，看著十分精神，說話口齒清晰、條理分明。如今他還不是官身，不過言談間卻沒有絲毫自卑之感，總的來說是個不錯的男孩子。

薛宸是送嫁娘子，該受新人一禮，唐飛大大方方跟著魏芷靜喊了一聲長姊，不管他的年齡是不是比薛宸要大；晚上敬酒時，他依舊稱薛宸為長姊，並不因賓客多而改口或者不叫。這一點相對於有些好面子的男人來說，難能可貴。

在薛宸看來，唐飛要比唐玉出色得多，唐玉的個性似乎很溫，滿身書卷氣，這性子若是女子便罷了，可他是男子，還是一家中的嫡長子，這就有點問題了。

上一世，這個唐玉似乎沒什麼大出息，只是勉強襲了武安伯的爵位，做了個現成伯爺。相對於唐飛靠自己打拚，唐玉的一生看似平順許多，只可惜他娶了宋毓華，因為她，唐玉沒了安生日子，以至於中年襲爵時，與一個丫鬟山盟海誓，鬧到竟然要休妻的地步，後來因為長安侯府插手管了，才勉強妥協，只將那丫鬟收為妾侍。之後，唐玉與宋毓華徹底交惡，據宋安堂說，唐玉幾乎沒再走入宋毓華的房間。

和唐玉比起來，唐飛有出息多了，學了一身武藝，進了北鎮撫司，從底層的爪子開始，一路拚殺到錦衣衛副指揮使的位置，任誰見了他都要喊一聲唐大人。

看來，魏芷靜嫁給唐飛還是個不錯的選擇。更何況，魏芷靜自己就對唐飛有特殊的感情，夫妻間最難求的，便是這種映入心中的特殊。

直到晚上，薛宸才忙完。今日大理寺有事，婁慶雲吃過午飯就趕回去了。

薛宸與幾位夫人走到門邊，準備坐車。武安伯夫人親自送她們出來，宋毓華陰沈沈地跟在身後，看著像是送人，可不知道的人瞧她的表情，還以為她要幹麼呢。

「世子中午就回去了，世子夫人是一個人嗎？」節度使夫人對薛宸親切問道，她的兒媳也跟著說道：「若夫人願意，我們送您回去，一個人怪怕人的。」

薛宸笑著回答。「不用了，我有馬車，還有護衛，這兩天我都住在燕子巷，離這裡不是很遠，多謝夫人、少夫人了。」

孫氏見狀，說道：「世子夫人不必客氣，您就一個人，還是讓我們送送的好。待會兒我親自送您回去，正好可以拜會親家母。」今日是男方辦酒，女方是不來的，孫氏這麼說，完全就是給薛宸面子了。

宋毓華靠在門邊發出一聲冷笑，幾位夫人瞧了她一眼，孫氏的臉色有些不好看，卻沒有當場發作。

薛宸更不會理她，實在感激這些夫人們妳一言、我一語的關心，正要點頭，卻聽巷子那頭傳來一陣馬蹄踢踏聲，只見婁慶雲騎馬而來，銀黑色官服在暗夜中更添凌厲氣勢。看到薛宸還在這裡，才勒緊了韁繩讓馬兒停下，瀟灑俐落地翻身下來，三步併兩步來到薛宸面前，舉手投足散發著天生的貴氣。

薛宸瞧見他，漂亮的臉上綻出笑容，對一旁的夫人們道：「世子來了，便不勞夫人們相送了。」說著便向婁慶雲走去，兩隻手自然地和他的交握在一起。

婁慶雲將薛宸護到身旁，然後抱拳對孫氏道了聲恭喜，再向所有夫人說句多謝。等薛宸與夫人們告辭後，才牽著薛宸走到黑馬前，對她問道：「騎馬回去，好不好？」

薛宸摸了摸黑馬的鬃毛，軟糯地說了句。「我不會。」

婁慶雲見她模樣可愛得厲害，顧不得是在大庭廣眾下，伸手捏了捏她的臉頰，然後將她攔腰抱起，一下送上了馬背，讓她的腳踩著馬鐙，等她坐穩後，自己才輕輕鬆鬆地翻身上馬，對在門邊的夫人們拱手為禮，便將薛宸護在身前，一夾馬腹，緩緩往巷子口走去。

夫人們瞧著他們離開的樣子，不由又說了幾句郎才女貌、天作之合的讚美之言，最後才相互告辭，上了自家的馬車。

薛宸靠在婁慶雲懷中，回頭看了他一眼，正好發現他也在看她。

婁慶雲將她摟得更緊，問道：「晚上吃飽了嗎？這種筵席，我向來是吃不飽的。」

「那你吃了嗎？」剛才那樣著急地趕過來接她，連官服都沒來得及換，晚飯很有可能還沒吃呢。

果然，婁慶雲搖了搖頭，道：「沒呢，今天刑部有事，我一直忙到剛才才脫身，就趕著來接妳了。我是不是很乖？」

婁慶雲說著話，把腦袋擱在薛宸的肩膀上，撒嬌意味頗濃地往她耳朵裡吹氣。

薛宸被逗得癢癢的，回頭似嗔似怨地掃了他一眼，那小眼神勾得婁慶雲心猿意馬，突然調轉了馬頭，道：「走，陪我吃餛飩去，早就想帶妳去吃老米的餛飩了。吃飽一點，晚上還要幹活兒呢。」

薛宸不解地問道：「等會兒你還要去刑部嗎？」絲毫沒聽懂她邪惡夫君的話中話，直到婁慶雲在她耳旁說了一句，臉才紅了起來。

「討厭！」居然當街就說這種私密的話，真是膽大。

婁慶雲卻不以為意。「討厭什麼呀！不知道是誰訂的規矩，在岳父家不能夫妻同房，我都憋多少天了，妳不可憐可憐我，還說我討厭。我不管，我剛才已經派人回燕子巷說了，明天再來收拾東西，今晚咱們先回國公府去。」

「……」

回府去幹麼，薛宸就不說了，只覺羞得厲害，沒忍住，回身敲了他一記，引來的後果就是婁慶雲嘿嘿一笑，然後突然策馬揚鞭，嚇得她只好牢牢抓住他的手臂，不敢放開。

老米的餛飩確實好吃，薛宸還記得，她第一次吃，就是婁慶雲端著碗，從西窗給她送進去的，那時候即覺得那碗餛飩來之不易，味道簡直堪比任何珍饈美饌，只可惜最後沒吃完。

婁慶雲似乎真的很喜歡吃這個，一個人便吃了三碗不同餡的，薛宸則吃了玉米肉餡的。老米的獨家手藝配上蔥花鮮湯，堪稱京城一絕。

吃飽喝足後，兩人才慢悠悠地牽著馬，步行回了國公府。

這一夜果真如婁慶雲所說那般，很費力氣，到了半夜時，薛宸簡直想去老米的鋪子裡吃個三大碗再回來。

不過，經過開始時的不適應，現在薛宸的體力好多了，已經能和婁慶雲戰上兩回合不歇息。這一點，讓婁慶雲滿意極了。

第二天，婁慶雲早早就去了大理寺。薛宸睡到辰時三刻才起來，渾身骨頭都軟酥酥的，從四肢到五臟六腑都被滿足的感覺所占據。

起來洗漱後，薛宸給太夫人和長公主請了安，然後便去薛家收拾東西了。

她回到燕子巷，發現蕭氏正在院子裡踱步，手裡拿著一疊紙核對著，便走過去問道：「太太，這是怎麼了？」

蕭氏回頭看是薛宸，遂將手裡的東西交給她，道：「今早唐家派人來說送過去的嫁妝與名單有些不符。名冊裡明明寫著有三千兩銀票，但唐家卻怎麼都找不著，沒法入庫。可我記得，那銀票是我親手放進靜姐兒嫁妝裡壓箱底的，不可能沒有啊！」

嫁妝內容與名冊記錄不符，這可不是什麼好聽的事。薛宸低頭對了對兩份嫁妝名冊，上面果然都記著那三千兩銀票，可銀票怎麼不見了呢？

蕭氏急得直轉圈子，唐家的人還在外面等她發話，嘆了口氣，只好走入房內從自己的私庫中又取了一疊銀票出來，準備往外走去，卻被薛宸拉住了。

「太太這是幹什麼！既然確定自己在嫁妝箱子裡放了銀票，那丟了就是唐家的問題，怎麼能再補一份呢？」

蕭氏搖搖頭，說道：「唉，靜姐兒才成親第二日，若是鬧起來，不管結果怎麼樣都不好看。我先補上，讓靜姐兒明天高高興興地帶姑爺回門。」說完就要走。

薛宸快一步，拿走了蕭氏手裡的銀票，對蕭氏道：「銀票給我吧，我去問問到底怎麼回事。銀票怎麼可能無緣無故地消失了？為什麼嫁妝裡別的東西不消失，單單是銀票呢？這絕不是普通的事，我不鬧，只是想問問情況，若是姑息，將來唐家會以為您和靜姐兒好說話，要是有心人藉此事事拿捏妳們，那可如何是好？」

蕭氏瞧著薛宸，她哪裡不知道這事有問題，可魏芷靜昨日才剛成親，今日就鬧出這件事，唐家派人來說，就是逼著她再出一份的意思了，而且女兒回門在即，他們料定她不會在這時挑起事端，只好咬牙忍下。不得不說，做出這事的人著實壞到了骨子裡。

薛宸握著銀票往花廳走去。蕭氏跟在她身後，不是不放心薛宸辦事，只是想著，就算要鬧起來，也得等到魏芷靜回門後，再請唐氏上門詳談。

第四十六章

花廳中坐著四個人，其中一個是唐家的副總管趙望，還有兩個丫鬟及薛家跟過去的帳房。那兩個丫鬟看著有點面熟，薛宸想起來，昨天似乎在宋毓華身邊見過，便不動聲色走了進去。

唐家的人見來的是薛宸，不禁愣了愣，趙望趨身上前，領著其餘三人對薛宸行禮。薛宸沒有看他們，直接冷著臉坐到了上首的位置，好整以暇地把銀票放在桌上，卻是不說話。蕭氏不知道薛宸想做什麼，只好坐到她身旁等她開口。

唐家的人等了好久，薛宸依然不開口，趙望只得上前對薛宸一揖到底，道：「世子夫人、薛夫人，家裡還在等著入庫，您看是不是……」看了看薛宸手邊的銀票，以為薛宸應該能看得懂自己的暗示。

誰知薛宸卻是毫不理會，低頭瞧著自己的指甲，過了好一會兒才抬眼看趙望，冷冷地說了一句。

「回去把你們伯夫人喊過來，這事，我們薛家可不能就這麼認了。銀票明明白白地進了唐家，現在沒有了，你們不想著在府中尋找，竟然要讓我們補上，我還真不知道這是個什麼道理。」

趙望聽了便說道：「世子夫人，這說話也得講道理，咱們唐家和薛家結了親就是一家人了，可是薛家送來的嫁妝和名冊不符，讓我們如何記入府庫？

「更何況，二少夫人的嫁妝送進唐家後，就是由薛家的人看守著，直到今天早晨我們才去點的，裡面的東西沒了，難道要我們裝作有的樣子就這麼入庫嗎？將來若是二少夫人要提用嫁妝，這三千兩銀票要府庫怎麼交出來呀？

「我們原想著將這件事告訴夫人，可大少夫人仁厚，說二少夫人才剛進門，嫁妝與名冊不符的話傳出去太難聽，這才指點我們來到貴府說了這事，也是希望大事化小、小事化了，不希望兩家因為這個鬧出事來。」

薛宸看了看趙望，見他說話時急得鼻梁沁出了汗珠，焦急之態畢現，知道他說的也許並不是假話，目光接著掃向那兩個丫鬟，最後落在薛家隨行的帳房上，問道：「嫁妝一直是你看著的？」

帳房是薛家的人，由他看守魏芷靜的嫁妝，許是一夜沒睡的緣故，眼睛有些紅，身上還散發著微微酒氣，不過話說得很堅定。

「是，小的整夜都在。」

薛宸將目光從他臉上挪開，又落在兩個丫鬟身上，卻是不說話。

趙望見薛宸瞧著她們，便主動道：「這兩位是大少夫人身邊的明秀姑娘和彩鳳姑娘。這件事，還不敢讓夫人知道，大少夫人心善，派了兩位姑娘隨我一同前來。」

明秀和彩鳳對視一眼，明秀上前說道：「我們大少夫人也是一片好心，若兩家真鬧起來，肯定不好看，人家不會說我們唐家怎麼樣，倒是會說二少夫人的不是。薛夫人，您說是不是呢？」

彩鳳跟著附和。「是啊，還是我們大少夫人想得周到些，這種事鬧出去，丟人的準是二少夫人。兩位夫人可要想清楚啊！」

薛宸看著這兩個丫鬟，心中冷笑，宋毓華什麼時候變得這麼宅心仁厚、知書達禮了？簡直是笑話！上一世，她連偷偷變賣夫家財產之事都做得出來，如今倒會為其他人的名聲著想了？

薛宸沒有說話，將手邊的銀票拿起來上下翻看，瞧見銀票右上角印的數字，心裡有了主意，放下銀票，對她們道：「你們大少夫人的好心，我們薛家領了。這銀票可以給，卻不能糊裡糊塗交到你們幾個手中。副總管回去請伯夫人，就說我找她有事，她必會過來一趟。」

趙望低下頭，嘆了口氣。

「既然世子夫人罔顧二少夫人的名聲，那我立刻去回稟夫人，看夫人怎麼說吧。告辭。」

說完這句話，趙望就要離開，卻被兩個臉色一變的丫鬟拉住了，道：「副總管，你也太衝動了，世子夫人不過是那麼說，哪裡真的讓你回去喊夫人了？真鬧起來可不是好玩的，二少夫人的一生就毀了！」

明秀緊跟著走到蕭氏面前，說道：「薛夫人，您也勸勸世子夫人，這是在拿二少夫人的一輩子開玩笑呀！世子夫人不愛惜這個繼妹，難道薛夫人還不疼自己的女兒不成？」

蕭氏看著兩個上前勸說的丫鬟，心裡似乎明白了什麼，看著薛宸篤定的表情，自然是站在她那邊的，遂道：「世子夫人說得對，這件事牽扯太大，還是請伯夫人過來一趟比較好。你們回去吧，我和世子夫人在這裡等她。」

趙望舉步要走，又被彩鳳拉住，有些焦急了，說道：「哎呀，妳們拉住我做什麼！既然他們要請夫人，那咱們回去請了便是。大少夫人心善，想給人臺階下，可有些人不領情，怪誰？」

明秀見趙望真要回去，不禁急了，扯著他就罵起來。

「你瘋了不成？如今府裡正在辦喜事，你去找夫人添什麼亂？家裡還有那麼多賓客，要鬧起來，你臉上好看啊？」

彩鳳也跟著說道：「就是。這事還是先回去問過大少夫人再說。真要和夫人說什麼，也得是少夫人去說。」

趙望不懂兩個丫鬟為什麼這樣偏袒薛家，轉頭瞧了薛宸和蕭氏，見她們似乎沒有回轉的意思，嘆息拂袖而去。明秀和彩鳳對視一眼，跟在趙望身後離開了。薛家的帳房想跟著，卻被薛宸喊了回來，讓他不用再去，另外派人隨行。

等他們走後，蕭氏靠過去問薛宸。「他們不會真的回去請伯夫人過來吧？那這事可就鬧大了。」

薛宸笑道：「放心吧，他們沒那個膽子。太太以為那兩個丫鬟跟來做什麼？可不是來遊說咱們的，而是為了拉住副總管，讓他不能回去找伯夫人。」

蕭氏也看出了那兩個丫鬟的不對勁。「這件事，不會真是靜姐兒的大嫂所為吧？可為什麼呢？靜姐兒和她無冤無仇，才剛進門，就給靜姐兒使這麼大的絆子。」

薛宸冷冷一笑。「有些人才不管有沒有仇怨，總之見不得旁人比自己好就是了。這事沒完！」

蕭氏不懂薛宸話中「這事沒完」是什麼意思，替女兒憂慮起來。有個這樣厲害的嫂子在，今後日子可不大好過啊！

明秀和彩鳳回去後，將薛家的態度告訴了宋毓華。宋毓華聽見薛宸的名字時，眉頭蹙了起來，怎麼哪兒都有她？

「大少夫人，薛家態度堅決，不肯再出那三千兩，您看怎麼辦？」

明秀和彩鳳如今真的著急了，甚至有點後悔，昨天晚上竟然糊塗地聽從了大少夫人的話，做了足以害死自己的事情。早知道，就是挨了大少夫人一頓打，也不能去做那偷盜的事情啊！

兩人心裡害怕，說道：「若薛家不出那三千兩，趙望就沒法入庫，不入庫，這事遲早要捅到夫人那裡去，到時夫人查起來，我們就活不成了。求大少夫人看在咱們倆從小伺候您的分上，救救我們吧。」說著，就給宋毓華跪下了。

宋毓華看著兩個膽小如鼠的丫鬟，氣不打一處來，不過看看時辰，已經不早了，這事不能再拖了。

昨日，她偶然間瞧見了魏芷靜的嫁妝名冊，看見上面寫著箱子裡有三千兩銀票，手裡又真的太緊了，便起了貪心。她雖然躲著郁氏，可最後還是被郁氏找到了房間裡，果然張口就是要錢，軟磨硬泡地，又被她刮了二百兩，才想著這樣搏一搏，以為薛家在姑娘回門前的節骨眼上不會鬧起來，沒想到卻被薛宸破壞了。

想起昨晚瞧見衛國公世子那俊逸的模樣，還有他對薛宸的百般愛護，宋毓華就覺得刺眼，覺得這個世道太不公平。

薛宸運氣好嫁入衛國公府也罷了，衛國公世子又是那樣謫仙般的人物，年紀輕輕即做到了大理寺卿的位置。再看她的夫君唐玉，到處找關係求人，才得到從六品的閒散官職，長相和身分哪裡比得上婁世子？薛宸處處比她強，還處處與她作對，壞她的好事，真是討厭至極！

可事情迫在眉睫，正如兩個丫鬟所說的，偷拿魏芷靜嫁妝的事絕不能讓夫人知道，想著房裡還沒焐熱的銀票，宋毓華再不甘心卻也無法，只好讓兩個丫鬟拿著，偷偷地放回去了。

宋毓華在房裡踱步，沒想到到嘴的鴨子還給飛了，正鬱悶之際，兩個丫鬟折了回來，與高采烈地走到宋毓華面前，道：「少夫人，薛家派人把錢送來了，已經交給趙望入庫，幸好沒把這銀票放回去。」

明秀和彩鳳都是宋毓華的陪嫁丫鬟，當然事事都替宋毓華著想。

宋毓華看著明秀送上來的銀票，頓時覺得又回到了天堂，抓著銀票看了好一會兒，將之小心翼翼地收入了自己的寶箱中，然後得意地笑了起來。

「我說什麼來著？料定薛家不敢在姑娘回門的節骨眼上鬧出事，看吧，嘴上說得再硬，最後還不是要乖乖把錢送過來，等過了這個坎，他們再想追究就不是那麼容易的事了。到時候，咱們也有話說，要不心虛，送銀票來幹什麼呀！讓他們跳進黃河也洗不清。」

明秀和彩鳳對視一眼，笑吟吟地說：「是，大少夫人英明。」

宋毓華心情好，又賞了她們每人二兩銀子的脂粉錢。

蕭氏看著薛宸，實在搞不懂她想幹什麼，既然要給錢，為何不當時就給，非要等他們回去之後才給？問薛宸，薛宸卻是但笑不語，只說這件事暫且按下不提，回到青雀居中收拾東西，就回衛國公府去了。

第二天，新姑爺唐飛和魏芷靜回門，小倆口看著相處得還不錯，唐飛雖然看起來粗魯，對魏芷靜倒還挺有耐性，最起碼是尊重的。

唐飛被薛雲濤喊去書房吃茶後，魏芷靜跟著蕭氏回到房中，蕭氏便把昨天的事情告訴她。

魏芷靜嚇得話都說不出來了，當場掉了眼淚。「他們……他們家怎會做出這樣的事來？」

蕭氏趕忙替她擦去淚水，道：「大喜的日子，妳哭什麼？這點事就哭，今後還怎麼過日子？這件事，我和宸姐兒都知道了，武安伯和伯夫人卻未必知道，妳那個嫂子可不是個省油的燈，妳回去後，千萬得提防她。也別告訴姑爺了，免得節外生枝。」

魏芷靜失魂落魄地點點頭，蕭氏瞧著女兒這樣，有點後悔告訴她這件事，不敢再說什麼，領著她出去了。正好見到薛雲濤和唐飛從書房出來，要到院子裡看古樹，唐飛瞧了魏芷靜一眼，便不動聲色地跟著薛雲濤去了院子。

晚上在薛家吃過飯，唐飛夫妻才坐上了回程的馬車。

車裡，唐飛抓住魏芷靜的手，問道：「白天怎麼哭了，我哪裡做得不好嗎？」

魏芷靜回頭看著自家夫君，搖了搖頭，聲音低若蚊蚋地說：「沒有，沒有哪裡不好，我……」

在唐飛的逼問下，魏芷靜無奈地把嫁妝的事說了一遍。

唐飛聽了，眉頭全蹙在一起了，道：「這事，岳母怎麼不早告訴我？銀子既然是在唐家丟的，如何能讓她再拿三千兩貼補？」

魏芷靜知道唐飛是暴躁脾氣，怕他做出什麼事來，趕緊安撫道：「原本長姊說了不貼補的，可後來不知為何又把錢送過去。母親讓我別擔心，你也別擔心了，長姊很厲害的，她既然知道了這件事，又這麼做，一定有她的想法。」

唐飛看著魏芷靜，暗嘆這新媳婦是真單純。岳母和她說這些話時一定叮囑過不要告訴他，可她轉頭就跟他說了，實在是對他無條件地信任。

於是，唐飛點了頭，側過身掀開車簾子，往路上看了一眼，心中有了主意。

薛宸收拾好東西回了衛國公府，喊來嚴洛東，讓他去查宋毓華的事情。之後，她也不在家裡坐著，出門去了趟泰昌銀號。

等她晚上回來時，嚴洛東已經在院子裡等她了。從嚴洛東的回報中，薛宸得知原來宋毓華之所以缺錢，完全是因為長安侯府，郁氏在府裡弄不到錢，就把手伸向了女兒。這些天，宋毓華手中的幾個鋪面都在轉賣，完全就是錢不湊手的樣子。

薛宸想起，宋毓華手裡的鋪面正是城北街道上的三處，是她的嫁妝，可宋毓華會為了長安侯府去變賣自己的嫁妝嗎？

嚴洛東又道：「不是大少夫人變賣，而是長安侯夫人在變賣。至於大少夫人知不知道這件事，就不得而知了。已經三個多月了，還沒賣出去呢，長安侯夫人開價挺高的。」

薛宸想了想，問道：「她要價多少？是城北街道上的鋪面嗎？」

嚴洛東訝異薛宸居然知道鋪面在哪裡，點了點頭。「沒錯，正是春熙巷那裡，三間連著，上下兩層，要價一萬五千兩銀子。」

一萬五千兩……再過兩年，春熙巷會成為主街道，整個城北都圍繞著春熙巷。說實話，若是以前景來看，這三間上下兩層的鋪子賣一萬五千兩，並不算貴。不過這是幾年後的價格，現在還沒人知道春熙巷的發展，依城北街道的蕭條，一間鋪子最多就是八百兩，怪不得郁氏賣了三個月都無人問津。

晚上，婁慶雲回來時，薛宸剛跟嚴洛東和姚大交代完事情，他們從滄瀾苑出去正好遇見婁慶雲，對他行了禮後便頭也不回地從衛國公府側門悄悄離開了。

唐家後院裡，宋毓華無奈地給郁氏端上一杯茶，放到她面前。

郁氏拿起來，喝一口就放下了，隨口道：「上回的茶還是君山銀針，這是什麼便宜貨？太難入口了。」

宋毓華不耐地看了自家娘親一眼，語氣也不是很好了。「有這喝就得了，還君山銀針呢！那麼貴的茶能天天喝嗎？您今兒又來幹什麼，上回不是給了您二百兩？」

郁氏瞧女兒不耐煩，撇嘴道：「二百兩哪裡夠呀！我看上了一疋彩染的天絲布，一疋就要八十兩，我貼了幾十兩買了三疋，到時給妳一疋。妳別跟我計較這些，等事成之後，我加倍還妳就是了。」

她放下吃了一半的糕點，用帕子擦了擦嘴，道：「我跟妳說，妳那三間鋪子有人來問了，是個外地人，不懂行情，有錢得很，我的人開一萬五千兩，他都沒說要還價。」
宋毓華正要喝茶，聽到郁氏說這個，抬起了頭問道：「什麼鋪子？」隨即反應過來，把茶杯放下。「娘，您不是說不動我那三間鋪子嗎？那是我的嫁妝，就剩那麼點兒了，您還惦記著？」
郁氏一拍桌子，說道：「聽我說完！妳那三間鋪子，按照那裡的價錢也就是三千兩。我讓人報了一萬五千兩，要是賣掉了，我跟妳一人一半，妳拿著七千五百兩銀子，還怕買不到鋪子呀！死腦筋！我是妳娘，我能算計妳嗎？」
宋毓華聽了，心裡的小算盤也噼哩啪啦打了起來，又端起了茶，問道：「這價錢能賣出去？是真的嗎？」
「當然！妳娘看人準得很，從那人的話裡就聽得出來，他是真想在京城做一番事業，說要用那三間鋪面開個酒樓，還問我郊外有沒有空地，打算建個菜肉莊子，專供他的酒樓用，說得這麼詳細，能是假的嗎？他的本錢是三萬兩銀子，我尋思著，三間鋪子賣他一萬五千兩，再找荒田賣給他，也收個一萬五千兩，這前後加起來就能有三萬兩。有了這銀子，咱們娘兒倆還愁什麼呀！」
宋毓華的臉上依舊帶著疑慮，並沒有搭理郁氏。
郁氏有些著急了，見女兒始終沒問到關鍵上，不再顧慮什麼，直接把話挑明了說：「哎，我記得妳和唐玉成親時，妳公婆不是分了兩塊東郊的地給你們？妳說那兩塊地荒得很，又靠著山，種不出什麼東西來，乾脆把那裡給賣了……」

宋毓華聽了，嘴裡的茶水當即被嚇得噴了出來，然後是一連串的咳嗽，咳得整張臉都脹成了豬肝色才稍微好些，放下杯子，對郁氏低吼了一聲。「娘，您瘋了不成？那是唐家的祭田，公中的財產，要真賣了，今後我還怎麼在唐家立足？」

宋毓華的聲音有點大，郁氏怕其他人聽見，趕忙摀住了她的嘴，道：「說這麼大聲幹什麼，生怕別人不知道啊？」

宋毓華把郁氏的手拉下來，從太師椅上站起身，道：「您也知道這事不能讓人聽到啊？那怎麼想到這上面的？」

郁氏道：「還不是妳一天到晚說那兩塊地沒用，從唐玉的爺爺手上傳到今天，一直荒著，我這也是替妳想出路啊。」

「什麼出路啊？那地是唐家公中的財產，只是我和唐玉成親時婆母將它放到我的名下罷了，讓我管著，可不能變賣的！這事不成，要是讓唐玉知道，非休了我不可！」宋毓華覺得郁氏這個想法太可怕了，要及時遏止才成。

「瞧妳這膽子！我告訴妳，放到妳的名下就是妳的東西。當年妳祖母給我的田地我早偷偷賣掉了，不也沒出什麼事嘛，妳祖母生前也沒問我那塊地怎麼樣了。妳若是嫁給次子，這地確實不能動，可妳嫁的是嫡長子啊，將來整個武安伯府都是唐玉的，妳作為他的正室夫人，賣兩塊地怎麼了？

「更何況，那是塊荒地，妳賣給人家去開墾，拿著錢再重新買一、兩塊好些的地回來，難道不比那塊荒地值錢？最起碼每年還能有點收益，種果子得果子、種菜得菜，哪怕種點花花草草也能香香屋子不是，幹麼這樣死腦筋？」郁氏不遺餘力地遊說自家閨女。

宋毓華狐疑地盯著郁氏，問道：「祖母給您的地，您真賣了？」

郁氏睨了她一眼。「賣了又怎麼樣？我是長安侯夫人，侯府裡的東西還有我不能賣的？」

宋毓華聽了，覺得頭頂上懸著一把刀似的，這種事情原來母親早就做過了。想想也是，她和唐玉成親這麼久了，婆母從沒管過那兩塊地，更沒有過問一句，她簡直要懷疑那地是婆母用來糊弄她的。

兩塊荒地，連開墾都沒有，滿山都是石頭，翻個地估計都划不來的地方，在她手上必定沒什麼用，難得現在有人想連帶著一起買，若是過了這個村，只怕就沒這個店了，白花花的銀子才是最不會糊弄人的。

郁氏見宋毓華有點鬆動了，再接再厲地說：「別猶豫了，明日我約了那外地商人看地，妳要信得過我就把地契拿給我；信不過的話，就隨我一起去。」

宋毓華經過了最後的掙扎，狠下了心，道：「這麼大的事，我還是跟您去一趟吧，也見見那個外地商人，看看他是不是真的可靠。」

得到了女兒的同意，郁氏懸著的心終於放了下來，說道：「妳放心吧，絕對可靠。那人本來今天就要給我訂金，一千兩銀子隨手便掏了出來，我就是怕妳不答應，沒敢收下，要是早早交代好了，沒準這個時候都能數錢分錢了。」

「……」在沒見到那人之前，宋毓華的心裡還是沒底。不過，要說不心動卻是騙人的，這麼好的機會，如果是真的就太好不過了。

薛宸在書房裡算帳本，嚴洛東和姚大在院子裡求見，進來後，對薛宸行了禮，姚大便上前稟報。「夫人，明日張全約了長安侯夫人見面，按照夫人說的，要連東郊那兩塊地一起買，長安侯夫人說回去考慮考慮，不過似乎對張全提出的價錢很滿意。明天要真去看地，該直接買下嗎？」

那兩塊地才是薛宸最終的目的，之前便派人打聽好了，也知道那是唐家的祭田，就看她們有沒有鬼迷心竅到這種地步了。

薛宸沒有直接回答，而是問了句。「張全是外地人沒錯吧？禁得起打聽嗎？」

姚大回道：「張全是大興人，之前替太太打理大興所有的店鋪，在那裡是個出名的人，誰見了他都得稱他一聲張掌櫃，就算長安侯府派人去大興打聽也能打聽出來，夫人不用擔心。」

薛宸打完算盤，放在桌上，從書案後走出來。「那就好。明天直接買田，不管郁氏開價多少都要買下來，就用張全的名義到官府去登記，登記完才給錢。」

姚大點點頭，又問道：「那鋪子也一起買了嗎？不再壓壓價？」

薛宸勾唇一笑，回道：「鋪子等幾天沒關係，至於價錢……再過幾天，誰知道她還能不能叫這個價呢。總之，那兩塊田非買不可，鋪子的話倒未必，不過，也不能讓她們覺得我不想買鋪子，能聽懂我的意思嗎？」

姚大想了想，他精明一輩子，立刻懂了薛宸的話。「懂。夫人的意思是，咱們的目的是地，但得讓長安侯夫人覺得我們是想買鋪子，田地是捎帶著買的。」

薛宸看著姚大，不置可否地笑了，然後轉頭對嚴洛東道：「這兩天，你多派幾個人跟著張全，買到地後就按計劃行事……」

第二天中午，事情就辦成了。

宋毓華和郁氏見到了張全，一番討價還價後，張全提出去看地，然後裝作不滿意，一個勁兒說那是荒田。郁氏母女哪肯承認，好說歹說，才說三間鋪子帶兩塊田地，總共二萬五千兩，鋪子的價格是之前說好的一萬五千兩，也就是說，這兩塊地是各五千兩。張全聽了，便只願意出八千兩，打算買下三間鋪子。郁氏哪裡肯吃這個虧，當即腦子一轉，居然對張全說，八千兩僅能買兩塊地。

軟磨硬泡到最後，張全「勉為其難」答應了只買地。郁氏還不放心，讓張全當場就付銀子，張全卻堅持不登記完不給錢，郁氏母女只好拉著他去官府。整個過程十分順利，等到地契全移交到張全手中時，便從身上拿出八千兩銀票給她們。

母女倆看見這麼多銀票，簡直樂得要跳起來，幸好她們還記得自己的身分，忙和張全這冤大頭約了下次看鋪子的日子，然後迫不及待地回了府，妳一張、我一張的瓜分起銀票來。

所有的不安在看見這麼多銀票後，全都消失不見了。宋毓華如今更加期待那三間店鋪能賣出去了，對郁氏道：「娘，您說這人會買咱們的鋪子嗎？」

郁氏收了銀子，心情好得很，笑著說：「會！妳也瞧見了，大興十三家商行的掌櫃出手，果然大方。咱們要不要派人去大興探一探？若他真這麼有錢，那三間鋪子的價錢就不降了，一萬五千兩，一分都不能少！」

宋毓華連忙點頭。

「對對對，讓人去大興探一探，看他是不是真是十三家商行的掌櫃。若是有詐，還得想法子收回我的地，不然心裡不踏實。」

過了幾天，探子從大興回來，張全果真是大興十三家商行的掌櫃，整個大興都知道，絕對錯不了，宋毓華懸著的心才終於放了下來。

在郁氏替宋毓華強行賣掉那兩塊地後，她們就再也沒有聯繫到張全。不過郁氏並不擔心，她才不怕張全從此不再出現，白花花的銀子已經賺到手了，他若出現，她們就是多賺一筆；要是不出現，鋪子也不會飛掉，還能繼續找下一個冤大頭呢！

宋毓華的感覺就沒有郁氏那麼好了，畢竟她賣掉的可是唐家的祭田，經過一開始看到銀票的狂喜後，隨之而來的就是擔心了。

雖說郁氏也賣過宋家的田產，可那時郁氏已經是侯夫人了，就算祖母還在，家裡的中饋也是郁氏在管，最關鍵的是宋家只有一個嫡子，就是郁氏所生的宋安堂。但唐家不一樣，有兩個嫡子，唐玉下面還有個唐飛，這祭田是公產，一旦被發現，就算唐玉發狠休了她也是情理之中的事。

宋毓華越想越害怕，這幾天就沒有過過安生日子。

第四十七章

每天早上唐家人都是坐在一起吃早飯的，孫氏帶著魏芷靜擺好碗筷，上好了粥麵後，一家人就圍著桌子坐下。

剛動筷子，就聽魏芷靜突然小聲說了句。「有件事，我想和父親、母親說。」

孫氏瞧著這個溫婉的小兒媳婦，總覺得比大兒媳婦順眼許多，說起話來更寬容，笑著問道：「老二媳婦想說什麼？一家人用不著顧忌什麼。」

魏芷靜低頭看著自己面前的粥碗，然後轉頭看了正神色如常吃早飯的唐飛，見他並沒有給自己什麼提示，便放下了筷子，從袖中拿出幾張紙，宋毓華臉色大變，搶先一步按住了魏芷靜的手，蹙眉冷道：「妳想幹什麼？」

魏芷靜瞧了她一眼，把自己的手抽出來，將紙交到孫氏手中，不顧宋毓華的臉色，自顧自地說：「這是我手抄的嫁妝單子，從副總管的庫房抄來的，裡面有三千兩的銀票，是我娘從泰昌銀號取的。

「我成親第二天，副總管就去了薛家，告訴我娘說裡面的三千兩銀票不見了，以為是我娘忘記放了，又讓她補了一份入庫。當時，我娘想著我第二天要回門，沒多說就直接補上，只是如今想想，這事得和父親母親說才是，畢竟銀子是在唐家丟的。」

這番話說出來後，武安伯唐修和孫氏都呆住了，對視一眼後，唐修接過孫氏手裡的紙，看了看，裡面確實有三千兩銀票的紀錄。

孫氏還沒說話，唐飛就開口了。「妳怎麼不早說？岳母也真是，這事哪是能粉飾太平的？銀子是在我們家丟的，自然要在我們家找，誰讓趙望去找岳母的？來人呀，去把趙望喊來，家裡丟了東西卻上別人家要，真沒規矩！」

在飯廳伺候的人聽了唐飛的命令，就往外頭喊人。

宋毓華手中的筷子拿不住了，放下後就想離開，心裡把挑事的魏芷靜給罵個狗血淋頭，卻被唐玉拉住，道：「妳怎麼了，哪兒不舒服？」

這兩天宋毓華得了銀子，跟唐玉處得還算和睦，唐玉也想好好過日子，不想成天吵吵嚷嚷，遇到機會便出口關心一下。只是宋毓華現在的心情很複雜，可不是唐玉這句暖心的話就能平復的，生怕不打自招，引起他們不必要的猜疑，只好冷冷抽回自己的手，又坐了下來。

不一會兒趙望來了，給諸位主子請安後，唐飛就問那天是誰讓他去薛家要銀子的。

趙望愣了半天，理所當然地看向大少夫人宋毓華，指著她道：「是、是大少夫人。大少夫人怕這事鬧大了，壞了二少夫人的名聲，才想讓親家夫人補上。銀子雖然是在咱們府裡丟的，可二少夫人的嫁妝送進來後就一直由薛家的帳房看守著，咱們家的人沒沾過手，這銀子總不會蹊蹺地沒了吧。所以，大少夫人就說，必定是……親家夫人忘記放了。」

趙望也是含蓄，其實心裡想著，親家夫人故意寫了名單卻不放實物，是打算來混淆視聽、渾水摸魚的。

唐飛一拍桌子，怒道：「混帳！什麼叫忘記放了？你有什麼證據？東西從薛家出來時，我們家也有帳房隨行，有沒有放問問他們不就知道了？我看你這副總管也做到頭了，不分青紅皂白自作主張，以為你是這家裡的老爺，遇到事情都不用通報一聲了？」

唐家的兩個公子，唐玉個性溫和、唐飛性子暴躁，雖說他是二公子，但說起話來還是很有力的。宋毓華看了自家夫君一眼，只覺他沒用至極，眼看著指望不上他站出來替她說話了，便挺直了背脊，自己上陣和唐飛叫板。

「二叔這話說的，不是明擺著打我的臉嗎？當時趙望來問我，我生怕弟媳的名聲受損，又聽說銀子是她們家的人看著的，不管薛家送嫁妝時裡面有沒有放銀子，到了我們唐家，銀子沒了，而且唐家的人沒有沾手，那就是他們弄丟的，我讓趙望去薛家要銀子，難道有錯了？」

這些說詞是宋毓華早就想好的，都過了那麼久，銀子也入了庫，這個時候拿出來說還有什麼意義呢？

孫氏瞧著這個大兒媳婦，簡直想上去甩她一巴掌。「妳查都不查，就讓趙望去找親家夫人要銀子，這是把我們唐家的臉放在地上踩，還有理了？誰讓妳這麼做的？妳讓親家夫人該怎麼想我們唐家？瞧妳這事辦的，我、我……唉！」

唐修看看大兒媳，又看了二兒子唐飛，他不懂兒媳，但對兒子是了解的，二兒子不打沒準備的仗，既然在這個時候把事情挑起來說，便說明他已經找到了幕後下手之人，冷靜地對唐飛問道：「一大早的，你到底想說什麼，別繞彎子了，說吧。」

到底還是老子了解兒子。唐飛點點頭，從懷裡掏出一張一百兩的銀票，放在桌上，指著銀票道：「行，我就不繞彎子了。這張銀票是昨兒泰昌銀號的老闆給我送來的，說是兩個丫鬟拿去兌現銀，一百兩可是普通人家兩年的開銷，兩個丫鬟哪來這麼多銀子？我就讓銀號老闆來指認，您猜怎麼著，竟然是她們！」

唐飛一拍手，有人押著兩名女子走入飯廳，正是明秀和彩鳳，宋毓華的兩個丫鬟。

宋毓華驚得站了起來，指著唐飛道：「唐飛，你什麼意思？憑什麼把我的丫鬟綁來？你想幹什麼？」

「我不想幹什麼，我倒想問問大嫂想幹什麼？兩個丫鬟身上怎麼會有一百兩銀子？兌了現銀，還各分了五十兩揣進懷裡。您可別跟我說這是您賞她們的，她們做了什麼要這麼賞她們？若不是您賞的，那兩個丫鬟哪來的一百兩銀子？這種事情發生在我們家，還不得好好審審？偷了主人家的銀子，那可不是件小事。」唐飛站起來，走到兩個丫鬟身邊似笑非笑地說著。

宋毓華臉色驟變，明秀和彩鳳也不住搖頭求饒。「不是的、不是的，我們沒偷銀子，二少爺您別冤枉我們呀！」

唐飛冷哼一聲。「哼，妳們倆是大嫂的陪嫁丫鬟，拿一等丫鬟的分例，唐家的一等丫鬟每月是三百錢，妳們得不吃不喝湊個幾十年才能湊夠一百兩銀子，還說不是偷的？我勸妳們趁早承認了，還能求個從寬發落，別到時送官刺字打板子，那就完了。」

明秀和彩鳳當然知道丫鬟偷盜主人家財物的下場，哪敢承認，立刻磕頭道：「不是我們偷的，是、是……」

不等她們說完，宋毓華就站了出來，道：「唐飛，你到底想幹什麼？明秀和彩鳳是我的丫鬟，那銀子是我賞她們的。哼，誰規定做主子的不能賞錢給丫鬟了？我願意賞一百兩、一千兩、一萬兩都是我的事，與你有什麼相干？你想憑這個誣告我也太刻意了些。父親母親英明，如何會被你這伎倆所矇騙？」

唐飛也不打斷，等宋毓華說完了才哼了一聲，道：「嫂子承認這銀子是妳給兩個丫頭的就好辦了，最起碼知道了出處。」

宋毓華見唐飛一臉篤定地看著自己，頭皮不禁有些發麻，不知他到底在搞什麼鬼，心下思慮，那一百兩銀票是她從老二媳婦的三千兩嫁妝中抽出一張賞她們的，難道銀子上還寫了魏芷靜的名字不成？只要咬死這銀票是自己私下賞丫鬟的，唐飛又能拿她怎麼樣？最多是懷疑，也沒有證據證明銀子就是她拿的呀！

唐飛又是一擊掌，外頭走入一名中年男子，膀大腰圓，孫氏和唐修都認識他，正是泰昌銀號的掌櫃，掌櫃上前給眾人行禮後，便走到唐飛身邊。

唐飛把剛才拿出來的一百兩銀票交給掌櫃，問道：「掌櫃可以告訴大家，這銀票出自哪裡嗎？」

掌櫃早就被知會過了，自然不會隱瞞，知無不言道：「回二公子的話，我在銀號中核對後才知道，這是年前薛夫人給她家小姐置辦嫁妝時所印製的銀票。」

此語一出，在場之人皆譁然，孫氏和唐修對看了好幾眼，起身走到掌櫃身邊接過銀票上下查看。

宋毓華更是大驚，指著掌櫃說道：「胡說八道！這銀票上還寫了名字不成？你說是魏芷靜的嫁妝就是啊？我還說這是我的嫁妝呢！你是不是收了唐飛的銀子，就在這裡冤枉好人？我告訴你，我可不是好惹的！」急著分辯，說話便失了分寸。

宋毓華的尖銳嗓音讓在場所有人都把目光看向她，她也覺得自己有些過分了，懊惱地低下頭。掌櫃並沒有被嚇到，而是鎮定地對她解釋。「大少夫人有所不知，凡是泰昌銀號出去的銀票，上面都有我們特地印上的票號，旁人無法作假，而每出一筆，我們都會記下取錢的人和票號，便於今後查對。這張銀票是去年年底統一印出來的，因為大額印製，號碼都是連著的，更好辨認。」

宋毓華的腦中似乎嗡嗡作響，一片空白了。

唐飛不管她，直接走到明秀和彩鳳身前居高臨下地看著她們道：「說吧，這銀票是誰給妳們的？大少夫人有心保妳們，那是她對妳們仁義，要是這銀票真是大少夫人給的，那大少夫人就是偷盜弟媳嫁妝的人了。這等喪德之事怎麼會是大少夫人做的呢？妳們可要想好了。」

明秀和彩鳳低頭不語，瑟瑟發抖，只聽唐飛的話鋒又是一轉，說道：「不過，若妳們說不出來歷，那便是偷盜，下人偷盜主人家的財物，可沒那麼輕鬆就能交代。先打斷了腿，送官嚴辦，到官府裡再打，若是有命出來，算妳們命大，唐家再收下妳們，然後送到集市發賣。至於能不能再賣到一戶像大少夫人這樣維護妳們的主人家，可就難說了。更何況，那時候妳倆就算不死，也是半身不遂。」

兩個丫頭頓時絕望，連連磕頭，道：「二公子饒命、二公子饒命！我們沒有偷銀子啊！」

「沒有偷，那是哪兒來的？果真如大少夫人所言，是她給妳們的不成？」唐飛的話是對著兩個丫鬟說的，可是眼睛卻是看著宋毓華。

明秀和彩鳳也看著宋毓華，可宋毓華如今自身難保，哪裡還有空顧及她們，若承認銀票是她給的，那偷盜弟媳嫁妝的罪名算是坐實了，她就是渾身上下長滿了嘴，都沒法說得清。

這麼想著，宋毓華突然指著兩個丫鬟罵道：「好個吃裡扒外的東西，虧我對妳們這麼好，妳們竟然幹出這種事來。原本我還想偏袒妳們一回，可沒想到這銀票竟是有來歷的，不用其他人打，我先打死妳們算了！」

說著就上前給了兩個丫鬟各一巴掌，打得明秀和彩鳳腦袋一偏，直接懵了，摀著臉看著自家夫人，驚恐不已，知道夫人這是準備捨了她們。

沒有主子保的丫鬟被判偷盜主人財物，那是什麼下場，不用二公子說她們也知道。沒想到少夫人竟然會在這個時候棄她們於不顧，兩個丫鬟嚇壞了，再顧不得別的，對著唐家眾人就磕起頭來，把事情全說了。

「不是的，錢不是我們偷的，是少夫人給的！這樣的銀票，少夫人房裡的百寶箱中還有好多，是她吩咐我們去偷二少夫人嫁妝裡的現銀。她讓我們給薛家的帳房送酒去，明秀拖住帳房，我溜進去偷的。

「我們是奴婢，自然聽主子的話，這可不是我們主動的，所有銀票我們全都給了大少夫人，不信的話，二公子可以去大少夫人的房裡查看，銀票就在梳妝檯上百寶箱裡放著呢。」

宋毓華的雙腿頓時軟了下來，看見唐飛頭也不回地走出飯廳，拉著唐玉往她房間的方向去，惴惴不安。銀票確實在她的百寶箱中，而她的百寶箱裡不僅僅有銀票，還有……

「不！你們不許去！誰也不許進我的房間！唐玉，你個孬種，你跟著外人欺負我，你是混蛋——」宋毓華跌跌撞撞地衝了出去。

此時，武安伯唐修要是還看不出偷銀子的是誰，那他這個伯爺也可以不用做了，當即命人架住宋毓華，怒道：「把她給我看好了！我倒要看看她的百寶箱裡有什麼見不得人的東西！」

宋毓華像是瘋癲了似的，顧不上髮髻散亂、衣衫不整，說什麼也要掙扎著出去，可她一個深宅婦人的力氣，哪裡比得過三、四個粗使婆子，越掙扎、越狼狽，最後，她竟像是傻掉似的坐在那裡，一動不動了。

孫氏有些擔心，想去看看她的情況，被唐修喝住。「站住！她幹了這種丟人的事，妳還要管她不成？」

聽了自家夫君的話，孫氏不敢再過去了。

一會兒後，唐玉和唐飛從外面回來，唐玉表情陰沈得可怕，手裡捏著一張紙，怒氣沖沖。

孫氏嚇了一跳，大兒子個性溫和，從小到大很少發脾氣，就算再怎麼不高興也會克制住，可他現在竟然這般生氣，當即想到，必定是他和唐飛在房間裡找到了證據，也就是說，她的大兒媳婦確實偷盜了二兒媳婦的嫁妝，不僅如此，還鼓動副總管去二兒媳婦娘家要錢。

看著宋毓華失魂落魄的樣子，孫氏真是恨鐵不成鋼，嘆氣道：「妳也太糊塗了，又不是少妳吃、少妳喝，為什麼非要做出偷盜的事情來呢？」

話雖這麼說，但孫氏想著，大兒媳之所以這麼做也許並不是貪財，畢竟她出身長安侯府，是正正經經的侯府千金，不會為了三千兩銀子動了邪念，大概是想給二兒媳一個下馬威。這種妯娌間的心機，孫氏是理解的，所以心中並沒有十分責怪，只覺得她有些不理智，想著待會兒等兒子和丈夫的氣消了些，再去幫大兒媳說兩句好話。

唐玉將那張紙甩在宋毓華臉上，語氣森冷、表情陰沈地問道：「這是什麼？」

宋毓華的眸光動了動，然後眼珠左右轉著，就是不敢去看唐玉的臉。

只見向來溫和的唐玉突然揪住了宋毓華的髮髻，一把將她拖著摔到地上，怒不可遏地說：「宋毓華，妳告訴我這是什麼！」

宋毓華倒在地上，不敢說話，孫氏見大兒子居然動手了，實在覺得沒有必要，妯娌間的鬥氣，罵一罵、罰一罰盡夠了，打人就過了些。走過去將宋毓華扶著坐了起來，對唐玉道：「你有話好好說，動手做什麼？」

看見母親護著宋毓華，唐玉脹紅了一張臉，喘了好久的氣，才指著地上的紙道：「娘，您知道她做了什麼嗎？您還袒護著她！」

孫氏沒見過這樣的兒子，更沒有被兒子這樣當眾吼過，腦子一時轉不過來，蹙眉說道：「你這麼大聲跟我說話做什麼？就算銀子是華姐兒拿的，她有錯，讓她認錯就行了，你這樣摔摔打打的，像個什麼樣子？」

唐玉看著母親，一跺腳，終將揚起的手給放了下來。

唐飛將地上那張紙撿起來，交到了唐修手中，然後自己對孫氏道：「娘，大嫂實在太過分了。我以為她只偷盜了弟媳的嫁妝，誰知道在她那百寶箱裡，除了有靜姐兒的連號銀票，還有這張契約。您知道這契約上寫什麼嗎？大嫂居然將她和大哥成親時您給她的地賣了！那可是祭田，是公中財產，賣了八千兩銀子呢！」

孫氏只覺一陣耳鳴，好久都消失不了，半晌才回頭看著宋毓華。怪道她剛才那樣癲狂地要衝出去，還以為她是怕被找到那三千兩銀子，可現在想來，她是想隱瞞這件事啊！

孫氏難以置信地抓著宋毓華的肩膀，問道：「妳真的把那兩塊地賣了？那是唐家先祖留給長孫的，已經在媳婦手中傳了七、八代，妳居然用八千兩就把它賣了？」

宋毓華嚇得不住顫抖，嘴唇都發白了，冷汗更浸濕了後背。

唐修看了手中的契約，上頭明確寫著地點和買賣雙方，還有畫押，心痛至極，那可是老祖宗留下來的地啊。

唐玉見父親這樣，又對宋毓華踹了一腳，讓她撲倒在地上。

許是真的疼了，宋毓華從地上爬起來，指著唐玉吼道：「唐玉，你不是男人！我真是瞎了眼，當初才會嫁給你！你自己沒用也罷了，我不過是賣掉兩塊田地，你就這樣對我！你算個什麼東西？我爹是長安侯、我兄弟是世子、我是長安侯府嫡長女，你憑什麼對我又打又罵?!」

宋毓華的話再次激怒了唐玉，衝上去對著她的臉就是兩巴掌，打得她鼻血橫流，門牙斷了一顆，飯廳中不斷響起她的尖叫。

魏芷靜早被唐飛拉著躲到了一邊去，看著地上的宋毓華，心裡也是一頭霧水，不知道到底怎麼回事。不是在查她嫁妝的事嗎？怎麼查到最後居然查到了宋毓華買賣祭田之事？轉頭看看自家夫君，魏芷靜突然想起，他這兩日不斷往外跑，難道和這事有關嗎？心中帶著疑問，想問卻知道不是時候，只好安靜待在一邊等事情處理完。

唐玉從沒有這樣恨一個女人，可宋毓華讓他做到了，他可以容忍女人懶惰自私、嫉妒成性，卻不能容忍她發賣公中祭田這樣斷子絕孫的事。他現在只覺得自己對不起唐家的列祖列宗，傳了七、八輩子的田地，居然傳到他妻子手中時被她賣掉換錢，中飽私囊。

他簡直難以形容在她的百寶箱中發現銀票和這張契約時的心情，要他今後如何面對唐家、如何面對父母、如何面對親弟？這個惡毒的女人，將他的名聲全毀於一旦了！

唐修看著手中的契約，又走到桌子前，看了唐飛抱過來的百寶箱。箱子裡裝的是宋毓華的金銀首飾還有一大疊銀票，看著像是兩筆，其中一筆票號正如銀號掌櫃所言，是連著的；另外還有四千兩，應該就是發賣祭田獲得的。

「宋毓華，我要休了妳！」

唐玉喊出這句話，飯廳中瞬間安靜下來，宋毓華狼狽不堪地從地上跳起來，竟撲到了唐玉身上跟他扭打。孫氏和唐修上前將兩人分開，兩人依舊惡語相向，最後唐修只好叫人把他們帶出去。

唐飛這才敢帶著魏芷靜從角落走出來，唐修看了兩人一眼，瞪著唐飛問道：「你早知道這事了？」語氣甚是篤定。

唐飛尷尬，抓了抓頭。「嘿嘿。知道沒多久。」在父親面前，他還是相當乖的，最起碼能做到不隱瞞，光明磊落。

唐修又看了躲在自家夫君身後、表情有些無辜的魏芷靜一眼，才負手離開了飯廳。

孫氏和唐修走了之後，魏芷靜才敢呼出一口氣，對唐飛問道：「夫君，你早就知道大嫂發賣祭田的事嗎？」

唐飛看著自家天真有餘、手段不足的妻子，點了點頭。「早就知道了，是妳長姊告訴我的。」

原來那日唐飛聽了魏芷靜說的話後，第二天就去了衛國公府求見薛宸。薛宸見了他，決定把這個計劃告訴他，讓他伺機配合，這才有了今天這事。

不過唐飛回來後，只讓魏芷靜在今天飯桌上提一提之前嫁妝的事情，算是為引發後來的事做個引子。單就偷盜弟媳嫁妝一事，不足以讓宋毓華得到該有的教訓，但兩罪齊發就可以了。

偷盜弟媳嫁妝和發賣祭田的事比起來，實在微不足道。經此之後，宋毓華就算不被休棄，在唐家也再無任何地位可言了。

婁慶雲從外頭回來，懷裡抱著一大堆冊子，身後還跟著一個人，也幫著抱了一些。

薛宸迎上去，替婁慶雲接過幾本放到桌上，問道：「這是什麼呀？」

婁慶雲將冊子全放在桌上，又接過身後那人的，然後一手拍在這些已經泛舊的東西上，灰塵揚起，湊到薛宸耳邊說：「我的私產。」

薛宸瞪著眼睛看他，指了指滿桌的黃皮冊子，問：「這些都是？」

婁慶雲點點頭。「是。這些是鋪子、田莊什麼的單子。還有私庫，我讓人整理了，明天把東西給妳拿來。」

薛宸越聽越不對，道：「哎，等等，你把這些給我做什麼呀？你私庫的東西怎麼能放我這兒呢？」

婁慶雲揮手，讓所有人退下去，才急吼吼地把薛宸摟緊了，說道：「我的東西當然得放妳這兒啊。放別人那兒，我多不放心啊！」

「……」

薛宸還要說什麼，婁慶雲卻轉了個圈，撒嬌似的從背後圈住她，腦袋擱在她的肩窩上。「今後我所有的東西都在妳手上捏著，妳就不用怕我變心了。」

薛宸看著滿桌的冊子，突然覺得眼眶有些濕潤，不是因為這些東西很多，是婁慶雲的心意讓她感到相當溫暖。這種傾其所有的信任，讓薛宸高興得想哭。

她心中感動，但嘴上卻說：「怎麼，你原來還存著變心的心思嗎？我竟然不知道。」

婁慶雲瞧她眼眶濕潤，滿臉的感動，卻偏偏要說這個，便配合著她演戲。「是啊，我就是怕以後有那心思，才提前讓妳管著。這樣將來就算我看上了別的女人，妳也能控制我所有的錢，讓她什麼好處都得不到。」

薛宸氣結，反手捏住婁慶雲的耳垂，拽拉著道：「哼，今後你要是敢變心，我就讓你人財兩空！別懷疑我能不能做到，因為所有懷疑我的人，全都被我處理掉了！」

婁慶雲瞧著薛宸這小模樣，覺得可愛極了，從前只覺她防心太重，一步步讓她將心防打開實在太不容易了。但他一點都不後悔做這些努力，因為，這樣完全放鬆和信任他的寶貝只有他能看到；她的純真也只表現給他一個人看。這種在彼此生命中獨一無二的感覺真是太棒了，好像整個天地都不及對方一個微笑、一句知心之言般。

他不由自主地親上薛宸，直到兩人都氣喘吁吁才稍微停歇，將他心中的至寶橫抱而起，往內間走去，然後就只聽見輕微的掙扎聲。

「哎呀，還沒洗漱呢、還沒吃晚飯呢、還沒……」

所有的話，全被熾熱的吻給封了起來……

最近，薛宸對經營鋪子的想法，已經越來越成熟了。

上一世，她其實就想把生意再做大，可惜她的負擔太重，能做的事有限。但這一世不一樣了，盧氏留下的嫁妝和她自己的嫁妝已被她打理得有聲有色，日進斗金還是謙虛的說法，更別說她手上還多了婁慶雲的產業。

婁慶雲是嫡長子，擁有的一切本該是婁家的，不過他身分特殊，是婁家長孫也是皇家的血脈，因此掛在他名下的產業，沒有一千也有八百。薛宸的嫁妝和他的私產比起來，算是小巫見大巫了。

既然婁慶雲放心把那麼多產業交到她手上讓她打理，就是真信任她，薛宸怎麼會辜負他的信任，自然要好好替他管著才行。因此，這些日子她都待在書房裡，替婁慶雲謀劃著。

依她上輩子二十年的經商經驗，自然知道，生意要賺錢就必須有詳細的計劃和目標，在這一點，她從沒有馬虎過。唯有把這個做好了，生意才能順利地發展，運作時少出問題。

七月底，又迎來了一年一度的苦夏時節。

這日，薛宸正坐在冰盆前納涼，婁慶雲闖了進來，將她拉起，就往房間推去，急忙道：「我前些日子把事情都忙完了，這兩個月可以歇歇，妳快收拾收拾行李，咱們明天就去承德。」

薛宸愣愣地看著他，想了好一會兒才想起，他去年似乎真有過這個承諾。那時兩人還沒有成親，婁慶雲就是想帶她去也只能避嫌，沒想到他竟然還記得……

婁慶雲見她愣在當場，小模樣別提多可愛了，捏了捏她的鼻子，道：「怎麼傻了？去年不是跟妳說過嗎，夏天帶妳去承德避暑的。忘了？」

「……」

薛宸看著這張俊美的臉，幾乎覺得天氣不那麼悶熱了，這個人怎麼就能這樣好呢？

婁慶雲不知道妻子在想什麼，以為她真忘了這事，不覺有些委屈。「哎呀，妳怎麼這樣健忘？虧我之前拚了命地幹活兒，就為了夏天騰出工夫陪妳去承德。妳倒好，就這麼忘了。」

薛宸瞧他一臉受傷的樣子，不禁笑了，雙手捧過他的臉，左右親了兩口。「我怎麼會忘呢？只是沒想到你還記得。」

婁慶雲被妻子親得雲裡霧裡，一個勁兒傻笑。「跟妳說的每一句話，我都記得。要是今後誰忘記了承諾，肯定是妳，不會是我的。」

薛宸哼了一聲。「才不會是我！我這個人最重承諾了。」

「好呀，妳重承諾最好，咱們成親當晚，妳可是答應要給我生十個胖娃娃的，不許抵賴啊。」

婁慶雲得意地看著薛宸，引得薛宸掄起粉拳，在他心口上打了兩下。「我什麼時候答應給你生十個來著？那不成了母豬嗎？」

「就是十個！妳說過的。」婁慶雲開始耍賴。

「沒說過。」薛宸白他一眼，準備轉身，不和他說這個話題了。

誰知道婁慶雲纏得厲害，非要她重新給承諾，沒有十個，四、五個總是要的。薛宸被他惹煩了，只好勉為其難地答應。若是不答應他，婁慶雲肯定能從早纏到晚，那她還不得煩死啊！

事實證明薛宸真是想多了。婁慶雲的纏功要是發作起來，就沒有個消停的時候。

兩人去了承德的第五天，薛宸就已經被纏得受不了了，直呼讓他回大理寺幹活兒去。無論她走到哪裡，婁慶雲都像個尾巴似的跟著她，恨不能連如廁都跟進去，把薛宸給煩透了，甚至體力都跟著透支……誰也禁不起沒日沒夜地折騰啊。

明年，她不要再來承德避暑了，絕不！

讓薛宸痛苦並快樂的日子並沒有維持多久就真的「如願」了。

京城派人傳訊，說是薛宸的誥命封下來了，八月十五那天要正式下旨，太夫人讓他們趕緊收拾東西回去。

直到坐在回程的馬車上，薛宸還有些雲裡霧裡，扭頭看著正靠在軟枕上假寐的婁慶雲，一時真不知道說些什麼好了。推了推他，問道：「你什麼時候給我請封的？」

婁慶雲的眼睛沒睜開，拉著薛宸的手讓她一同躺下，然後抱著她繼續睡。「好幾個月前吧。」

薛宸從他的懷裡掙脫，趴在他身上。「可我沒聽說過有我這個年紀的誥命夫人呀。」

婁慶雲抓著她的手，放到頰邊說道：「誥命夫人看的是身分，又不是年紀。我是一品，妳當然就是一品誥命了。」

薛宸看著他，突然有些感慨。「你總是這樣，我真的會被你寵壞。到時候你要想逃走，可就沒那麼容易了。」

聽她說了這句話，婁慶雲才緩緩睜開眼睛，看著她，良久才問道：「妳想對我怎麼樣？」

薛宸俯下身子，靠在他的手臂上輕聲道：「我會把你占為己有，不讓任何女人靠近你。你若納妾，你納一個，我就殺一個；你若養外室，你養一處，我便燒一處。」

婁慶雲看著這個嘴硬的小丫頭，不禁失聲笑了出來。

薛宸見他絲毫不為所動，反而笑得很開心，不覺為自己剛才那兩句凶狠的臺詞叫屈，接著說：「所以，你要是不想我變成那樣，現在就少對我好。如果我沒那麼喜歡你，也許就不會做那些事了。」

溫柔的氣息湊到了她的耳邊，說道：「妳說過的話，可要算數啊。我這輩子求的，就是有個女人把我占為己有。妳既然這麼說了，那我今後一定要對妳更好才行。」

「……」

夫妻倆目光交纏，看了好一會兒後，才沒忍住，噗哧一聲笑了出來。

兩人回京後，婁慶雲又在家裡歇了兩天，才被范文超拖去大理寺銷假。宮裡也派了人來給薛宸量身訂做一品誥命的四季禮服還有全套配飾。因為頒旨的日子已定，所以還請人來教薛宸宮中禮儀，好讓她中秋那日能入宮謝恩。

好事成雙，就在薛宸的冊封詔書下來前幾天，婁家三房傳來喜訊，三房長孫婁玉蘇高中了探花郎。報喜隊伍在衛國公府門前吹打許久，光是賞錢就撒了三百兩之多，過往行人見者有分，可見三老爺有多高興。撇開婁慶雲少年時考中解元這件事，婁玉蘇中了探花，無疑再次證明了婁家子弟的實力。

太夫人和婁戰也很高興，直說等到中秋後要大擺筵席慶賀一番。

八月十五那天，封薛宸為一品誥命的聖旨下來了，她按品大妝，跟著婁慶雲入宮謝恩。說是謝恩，其實就是到皇后宮中磕頭，薛宸前後練習了好些天，才沒有在宮中出錯。

皇后是個相當慈祥的人，最起碼看起來是那樣的，對婁慶雲似乎也很愛護，一口一個你舅舅怎麼怎麼樣。婁慶雲倒也乖巧，三言兩語就把皇后給逗笑了。在皇后宮中坐了片刻後，婁慶雲便帶著薛宸出宮回府，祭祖告天。

一番折騰下來，冊封儀式總算是完成了。至此，薛宸有了一品誥命夫人的身分，有文書、有官牒，屬於可以獨立上書的品級了。

這兩天，婁慶雲都很晚才回來，薛宸給他準備了消夜，等他回來吃。

「這兩天大理寺比較忙，妳要是睏了就先睡，不用等我。」婁慶雲端了一盤糕點坐下道。

「也不是很晚。你不回來，我睡不著。」

婁慶雲聽到這話，眼睛一亮，對薛宸擠眉弄眼一陣，薛宸才羞赧地說：「想什麼呢？」

「嘿嘿。」婁慶雲笑了笑，然後和薛宸靠在一塊兒。「沒想什麼，就是瞧我媳婦兒好看唄。」

薛宸忍不住笑了，橫他一眼。「油嘴滑舌。」

婁慶雲又笑了，卻放下糕點不繼續吃了。

薛宸見狀，知道他有心事，不禁問道：「大理寺最近出了什麼難解的案子嗎？」

婁慶雲靠在薛宸的軟枕上，呼出一口氣後點點頭。「是啊，都察院的巡察御史在陝甘地界被人殺死了，他的經年錄不知所蹤，家人也不知去向。這件事由地方上報到刑部，刑部再報給大理寺，沒有他的經年錄，這事都快成懸案了。」

薛宸想了想後，問道：「巡察御史……是常三河大人嗎？」

婁慶雲意外地看著薛宸。「是他。妳也知道他？」

「知道。我爹從前跟我說了很多朝廷的事情，我多多少少認識一些人的。這個常大人是個好官嗎？」

薛宸對朝廷的事並不是很清楚，所以在這方面還真幫不了婁慶雲。

對於薛宸的問題，婁慶雲想了想後才道：「怎麼說呢？朝廷裡的官，只要是手裡有些權的，都不能算得上是一等一的好官。常三河做了巡察御史這麼多年，更加算不得好官了，只不過他無端死了，朝廷就一定要查。刑部查不出來，只能上報大理寺，大理寺再查不出來，那就成懸案了。換句話說，成了懸案，常大人就白死了。」

「你們要他的經年錄做什麼呀？」薛宸拿了一塊糕點送到婁慶雲嘴邊，伺候他吃。

婁慶雲一邊消受美人恩一邊道：「從他的經年錄中說不定能查出這些年來他得罪了什麼人，總有些蛛絲馬跡吧。」

薛宸側身坐在床沿，目光微垂、螓首微低，露出白皙無瑕的美頸，優雅美麗，長長的睫毛如扇，每眨一下，似乎都能牽動婁慶雲的心思。

在這方面，婁慶雲素來不會虧待自己，將薛宸手裡的糕點放到一邊，然後把她的手指放入自己口中，輕輕吮吸起來。

薛宸也不是那不經人事的少女了，哪裡還不懂婁慶雲這挑逗的意思，當即紅了臉，低下頭，卻是不反抗，由著他鬧去。

鬧了一會兒後，某人玩火自焚，受不了了，只好抱著薛宸，急吼吼地往內間去。

第四十八章

臘月二十九，小年夜。

薛宸跟在太夫人和長公主後面，學了不少過年應該要做的事情。上一世薛宸的母親去世時她才十一歲，對這方面並不熟悉。而徐素娥進門後，恨不得將她趕出門去才好，這些事情就更加輪不到她做了。

後來嫁到長安侯府，過年時郁氏都在和薛宸分錢，核對她的帳目，確保每分錢都要用在宋家身上。那時候，薛宸和長安侯府是綁在一根繩子上的，一榮俱榮、一損俱損，她被徐素娥壓了那麼多年，實在不想和宋家決裂，被徐素娥笑話。

就是拚著一口氣，薛宸熬了好幾年，直到她賺的實在多了，才在宋家有了十足的分量，宋安堂和郁氏不得不看她的臉色，說話做事才稍稍收斂了些。

年三十晚上，府中所有誥命皆受邀入宮守歲，薛宸自然也不例外。婁慶雲和婁戰他們一同去元陽殿領宴，而薛宸她們這些誥命夫人則是去皇后娘娘宮中。薛宸跟著長公主和太夫人，倒是沒遇到什麼難事，安安靜靜吃了一頓飯，看了半宿的煙花。

宴中，大公主鳳言、二公主婉珂、三公主麝月也有出席。大公主是皇后嫡親的女兒，今年十五；二公主的母親是瑾妃、三公主的母親是羅昭儀，兩位都是十四歲，出生日子有早晚。這三位小公主似乎和薛宸的婆母綏陽長公主很親近，一直圍在這個姑母左右問東問西，長公主本就是隨和性子，和這些小公主們很能聊到一塊兒去。而薛宸作為婁家期待已久的嫡長媳，自然就成為了皇后和眾妃間揶揄的對象。

言談間薛宸才知道，原來在座的長輩幾乎都給婁慶雲說過親，但無一例外，全被駁回了，大家只要圍繞這個話題，就可以說很久很久了。薛宸只能陪著笑，心裡暗暗將婁慶雲給埋怨了一遍。

唉，夫君太出色也是負擔啊！

宴會結束後，大公主鳳言居然向皇后提出這個年想要到姑母家過，皇后受不住大公主的撒嬌，對長公主遞去了求助的目光，原本是想讓長公主推辭的，誰知道長公主最是天真好客，竟然一口就答應了。既然大公主可以去宮外過年，二公主和三公主又憑什麼不能去呢？當即也來湊熱鬧，說是怎樣都要跟著長姊走，皇后無奈，被她們纏得只好答應。

於是，太夫人帶著薛宸立刻上前領命。薛宸暗嘆，有了這三位祖宗入府，這個年注定是不平靜啊！不過，皇后開口，長公主應承，三位小公主又是興致勃勃，婁家無論如何都要硬著頭皮接待，沒有拒絕的理由。

守完歲謝恩後，皇后又把太夫人喊去中宮，說了一番拜託太夫人照料的言語。薛宸和長公主等到太夫人從中宮回來後才一同坐上馬車回去，準備明日迎接三位公主駕臨家宅的事宜。

其實，婁家本就有準備公主們的院子，畢竟大公主和婁慶雲是嫡親的表兄妹，小時候偶爾會來婁家小住幾日。只不過，這回正好趕上了過年，宮中三位正經公主連袂而來，這是往年沒有過的。

薛宸是嫡長孫媳，上頭有太夫人、有婆母，要她親自動手的事情委實不多。長公主憐惜她年紀小，熬了一會兒，雙眼都紅了，便對薛宸道：「這裡沒什麼事了，有我在，妳先回房歇著去吧。」

薛宸哪裡肯，立刻搖頭。「不不，這是媳婦兒應該做的。母親沒休息，我如何能去呢？我陪著母親。」

長公主心中一暖，在薛宸的臉上捏了捏，然後才看著正坐在廊下吹風、怎麼都不肯先回房的婁慶雲，道：「妳要不回去，他能在那兒吹一夜的風，妳信不信？」

薛宸順著長公主的手勢望去，果然見婁慶雲依舊倚靠廊柱坐著，臉上看不出什麼異樣，但看他靠著柱子假寐的樣子就知道，明顯是喝多了。

一番思量後，薛宸才對長公主行告退禮。「兒媳先扶夫君回去，夫君今晚該是喝了不少酒，總不能一直在外面。」

長公主見她改變主意，滿眼都是愛惜擔憂，不由搖了搖頭道：「行了行了，妳回去把他照顧好就成，這裡有我和太夫人在，不礙事的。去吧。」

薛宸不好意思地對長公主再行了禮，便轉身去廊下，彎下腰，對婁慶雲喊了一聲。「夫君，你睡了嗎？別睡這裡了，我扶你回房睡。」

婁慶雲迷迷糊糊地睜開雙眼，瞧見薛宸，笑了。醉酒後的婁慶雲笑起來比平日裡多了不少魅惑，不多想，就對薛宸伸出了手。

薛宸吃力地將他拉起來，婁慶雲順勢將身子掛在她瘦小的肩上。蘇苑和夏珠見薛宸吃重，想上前攙扶，卻被婁慶雲推開，口齒不清地說：「讓開，我是有家室的人，別……拉拉扯扯的。」

蘇苑和夏珠傻住了，薛宸哭笑不得，搖了搖頭，兩人只好在旁邊看著。一路走回滄瀾苑，只要有人上前想替薛宸攙扶婁慶雲都會被罵走，薛宸又是好氣、又是好笑，辛苦地扶著他回到滄瀾苑中。

讓婁慶雲靠在軟枕上，薛宸想去給他熬些醒酒湯，卻被他死死拉住，擁到懷中，就這麼睡下了。

衾鳳和枕鴛看著兩個主子奇葩的睡姿，上前用手勢詢問薛宸要不要把世子拉開，薛宸還沒說話，只是稍微動了動，婁慶雲就把她摟得翻了個身，讓她直接從外床翻到裡床，然後像是藏著寶貝那般，將薛宸摟了個滿懷。

衾鳳和枕鴛湊過去，看不見被藏住的薛宸，只見她艱難地伸出一隻手，對她們比了個退下的手勢。喝醉的婁慶雲有多愛纏人薛宸是見識過的，沒喝酒的他自制力好得驚人；可喝了酒的他，卻纏人得很，每回都要把薛宸摟足一個晚上才肯鬆手。

好在現在是冬天，屋裡生了地龍，兩人就是這麼纏麻花似的睡一晚也不會著涼，就是苦了薛宸，一動都不能動。

不過薛宸似乎很喜歡這樣纏人的婁慶雲，這種被珍視的感覺真好，別人是酒後吐真言，婁慶雲是酒後露真性。另外讓她覺得慶幸的是，醉酒後的婁慶雲在那方面沒有一點興趣，只是純粹抱著她睡覺，直到酒醒，也是一、兩個時辰之後的事了。

第二天，薛宸是被鞭炮聲吵醒的，睜開眼睛，發現自己安安穩穩地睡在衾中，身上的外衣脫了，頭上、手上的飾品也全被摘下，堆成一堆放在床頭。這顯然不會是衾鳳和枕鴛這些丫鬟們做的，想到那人給她除這些首飾時的笨拙，薛宸不禁笑了起來。

婁慶雲光著上身從淨房中出來，身上濕漉漉的，正用一塊松江錦的加厚棉布擦拭頭髮，看見薛宸醒了就走到她面前，像小狗似的將水甩到薛宸臉上，如願收到了妻子似嗔似怨的目光，然後賣乖似的將棉布交到薛宸手中，規規矩矩地在床沿坐好。

薛宸接過棉布，跪在婁慶雲身後替他擦頭髮，輕柔地按摩他的太陽穴，問道：「頭還疼嗎？下回不能少喝點嗎？」

婁慶雲拉過她的一隻手，放在唇邊親了親，道：「都是宮裡的人和同僚，哪裡能推辭？我這樣子，還是他們手下留情的。妳沒瞧見禮部尚書和張太尉，那幾乎是爬著出去的。」

昨兒是官員們一年一度的放縱日，自然會瘋一些，薛宸被他說得笑了起來，想起昨晚在宮門口瞧見好幾個從轎子裡飛奔出來嘔吐的官員，證實婁慶雲所言非假。

夫妻倆又在房裡膩了一會兒，薛宸也去淨房洗了澡，喚丫鬟們進來給她梳妝。今兒是年初一，所有命婦都得去宮裡給帝后賀年。

想著外面天寒地凍的樣子，薛宸有點不情願這麼早被封了一品誥命，想著今後過年都要這樣折騰幾天幾夜就覺得頭疼。

今年還有另外一件事，那就是三個公主今天要隨她們一起來婁家了，該是怎樣熱鬧的場景啊，還得負責三位公主的安全和娛樂。薛宸再次感慨，高門媳婦不好做啊！

婁家女眷頂著寒風，與一眾誥命在宮外站了一會兒，帝后出現，行參拜之禮，待帝后召見後，近午才能離開宮中，返回各自的府邸。

三位公主早已聚在出宮的偏殿中，就等婁太夫人和綏陽長公主的轎輦前來迎接。三位公主只是去婁家小住，並不是出巡，因此排場不是特別大，只是在婁家的衛隊中添了些御前侍衛，多了三頂略大的官轎，像是普通命婦出門般。

婁家早做好了迎接公主們的準備。大公主對婁家是相當熟悉的，長公主只告訴她院落，她就能帶著二公主和三公主去，無須僕人帶領。

薛宸請示太夫人和長公主，這幾日該如何安排公主遊玩？長公主只說隨意，太夫人卻對薛宸說了不少。

「雖然妳婆母說隨意即可，但畢竟來的是公主，咱們首先要做的就是保護公主的安全，暗地裡多派些得力人手，千萬不能出意外。

「第二，公主們出宮，就是為了輕鬆輕鬆，若是都在府裡待著，那就和在宮中沒有差別，但公主們乃金枝玉葉，也不能堂而皇之地上街遊玩。妻家在東郊有座依山傍水的別院，過了初五，妳可以帶著公主們過去住兩日，替她們辦個筵席，請些公侯小姐作陪，但人數不宜過多。

「第三，飲食上也要注意。公主們吃慣了宮中御廚的手藝，也許會對民間的小食感興趣，咱們府裡有兩個大廚，會做各種攤點小食，味道很是不錯。初五後，妳把她們帶去別院，食材要用當日新鮮的，這些事情大廚們都會做，妳只需監管。我要說的，就是這三點，妳可聽明白了？」

太夫人一番話說得有條有理，薛宸點點頭，回道：「聽明白了。」

雖然薛宸答得這樣乾脆，可內心卻是崩潰的。要做到這三點，談何容易？太夫人完完全全就把招呼公主的責任推到了薛宸身上，安全、娛樂、膳食……每一樣都是讓人頭疼的。

長公主似乎也覺得全都交給薛宸不大妥當，站出來說道：「這……宸姐兒才多大點啊，這事還是交給我吧。我是她們的姑母，做這些再合適不過了。」

太夫人卻看著薛宸，笑著問道：「丫頭，告訴妳婆母，妳能做到嗎？」

薛宸回了太夫人一張笑臉。「太夫人讓我做，我便能做！有什麼事，不是還有妳們給我善後嗎，我不怕。」

長公主和太夫人被薛宸這句話給逗笑了，太夫人對薛宸說：「妳也別怪我心急，妳是婁家的嫡長孫媳，今後這個家就是妳當，像這樣的事，將來只會更多，妳若是不早些習慣，將來總有吃苦的時候。趁著現在我和妳婆母還能替妳出出主意，在妳背後幫幫忙，妳就放心大膽地去做。

「雖然我給妳列出了那麼幾項條件來，但妳也別忘了妳婆母說的，她們的確是公主，可也是慶哥兒的嫡親表妹，妳是她們的表嫂，就輩分而言，還大她們一級。更何況，她們身分雖高，卻都是十幾歲天真爛漫的小姑娘，禮節上的要求並不多，妳無須太過拘謹，平常心對待就成了。」

薛宸將太夫人的話放在腦中，仔細回味一番，便知道太夫人是想和她說什麼了，無非是想藉著這件事，讓公主們和她打成一片，讓她真正融入這個大家庭中。薛宸沒有想到，太夫人居然對她寄予厚望，真心實意想讓她快點獨當一面，因此才會和她說這麼多。

從松鶴院出來後，薛宸回到滄瀾苑，換過衣服，便親自送了些瓜果去幾位公主住的院子。

大公主的性子隨和又好親近，讓薛宸想到了薛繡，兩人性格差不多，都是懂事有禮卻不失活潑風趣，和薛宸極是投緣。

二公主的性子有些烈，說話做事全是一副唯我獨尊的架勢，不過對大公主卻不敢踰矩；三公主看起來很活潑，臉上總掛著甜甜的笑，一雙眼睛笑起來像是月牙般，跟大公主十分親暱，一點都不像是昭儀生的，反而更像是嫡親姊妹。

初一到初五，薛宸陪公主們在府中消遣解悶，初六便帶著她們去了東郊別院。

薛宸是第三次來這個地方，前兩天特意先來熟悉了環境。原本在她的猜想中，以為東郊別院就是座普通別院，可她沒想到這別院實在大得驚人，裡面包含了一座廣袤的山丘，上面有修剪過的綠色草地，草地上放養著十幾匹駿馬，讓人一陣恍惚，還以為自己到了大草原，過上了遊牧民族的生活呢。

因此，這回薛宸就想讓公主們體驗一下遊牧民族的生活，命人在草地上搭建了好幾處加厚加固的帳篷，讓公主們在帳篷中玩耍。這個玩法獲得了公主們的一致好評，覺得新鮮極了，從沒想過在京城裡還能領略異域風光，在帳篷中鑽進鑽出，樂不可支。

中午吃飯時自然也是在帳篷中吃的，三位公主對送上來的菜式很感興趣，不知是不是因為氣氛不同的關係，她們吃的比平日裡多了好幾倍，歡聲笑語不斷。

下午，薛宸給她們安排了特別的表演。

一匹駿馬由遠至近馳來，停在半丈之外，婁兆雲高坐馬背上，身姿挺拔、眉目俊秀，嘴角帶著一抹笑，少年特有的自信在陽光下顯得奪目。

他自馬背上翻身而下，從遠處走來，對三位公主抱拳作揖。「婁兆雲見過各位公主、見過大嫂。」

大公主認識婁兆雲，趕忙讓他起來，道：「兆雲表哥好見外，小時候你還拿毛毛蟲嚇過我呢，怎麼現在倒拘謹起來？」

婁兆雲是直爽性子，對大公主傻傻笑了笑。「大公主還記得這事？小時候不懂事，您別見怪。」

薛宸接著道：「明日，我在後院設下了梅花宴，請了幾位京中有名的才女前來做客。不過今日嘛，兆雲堂弟自告奮勇，說什麼都要來獻醜，要給幾位公主表演馬術，攔都攔不住。公主們別嫌棄，也請看看吧。」婁兆雲是婁家子弟，婁慶雲與幾位公主是嫡親的表兄妹，婁兆雲等於是夾著關係的，算不上是外男，不必太過避嫌。

其實，這是二夫人韓氏拜託薛宸的事，請她安排婁兆雲私下見見幾位公主。二夫人是什麼心思，薛宸多少能猜到一些，卻是不能點破，只能利用這個藉口了。

薛宸請三位公主入座，婁兆雲毫不扭捏，瀟灑如風地翻身上馬，在馬背上揮舞馬鞭，向看客們招呼。一番精采的馬術表演後，婁兆雲用套馬的桿子往下勾起草地上幾朵長得粉嫩的小花，然後策馬向諸位公主跑來，停下後翻身下馬，將桿子上的花拿下來，分別遞給幾位公主。

大公主鳳言看得直叫好。「沒想到兆雲表哥還有這一手，真是大開眼界。」

二公主得了花也很高興，卻是不想誇讚婁兆雲，只說：「那有什麼，我也會騎馬，不過父皇不讓我學這些罷了。要是我學，肯定也能做好。」

三公主倒是沒怎麼說話，低頭看著手裡的花朵，然後又瞧著婁兆雲，好半晌才咕噥了一句。「我也覺得兆雲表哥表演得真好。」

婁兆雲傻傻抓著頭，不管公主們說什麼，都只是笑，憨憨的倒也可愛。

大公主來到他的馬前，摸了馬鬃一下，說道：「兆雲表哥，你教我們騎馬吧。反正你是我們表哥，教教我們，沒人會說什麼的。」

三公主立刻點頭如搗蒜地贊成。「是啊是啊，我也想學，表哥教教我，好不好？」

婁兆雲爽朗一笑，大男孩的帥氣像是眼光般耀眼。「這可不行，不是怕人說什麼，而是我做的那些太危險了，妳們是女孩兒家哪裡能做？還是坐在這裡看我表演好了。」

大公主橫了他一眼，佯作生氣道：「就你會騎馬？正如二妹說的，咱們只是沒得學罷了。你倒好，不想教就不想教，偏要說出這些冠冕堂皇的話來，真是錯看你了。」

婁兆雲到底是個年輕小夥子，聽姑娘們這麼埋怨他，有些緊張了，轉頭看薛宸一眼，只見薛宸微微點了點頭，才道：「要不，我帶妳們兜一圈吧，就別學了，妳們幾位都是祖宗，要是在我手裡摔著了，不是要了我的命嗎？大嫂，我帶表妹們轉一圈，您看合適嗎？」

婁兆雲到底還是有些擔心的，薛宸瞧著幾位公主躍躍欲試的表情，垂目說道：「你們本就是表兄妹，沒什麼不合適的。只是千萬小心，別摔著了才是。」

大公主聽了，第一個衝上前去。「不會的。大表嫂，妳就放心吧。」

婁兆雲將大公主扶上了馬，然後自己才翻身上去，馬蹄踢踏著向前奔，並不是很快，卻也夠顛簸了，大公主高興得直叫喚，二公主在一旁焦急地等候，唯有三公主，目光始終沒有從婁兆雲的身上挪開。

薛宸也瞧見了三公主的表情，回想上一世，三公主似乎是配給了婁玉蘇，怎麼看她的樣子，似乎又對婁兆雲有別的想法呢？韓氏多少有想和皇家結親的意思，所以今日才讓她安排婁兆雲出現，看樣子三公主的確對婁兆雲起了心思。可是……想起上一世三公主最後嫁的是婁玉蘇，薛宸心裡就有些拿不定主意了。

接下來騎馬，三公主對婁兆雲表現得更明顯了，騎馬時，不時轉過頭看他。大公主和二公主情竇未開所以沒看出來，可薛宸是過來人，如果是婁慶雲帶著她騎馬，她也會像三公主一樣，不住回頭看他，不為別的，哪怕只瞧瞧他的下顎都是好的。

如果三公主真的喜歡婁兆雲，憑婁兆雲的身分，倒也配得上，到時三公主出宮開府，婁兆雲做駙馬，也是使得。

這一世的變化太多，以至於薛宸都有些糊塗了，她自己得了好姻緣，自然也希望身邊的人都能有好的歸宿。婁兆雲很不錯，磊落大方，沒有時下貴族子弟的驕矜，頗有些豪氣干雲的架勢。上一世，他甚至還在國家危難時隨婁戰上過戰場，雖未聽說立下什麼汗馬功勞，但就憑這份膽色，也足以撐起他這個人了。

薛宸並不打算干涉他們，一切隨緣。即便上一世三公主嫁的是婁玉蘇，可他們之間到底有沒有感情薛宸並不知道，而且那是他們的事，她一個外人也不好插手。

原本只想讓婁兆雲來露個臉就回去的，可沒想到幾位公主對騎馬的熱情這麼高，又難得遇到不避嫌的人教她們，竟然抓著婁兆雲不讓他走了。婁兆雲無奈，薛宸讓他放心，這座宅子是婁家的別院，還算安全，不過就是多說幾句話，倒不怕旁人看見了瞎說。

到晚上，幾位公主還想留婁兆雲一起吃飯，婁兆雲卻是再不敢留下了，百般推辭後，才逃也似的離開了別院。

薛宸瞧著他飛奔逃走的樣子，心中對婁兆雲更是了解了。這孩子果真不是攀附權貴之人，但凡對公主們存一點心思，不用她們說，他也會主動留下來，如今卻是逃命似的跑了。

因為下午婁兆雲的「傾情付出」，三位公主在吃飯時都有說有笑的，尤其是三公主，對婁兆雲讚譽有加，席間說起「兆雲表哥」不下數回。

第二天，薛宸請的賓客陸續來到了別院。

她請的都是平日裡有所交集的貴族千金，每個姑娘皆是才名在外，年紀相仿，有共同的興趣，因此談起話來倒也沒什麼隔閡。在這些姑娘中，薛宸算是長輩了，便主動退到一邊，替她們安排坐席與用具，讓這些小姑娘們自己玩去。

此時，別院管家找到了薛宸，稟報道：「少夫人，後院的戲臺都搭好了，戲子們也準備好了，只是……」有些為難地看著薛宸，猶豫一會兒後，才道：「二公子突然來了，還說要親自上臺唱一齣，我拿不定主意，只好來問少夫人。」

婁家二公子說的就是婁玉蘇，他是三房長子，不過婁家沒有分家，排行才會是第二。

薛宸瞇眼想了想，心道這個婁玉蘇還真是主動，見管家在旁等候，便道：「既然二公子有雅興，就讓他唱好了，多派些人手看著，別出什麼亂子。」

管家領命下去，薛宸便沒再管這事。韓氏有這樣的心思，想讓婁兆雲尚公主，三夫人難免也有。婁玉蘇剛中探花，本身已經出了名，這個時候他若再表現出誠意，連薛宸也不敢保證公主們會不會看上他。要真如此，她也沒必要阻止，還是那句話，一切隨緣。如果婁玉蘇注定有此運道，她橫加阻止也是不對的。

年齡相仿的姑娘們很快就打成一片，公主們難得出宮，心情愉悅，小姐們更是難得見到當朝公主，自然有意奉承，處處追捧，氣氛融洽到不行。

薛宸派人請她們到後院，一邊賞梅、一邊聽戲，姑娘們聽了，更是興致勃勃。

後院梅林中，戲臺高築，四周圍了一圈華麗的蜀錦，既美觀雅致又擋風保暖，讓這些嬌客們不至於在寒風瑟瑟中聽戲賞梅。

姑娘們圍著三位公主落坐，下人們魚貫而出，上瓜果糕點與茶水，燃起金絲炭，準備就緒。

臺上弦樂響起，咿呀唱戲的戲子陸續亮相，一曲終後，休息片刻，臺下的姑娘們還在討論，又聽臺上響起崑曲的調子，便坐直了身子觀看。

薛宸站在最後一株梅樹下，看著從後簾中走出、穿著戲服亦難掩其倜儻風采的婁玉蘇，忽然覺得這個男人挺可怕的。自古以來，為達目的不計臉面的人才是最能成功的，很顯然，婁玉蘇就是那種人。他為了能在公主們面前亮相，居然拋下了探花郎的身段，可憐又可悲。

薛宸無意阻攔他。人的性格千奇百怪，就算是性格相近之人，在不同的環境中長大，最後的命運也會完全不同。對於婁玉蘇，薛宸只想敬而遠之，他今後有什麼造化和際遇，都是他的命。上一世，婁慶雲的死成為他平步青雲的階梯，但這世沒了這梯子，憑他自己的本領還能不能爬上天就難說了。

一齣【寶劍記】咿呀唱出，不得不說，婁玉蘇還真是有備而來，看來他很早以前就想好這條路子，唱得居然不比那些專業戲子要差。身旁傳來一聲輕嗤，薛宸回頭一看，婁兆雲不知何時站到她旁邊，正對臺上的婁玉蘇嗤之以鼻。

見薛宸回頭看他，婁兆雲才不好意思地抓了抓頭，說道：「男子漢大丈夫，在臺上咿咿呀呀唱戲，也虧他做得出來。」

薛宸見他義憤填膺，不禁道：「能把面子丟下來，也是他的本事。你呀，就是太好面子了。」

婁兆雲看著這個年紀比自己小些，可是說話卻越來越像大堂兄的嫂子，感嘆了一番，道：「妳才多大，我喊妳一聲嫂子，妳就真不記得自己的年紀啦？妳們這些小丫頭，哪裡知道這種手段的厲害，回去讓大堂兄多教教妳。男人越是表現，心裡越是齷齪。」

薛宸無奈地在心裡嘆氣，這小子還教訓起她來了。

這時，臺下似乎有人認出了婁玉蘇。也難怪，畢竟他是新科探花郎，曾經跟著狀元、榜眼遊過御街，而他本身相貌俊美，自然讓女孩子們記得牢些。一時，氣氛熱了起來，大公主自然是見過婁玉蘇的，只是沒想到他會上臺唱戲，現在被其他人這麼一說，她才敢確定，乾脆走到臺前看了起來。

婁兆雲在旁邊搖了搖頭，實在瞧不過眼，薛宸見他神情有些逗，不禁問道：「臺下是不是有你喜歡的人？」

婁兆雲原本準備了一番說詞準備對薛宸說，沒想到被薛宸這麼一句話給噎著，什麼都說不出來了，臉色脹得通紅。

薛宸揚眉，露出驚訝的神情，稍稍湊近了婁兆雲，問道：「是杜小姐？」

婁兆雲只是瞪她，不說話。

「是蘇小姐？」

婁兆雲無奈地回過頭，不想搭理薛宸。

「哦，我知道了，原來是李小姐。」

婁兆雲終於忍不住，炸毛了。「妳……妳別胡說八道，我無所謂，別壞了那些姑娘的名聲。」

薛宸了然地點點頭。「哦，原來真是李小姐啊！」

說完這句話，薛宸便頭也不回地往前走去，再不理會身後婁兆雲的惱羞成怒。

婁兆雲想追上去讓薛宸別瞎說，但知道他們身分有別，不能拉扯，只好在原地憤憤地抓樹皮洩憤。

這時，婁玉蘇唱完了【寶劍記】，被大公主喊下了臺，正說著話。薛宸不去打擾他們，便想去廚房看看中午的飯菜準備得如何，卻聽管家前來稟報，說是大公子帶著太子和一些朋友已經到了別院外一里處。

薛宸大驚，不知道太子和婁慶雲來做什麼，遂去告訴大公主。大公主不以為意，道：「太子哥哥定是知道我們在這兒所以才來的。表嫂不必驚慌，派人開門迎接便是。」

有大公主這句話，薛宸心裡有數了，領著僕人去門前迎接太子。

太子下馬後，對薛宸抬手說道：「弟妹無須多禮。這幾天，我那幾個妹子勞煩妳照料了，我來瞧瞧她們，順便領略這別院的風光。」

薛宸低頭稱是，太子帶著眾人走入，婁慶雲才將薛宸扶起來，道：「太子說要找個地方消遣，我也想見見妳……」

兩人相視一笑，手牽手入了別院大門。太子來訪，薛宸倒是不怕的，畢竟別院早已佈置好了，該有的東西一樣不少，即便多個太子也同樣照料得過來。

太子駕到，讓原本放開說笑的姑娘們頓時拘謹起來，有的甚至緊張得連話都說不出來。二公主和三公主見了太子，也像鵪鶉似的低著頭不言語，只有大公主這個太子的嫡親妹妹還能自在地和哥哥說話。

婁慶雲和薛宸坐在一起，婁兆雲可瞧不上他們倆的親暱了，有心警告薛宸一番，讓她不許亂說他和李小姐的事，可婁慶雲一直在她身旁，婁兆雲根本找不到警告的機會，只好在一旁生著悶氣。

忽然，太子派人來請婁慶雲過去，說是想打場馬球，婁家別院中有山坡草地，最適合玩這個了。

婁慶雲知曉，遂著手安排，反正有現成的地方，只需將兩方進球的架子搭好，再圍出一塊範圍平均的場子，畫條分界線就成了。

除了太子帶來的人，婁慶雲、婁兆雲和婁玉蘇也被喊下場，臨時組了兩隊。

太子說道：「我和既明一隊。你們看怎麼組吧。」

剩下的人面面相覷，婁慶雲站了出來，走到太子對面說：「咱倆要一隊這球怎麼打？他們能贏你嗎？」

太子想想也對，失笑了，用球桿指著婁慶雲道：「話別說得太滿，你未必就能贏，我可是打遍宮中無敵手的。」

婁慶雲勾了勾唇，透著濃濃的鄙視，可把太子的好戰心完全勾出來了。他對婁兆雲招招手，婁兆雲就到了他身後。

婁玉蘇卻是不跟過去，又怕婁慶雲喊他，便在太子身後搶先對婁慶雲道：「大哥，你和三弟一隊，我便跟太子一隊吧。」

婁慶雲不置可否地看看他，然後點頭，又喊了幾個人到自己的隊伍裡。

一聲銅鑼響起，兩隊人馬便往前衝去，廝殺起來。

第四十九章

草地旁有幾座涼亭，姑娘們便坐在亭中觀戰，嘰嘰喳喳的興奮不已。

薛宸也關注著場內，目光自然是隨著婁慶雲轉，只見他騎在馬上，說不出的專注，揮桿時動作乾脆俐落，全場上下只有他敢從太子的桿下搶球，帶領他這一隊全力進攻，勢如破竹。

薛宸正看得入迷，身旁突然有人和她說話。

「表嫂，妳之前怎麼就看上大表哥了？」

薛宸回頭一看，居然是大公主鳳言。看著她清亮的黑眸，薛宸一愣，有一瞬間是迷惑的。是啊，她看上婁慶雲什麼呢？

「他……長得好？」

婁慶雲的好，她還真沒法和別人說，因為他對待自己和對待別人時完全是兩副面孔。如果她和大公主說，她喜歡婁慶雲的不要臉和死纏爛打，大公主大概也不會相信，唯有「長得好」這一點，是所有人都無法反駁的。婁慶雲的長相，的確鮮少有人能比得上他了。

果然，大公主一臉恍然大悟的樣子，摸著下巴點頭說道：「我想也是。大表哥那個人，除了長得好一點之外，真的太無趣了，成天只知道做事，對誰都凶巴巴的，要麼不苟言笑，要麼不理不睬，那麼大了也不娶妻，我一度懷疑他是不是斷袖……」

鳳言是直爽的性子，從她的話中可以聽得出來，她和太子一樣是真把妻慶雲當兄弟。不過，不苟言笑、不理不睬、對誰都凶巴巴……薛宸腦中不斷想起，有些時候在床上，他為了逗她笑，還有學小狗叫的時候……她們說的，真的是同一個人嗎？

見薛宸沒說話，鳳言意識到自己可能說得太多了，有些發窘。「哎呀，表嫂，妳千萬不要把我說的告訴大表哥，他一定又會彈我額頭。他這個人可沒風度了，一點都不像其他男人懂得憐香惜玉，說動手就動手。」

薛宸終於忍俊不禁笑了出來，對鳳言點了點頭。「好，我不告訴他。」

兩人正說著，旁邊二公主和三公主的對話也落入了薛宸耳中。

只聽三公主對二公主問道：「二姊，妳說兆雲表哥好看嗎？」

二公主頭也沒回，直接回答。「當然是大表哥好看，太子哥哥也好看，兆雲表哥嘛……」

三公主卻笑道：「可是大表哥和太子哥哥好看，和咱們有什麼關係呢？」

二公主一心看球，沒在意三公主說的話是什麼意思，隨意咕噥了一聲，就算是回答了。

薛宸轉過頭看著三公主，見她的神情似乎帶著些侵略，就那麼毫不避諱地直盯著婁兆雲。

大公主似乎也聽見了三公主的話，對薛宸揚了揚眉，只當沒聽見。薛宸想著，也許三位公主並沒有表面上看起來那樣和睦，畢竟三個女孩是三個母親，而且都可以算得上是情敵。

既然大公主不打算管這事，那薛宸就更沒有管的理由了。

場中傳來一陣熱烈的歡呼，婁慶雲將球桿扛在肩膀上，夾著馬腹跑到太子面前，勾唇說道：「輸贏乃兵家常事，太子可千萬別放在心裡啊。」

太子沒好氣地橫了他一眼，然後便拉著轠繩往旁邊奔去。

婁玉蘇騎著馬，有些喘氣，看著太子離去的背影，便到婁慶雲身前對他說：「大哥好俊的身手，只不過……那可是太子啊……」

婁慶雲沒說話，只在婁玉蘇肩上拍了拍，然後調轉馬頭往場外奔去。

太子正在外頭等他，婁慶雲翻身下馬後，就有小廝上前牽馬。太子搭著婁慶雲的肩膀，說道：「下回，我可不會手下留情了。」竟是絲毫沒有生氣的意思。

兄弟倆就這麼肩並肩走進了公主們所在的涼亭，薛宸抽出帕子給婁慶雲擦汗，然後命人上了爽口的涼果茶，一行人在亭中說了會兒話，等到夕陽微斜時才回了別院。

晚上，婁慶雲和薛宸一起住在別院中。洗漱完，薛宸跪在婁慶雲身後，給洗過頭的他擦頭髮，一邊和他說著這兩天發生的事情。

「……我覺得三公主對三弟的態度有些不一樣，似乎看中他了。我帶著公主們來別院前，二嬸找過我，說讓我尋個機會讓三弟在公主們面前亮相。想來二嬸是有這打算的，只是三弟似乎並不熱衷尚公主。」

婁慶雲閉著眼睛，享受媳婦兒的服務，道：「他不熱衷就對了。尚公主只是說得好聽，妳別以為天下間所有的公主都和我娘似的，天家子女最是無情，驕月的性子，兆雲受不了的。」

薛宸聽了，又說：「姑且不論這個，我瞧著二弟倒是很熱衷。真是沒想到，他一個讀書人竟然還能唱堂會，也算讓公主們記住他了。不過，以他的身分想要尚公主，可能還得再努力努力了。」

婁玉蘇和婁兆雲不同，婁玉蘇的父親是衛國公府三老爺婁海正，婁海正是庶出，婁兆雲的父親是嫡出，嫡庶關係擺在這兒，就夠他努力許久了。

有的時候就是這樣，出身決定了一切。婁玉蘇雖然刻苦向學，年紀輕輕就中了探花，可誰都知道，這個探花有水分，是適逢其會，趕上皇帝想提拔婁家子弟，他就被送上去了。有一次薛宸回薛家，聽薛雲濤說起這個，婁玉蘇有才學，但還不足以承探花之名，其中是因為什麼，明眼人一看一想就知道了。

「他呀，秉性太鑽營，改不了了。若他執迷不悟，總有他後悔的時候。」

薛宸想起上一世婁玉蘇尚了三公主，也是運氣好，大婚後羅昭儀晉為德妃，居四妃之首，婁玉蘇也平步青雲，執掌刑部多年。不過，這一切全是因婁慶雲死了的緣故，皇上因此對婁家子弟更是看重。而後來幾年，薛宸隱約聽到一些婁玉蘇暗地打壓婁家子弟上位的事，不過她沒有太關注，聽到的只是隻言片語，不知前因後果，便不多做評論了。

「對了，今日來的幾個姑娘中，是否有大行臺蘇大人家的嫡長女？」

婁慶雲舒服地伸了個懶腰，閉著眼睛，轉過頭將薛宸抱在懷中，臉很自覺地湊上薛宸的胸口柔軟處，還很惡劣地蹭了又蹭。

薛宸的纖腰被他摟著，只好任他亂來，想了想後道：「有啊，怎麼了？」

婁慶雲埋在溫柔鄉中，實在出不來了，聲音悶悶地說：「皇后屬意她，太子妃或側妃大概就是她了。要是沒事，妳今後和她走近些，咱們雖不靠裙帶關係，但總不能交惡。」

薛宸還沒說話，就被人撲倒在軟鋪上，好不容易才抽出了手，抵住婁慶雲的肩膀道：「那太子今日是來相看她的嗎？」

婁慶雲上下其手，忙得不得了，還要抽空回答薛宸的問題。「哪是啊，純屬巧合。太子才不管今後的太子妃和側妃是誰呢，怎麼會特意來看她？」

薛宸還要問話，卻被婁慶雲堵住嘴，室內氣氛逐漸火熱。她有心抵抗，最後卻只能勉強發出嬌吟，曖昧了整個房間……

在別院的第三日，薛宸安排了詩會，是年輕姑娘們最喜歡的娛樂。誰年輕的時候沒個情懷，有情懷才能展現少女的氣質。不一會兒，水榭中就傳來了詩書之言。

薛宸見這些姑娘相處得不錯，便去廚房看看。可她連廚房的門都沒進就被丫鬟請了回去，因為姑娘們吵起來了。

薛宸趕回水榭時，就看見三公主正盛氣凌人地站著，而蘇小姐摀著側臉，羞憤不已地跌倒在地。

薛宸見狀連忙上前攙扶，卻聽三公主厲聲喝道：「誰敢扶她！」

此時大公主和二公主在另一間雅室中休息，水榭中的姑娘全畏懼三公主的威勢，不敢上前。

薛宸嘆了口氣，將蘇小姐扶起來，輕輕拉下她的手，果然看見臉頰上有鮮紅的指印，便吩咐人去拿冰塊來，然後想扶蘇小姐去旁邊坐。沒想到三公主卻來扯蘇小姐的手臂，薛宸替蘇小姐擋住了。

「我說了，誰都不許扶她！她竟然諷刺我的母妃是妾侍，若是在宮中，我早把她的嘴打爛了。」

聽到這裡，蘇小姐不服氣了，她出身高貴，也是被人捧大的，哪裡在這麼多人面前丟過臉？剛才她被打了一巴掌，暫時懵了，薛宸扶她起來後，她才算看清了這些人的嘴臉，羞憤地低下頭，輕聲道：「我什麼時候諷刺妳母妃是妾侍了？我不過是在說戲文裡的花魁，哪裡就提了妳母妃一個字？」

三公主見她還敢頂嘴，伸手就要再打人。蘇小姐嚇得往後縮，薛宸卻一把抓住三公主的手腕，直接將她拉出了門。

三公主被迫跟在薛宸身後，叫道：「薛宸，妳拉我做什麼?!別以為我不敢對妳怎樣，我可是公主！」

薛宸不顧三公主的反抗，把她拉出了水榭，在水面迴廊上被甩開了手。

見廊上四面環水、環境空曠，在這裡說話不會被聽見，薛宸才嘆了口氣，道：「我知道妳是公主，但妳知道妳打的是誰嗎？是大行臺家的嫡小姐。她不是妳宮裡的奴婢，可以任妳打罵。妳想想，如果蘇小姐回去向蘇大人哭訴，蘇大人會不會因為妳而息事寧人？」

三公主轉了轉眼珠子，沒有說話，轉過身看著水面。

這時，大公主和二公主也趕了過來，看樣子都知道發生了什麼事。大公主將三公主拉到面前，道：「妳到底想做什麼？妳是公主又怎麼樣，公主就不是人了嗎？人必自重而後人重之，妳若輕賤自己，又怎能怪旁人輕賤妳呢？」

大公主板著臉說話，沒有一點笑容。薛宸覺得，她說得雖然對，但不適合在勸慰的時候說，這樣子只會激怒三公主，讓她更抗拒。

果然，三公主滿臉驕橫，氣道：「是！是我自己輕賤自己，就妳們知道自重，我不知道！不過是個言官的女兒，如何能與金枝玉葉相比？」

三公主說完，見大公主臉色越發陰沈，似乎有些怕了，乾脆轉過來對薛宸道：「薛宸，我記住妳了，我是給婁家面子才喊妳一聲表嫂，可妳別真以為自己就是我的長輩了。今兒這事我不怪她們了，我就怪妳，做什麼請她們來？那些無品無級的人憑什麼與我坐在一起？我要回宮告訴母后，是妳不會辦事、是妳不會選人，一切全是妳的錯！」

「……」

現在，薛宸終於明白婁慶雲說三公主性子不好是什麼意思了。

她微微一笑，倒是不見怒火，語氣淡然地說：「三公主若執意如此，那我現在就派人送妳回宮。」

「表嫂別生氣，我替孱月道歉，她就這脾氣，並不是有意針對表嫂的。」大公主走到薛宸面前說道，語氣誠懇，然後轉過身對三公主道：「別人惹不得妳，我還惹不得了？跟我進去向蘇小姐道歉。」

三公主的確不敢反抗大公主，卻也不想進去跟蘇小姐道歉，抓著迴廊上的欄杆倔強地不肯走，後來是硬被大公主和二公主拉走的。

大公主的神情冷漠，二公主嘴角隱隱帶著笑，三公主則是氣惱不已……從前薛宸只是聽說皇家勾心鬥角，如今真是叫她大開眼界了。不過今天這事大公主肯攬過去，她便不會再說什麼。公主畢竟是公主，身分到底是擺在那裡的。

三公主說要鬧到皇后面前去，薛宸倒是一點都不怕。三公主這樣敏感，聽見蘇小姐說了幾句戲文就聯想到自己身上，可見她和羅昭儀在宮中過得並不好，才會受不了別人說。既然她的地位並不如她表現出的那樣崇高，那這事鬧起來還真沒什麼好怕的。薛宸敢斷定三公主只是說說，不敢把事情鬧上去。

薛宸回到水榭，三公主還沒過來，蘇小姐臉上滿是淚痕，臉上的紅腫在冰敷下消了不少，不仔細看的話已經看不大出來了。

蘇小姐瞧見薛宸，便站起來對薛宸福了福身。「多謝夫人替我解圍。」

蘇小姐怎麼也忘不了，剛才自己受辱，四周圍滿了人，卻沒有一個站出來替她說話，連伸手幫忙都不肯。幸好薛宸趕過來，不然她不知會怎麼受三公主糟踐呢！

薛宸替她擦去眼淚，道：「今兒是我安排得不好，讓蘇小姐受委屈了，三公主也覺得不好意思，託我跟妳打聲招呼。三公主年紀還小，到底不懂事，太衝動了些。蘇小姐今後前程似錦，不要為了今兒的事鬧出不愉快來。」

蘇小姐看著薛宸，似乎明白薛宸話中的意思，點了點頭，和薛宸說了幾句後便向薛宸告辭。薛宸親自將她送到馬車上，與她揮手告別。

直到蘇小姐的馬車離開，三公主都沒有出現。薛宸暗自嘆了口氣，如果蘇小姐今後會入太子府，那她和三公主的梁子便算是結上了，今後會不會釀成其他事情就不得而知，也不是她能管的。

今日她在眾人面前將三公主拉出去，已經算是對三公主仁至義盡，如果讓三公主和蘇小姐繼續對峙，兩人間的爭執會越來越大，最後鬧得不可收拾，兩敗俱傷。若三公主夠聰明，應該能明白她用心良苦，只是看她的反應，不能奢望三公主是個明白人了。

三公主太敏感、太脆弱，想要別人臣服，卻沒有叫人心服口服的本領，只能靠著最粗暴的方法用身分壓人。這種做法對於實力懸殊的人來說的確奏效，但若用在蘇小姐這樣的人身上，無疑是不明智的。就算三公主不知蘇小姐可能會入太子府，單憑蘇小姐的身分，她也不該這樣不給臉面。

初八早晨，薛宸帶著幾位公主回到了婁家。

經過一夜，三公主的氣似乎還沒消，不過見著薛宸時倒是說了句「表嫂莫見怪」的話。薛宸自然不會與她計較，點頭為禮。

一行車隊從別院出發，半日工夫便到了婁家。太夫人早已在府中備下盛宴請公主們入席，用完午膳，宮裡的轎輦來到婁家門前，迎接幾位公主回宮。婁家眾人出門相送，看著公主們的轎輦行出巷口，才轉身回去。

太夫人走來，對薛宸道：「第一回辦事，可能有些累，但多做幾回就好了。這回，宸姐兒做得相當不錯。」

薛宸不敢居功，老實說道：「還有很多不足的地方。太夫人快別誇我了，讓旁人聽見了多害臊啊！」

一句話說得讓太夫人笑了起來，還是爽朗地出聲大笑。「慶哥兒怎麼就娶了妳這麼個可人兒回來呢，說什麼我都喜歡聽。」

「……」

薛宸看著太夫人，有些無語，心裡想著，難道喜歡她還有祖傳不成？

不過這個年確實讓薛宸學了很多東西。也許這只是她在婁家做長媳會遇到的小事，但不管怎麼說，今後總不能不應對這些事，既然如此，早點接觸也是好的。

魏芷靜來拜年時告訴薛宸長安侯去世了。去世前，將武安伯請了去，把宋毓華再次託付給唐修，讓他看在兩人多年同僚的情誼上，別讓唐玉休了宋毓華，宋毓華有錯，但還是希望唐修能賣他一回老臉。唐修是重情義之人，既然長安侯開口說了，便答應下來。

薛宸聽後嘆了口氣，囑咐魏芷靜今後多留心著點。

三月，韓鈺那裡傳來了好消息，護國將軍府王家上韓家替大公子提親。護國將軍從前是韓將軍麾下一員，早已看中了韓鈺，只是怕韓家嫌棄大公子沒有官職。去年年底王大公子做上千牛衛，有了官身後才敢來韓家提親。

薛氏對這門親事很滿意，當場答應了。過了幾日，王家派人上門送彩禮、交換庚帖，準備明年來韓家迎親。薛氏最重規矩，在答應了王家的提親後就把韓鈺拘在府中學規矩、繡嫁衣，在她嫁入王家之前不准再拋頭露面。

同年四月，太師府上婁家替嫡長孫陸元向二小姐婁映寒提親。聽說這個陸元去年考中了進士，腹有詩書，婁映寒最怕嫁到莽夫家中，對這門天上掉下來的好親事，算是很滿意的。

長公主哪裡不知道她的心思，和國公、太夫人商量之後便答應了陸家，幾日後送聘禮、換庚帖，來年三月成親。

婁映寒訂親後，成日裡臉上都掛著笑，像是擔心多年的事情終於解決了般。

長公主見女兒這樣，心裡的石頭也落下了，在和薛宸挑布時對薛宸說：「我還擔心她埋怨我，她姊姊嫁了汝南王做王妃，可我給她找的陸大公子如今卻還未有官職，擔心她嫌棄來著。」

薛宸拿了一疋湖藍色的天絲布遞給長公主，回道：「陸大公子雖未有官職，但他不是中了進士嗎，將來殿試，憑陸太師在朝中的人脈，還怕陸大公子沒個好前程？母親也是真心地替寒姐兒考慮呀。」

長公主點點頭。「我為了她這樁婚事，還真是費了不少心。我派人暗地裡打聽了，陸大公子人品不錯，沒有貴族子弟的驕矜，從前讀書和一般學子一樣住在書院中，伺候的人全被打發回去。直到他考中進士，書院裡的先生和學生才知道他的身分，是個上進的。」

不得不說，在這方面薛宸真的佩服綏陽長公主，尤其在見識宮中其他公主的氣焰後，更感覺自家婆母實在太親切、太可愛了。別說她是長公主，就是普通人家，能夠屏棄門戶之見、真心替女兒考慮的母親也是不多的。

拿她來說吧，如果婁慶雲不是衛國公府的世子，只是普通男人，就算她再怎麼向薛家表示自己的意願都是沒用的，除非和他私奔，不然薛家怎麼樣都不可能同意她嫁給沒有官職的男人。

薛家不過是三品官，都還覺得既然培養了府中小姐就一定要讓她嫁個對家族有利的夫君，從這一點來說，長公主真的很疼愛子女也很開明。

「母親挑選的自然都是好的。」薛宸由衷地誇讚。

婆媳倆相視一笑，挑了十幾疋給妻映寒做衣裳的布料後，又趕去西側院的花廳揀選銀樓送來的最新款首飾。

薛宸回到滄瀾苑，剛換下常服就聽丫鬟說二夫人求見，趕忙讓二夫人進來，在西次間見了她。

韓氏瞧見薛宸進來，便上前迎了，牽著薛宸的手坐下。

薛宸見她面有喜色，不禁問道：「二嬸氣色真好，可是有好事發生？」韓氏是韓鈺的親姑母，有了這層關係，和她說話感覺很是親近。

韓氏是典型的大家閨秀，舉止有度，穿衣打扮端莊得體，頗有主母風範。聽薛宸這麼說，不自覺露出了笑容，道：「可不是嗎，有好事！二老爺從海上帶了些鮮貨回來，我想著妳和世子年輕，愛吃這些，便親自給你們送過來。」

二老爺妻勤管著一方水師，從海上帶些東西回來是常事。不過薛宸可不會真以為韓氏只是來給她送這些的，但還是順著她的話說：「那敢情好。世子前兒還讓廚房做了一桌海鮮吃呢。」

韓氏瞧著薛宸，忍不住又笑了起來。「你們要喜歡，下回我讓二老爺多帶些。」

「那怎麼好意思呢！」薛宸客套地說。

韓氏抓著薛宸的手拍了拍，道：「要的要的。妳幫了我們這麼大的忙，這些算什麼呀?!」

薛宸不解。「我幫了什麼忙？二嬸莫要賣關子了。」

韓氏往四周看了看，確定沒人之後才湊近薛宸說道：「上回我不是麻煩妳把兆哥兒帶進別院裡嗎？這幾日他都被御史中丞羅家的大公子請回府中，前兒羅老夫人大壽，也派人來請兆哥兒，妳說我該不該謝妳？」

薛宸聽了這話，想了想，便知道韓氏的意思了。御史中丞羅大人是羅昭儀的生父，羅老夫人大壽，三公主去給老夫人賀壽也是常情。而羅家來請婁兆雲這代表什麼，一想就明白了。

薛宸斟酌著，對韓氏問道：「那三弟回來可說什麼了?見著……那位了？」那位，指的自然是三公主嬿月。

韓氏莞爾一笑，連連點頭。「我昨兒問了他，這些天三公主都在羅家，羅大公子每日派人來請兆哥兒，還不都是為了三公主。若這事成了，肯定給妳封個大大的紅包，請妳做媒人呢。」

薛宸垂目笑了笑，又和韓氏扯了些別的話題，韓氏這才心情愉悅地離開了滄瀾苑。

韓氏離開後，薛宸就有些笑不出來了。若是她沒見識過三公主的脾氣，婁兆雲和她走得近也罷了，可她偏偏領教過了，不免就和婁慶雲有相同的擔心了。

三公主可不是個會尊重丈夫的妻子，喜歡人時百般討好，可這種喜歡不會長久，等到她不喜歡婁兆雲了，便把他甩在一邊，另謀新歡。誰讓她是公主呢，天家女兒，就是有這份為所欲為的特權。到了那時候，婁兆雲怎麼辦？怎麼想，這段姻緣對婁兆雲來說都不是良配。

薛宸心中存著思慮，晚上等婁慶雲回來後，讓他出面把婁兆雲找來，與他們一同吃晚飯。

和前些日子相比，婁兆雲的神情中似乎多了些憂慮，話也沒有從前多了，坐在飯桌上只是一味地喝悶酒。

連婁慶雲都察覺出他的不對勁，按住他再次送到嘴邊的酒杯，問道：「怎麼了？我這酒可不便宜，你跟喝水似的，糟不糟蹋？」

婁兆雲從小跟在婁慶雲身後，把他當親哥哥看待，所以兩人間說話少了些規矩，多了些隨意，遂放下酒杯，雙手抱胸撐在桌上，看著桌上的菜不說話。

婁慶雲看了薛宸一眼，薛宸打圓場道：「三弟別理他，這酒算什麼呀，你要是想喝，住進酒窖裡都成。」

婁兆雲被薛宸的話給逗笑了，端著酒杯，對婁慶雲示威般揚了揚，又是一口飲盡，重重呼出一口氣，然後轉頭看向婁慶雲，良久才道：「哥，你說我要是拒絕尚公主，會有什麼下場？」

這句話，婁兆雲是斟酌了又斟酌之後才說出來的。他思來想去，只有跟婁慶雲說才不會出問題，也是因為困擾太久，實在忍不住了。

婁慶雲給薛宸挾了一筷子剔好刺的魚肉，才不以為意地回答。「拒絕就拒絕唄，有什麼下場？說得好像真有公主看上你似的。是哪個呀？」

婁兆雲又嘆了口氣，用手指比個「三」。

婁慶雲這才揚揚眉，點頭道：「不錯啊，嚳月長得挺漂亮。你不喜歡她？」

這回婁兆雲沒再賣關子了，直接說道：「不喜歡。漂亮有什麼用？她太強勢了，總覺得自己高高在上，身邊的人全低她一等，若是想法不同，明明是她錯，卻會用權勢壓著人說她對。我試著去接受她，可真的受不了。

「我不想和她多來往，我娘又不許，說我大逆不道，日子太舒服才想找死。是找死沒錯，她那性子將來若成了親，住進公主府裡，我這輩子才是生不如死呢！男子漢大丈夫，沒有一點尊嚴，活著還不如死了算了。」

激動地說了這麼一番話後，婁兆雲又將杯中酒一飲而盡。婁慶雲和薛宸不說話，讓他發洩心中的不滿。薛宸給婁慶雲倒酒、婁慶雲給薛宸挾菜，兩人恩愛的樣子刺痛了婁兆雲的眼睛，道：「哎，你們能不能尊重我一下，就算不能替我解決問題，最起碼也要聽我說完吧？」

婁慶雲向他舉起杯子，敷衍地說：「你說你說，聽著呢。」

婁兆雲氣不打一處來，對兩人橫了大大一眼。「我說什麼呀！要說的不都說完了？」

「……」

夫妻倆對視一眼，還是薛宸善良，放下筷子問婁兆雲。「那你如今是怎麼想的？這些天你不是一直去羅家嗎？三公主又是怎麼和你說的？」

婁兆雲見有人真心和他討論問題，心情才稍微緩和，答道：「我可不想去，但羅公子每天都來喊，去之後就讓我待在三公主的院子裡，想走還不成。真不知道羅家和三公主是怎麼想的，也不怕我壞了她名聲，成天塗脂抹粉、賣弄風騷……」

婁慶雲聽了，一口酒差點噴出來，薛宸也有些尷尬，藉著喝酒的動作低下了頭。

婁兆雲也覺得自己說得太直白了，卻一點都不後悔，因為在他眼中，三公主的那些不要臉的行為就是賣弄風騷，讓人不齒。

「話說到這個分上，我也不怕你們念叨我了。三公主真的很過分，你們沒看見，她小小年紀不知從哪裡學了那些做派，我都不好意思說，可她卻好意思做，這樣的女子我可不敢恭維。」

說完這些後，婁兆雲就求著婁慶雲。「哥，這事你一定幫我。你不幫我，我乾脆死了算了。」

婁慶雲放下酒杯，思慮片刻後才道；「其他事情我能幫，可這件事我還真幫不了。難道要我去找三公主說，讓她別糾纏你？別逗了，這是你們倆的事，我一個外人怎麼插手？你要真不喜歡她，直接和她說，若她還怒、為難你，你再來找我，我幫你打她。」

薛宸突然想起之前大公主向她告的狀，婁慶雲說不定真下得了手，搖了搖頭，給婁兆雲挾了一些菜，柔聲道：「你堂兄說得對，男女間的事情在沒說清楚之前，外人若是強行插手，只會越幫越忙，而且三公主也未必就能明白你的真正心意。若惹急了她，直接開口向皇上要求賜婚，你就是想拒絕也拒絕不了了。」

婁兆雲聽了，猛地抬頭，呆呆看著薛宸，似乎沒想到他和三公主之間還有被賜婚的可能，後背頓時冒出冷汗，驚恐地看著薛宸和婁慶雲，然後斂下眸子，若有所思地喝起了酒。

第五十章

三房後院，婁玉蘇讓人賞了些錢給偷偷前來報信的小廝。

小廝收了銀子，知無不言地對婁玉蘇說：「羅家老夫人大壽，三公主藉這個機會到羅家小住。這些天，我們公子都被羅大公子請入羅府，雖然公子沒說，但他肯定是去見公主的。每回公子從羅家出來，身上都沾著香呢。」

他是婁兆雲的車馬小廝，會跟著婁兆雲出門，婁兆雲每天去什麼地方，問他準沒錯。

婁玉蘇揮揮手讓小廝起來說話，又問道：「你們公子去幾天了？」

小廝想了想，回道：「有五天了，據說今兒還要去呢。羅大公子一大早就親自過來了，但我們公子似乎有些不高興。」

婁玉蘇冷哼一聲。

「哼，得了便宜還賣乖，他還拿喬了。行了，我知道了，你下去吧，有什麼事立刻來報，少不了你的好處。」

小廝剛剛得了婁玉蘇的好處，哪裡有不聽話的道理，千恩萬謝，從三房的後門竄了出去。

婁玉蘇的心腹湊上前說道：「公子，看來三公主是看上三爺了。」

婁玉蘇沒說話，去矮窗前擺弄一盆盛放的月季，誰知被花莖刺了手，勃然大怒，猛地一揮，將花帶盆掃在地上，瞧著那朵開得正豔的花，一腳踩了上去。

心腹見狀，不敢再說，斂目站在一旁。

花瓣在腳下碾碎成泥，婁玉蘇眸中冷意四起。原本他是想親近幾位公主，以大公主為首選，畢竟她是皇后的嫡出公主，偏偏大公主沒把他當一回事，二公主又眼高於頂，對他甚至不如對婁兆雲客氣。他是皇上欽點的探花郎，可婁兆雲是什麼？到今天還在浪蕩度日，連個官職都沒混到，拿什麼和自己相比？

至於三公主，婁玉蘇其實沒有放在眼裡，因為三公主的母親是羅昭儀，娘家又不是高官，將來沒有特別的功績很難晉升為妃，就算成了妃子，沒有強而有力的娘家，也不能給他什麼幫助。但是在觀察大公主和二公主後，發現這兩位有身分的公主根本不把他放在眼裡，因此，婁玉蘇才想把目標轉移到三公主身上。

可就在這時，他知曉三公主看上了婁兆雲，還不顧規矩讓外祖家成日邀請婁兆雲去府裡相聚。

若三公主這條線被婁兆雲先得了，那他做駙馬的夢可就真得歇歇了。

為今之計，他定要想法子將三公主籠絡過來。不管是哪位公主，只要他做了駙馬，皇上總會對他另眼相看，再加上他的才學，今後必能成為人上之人。到時候，婁慶雲娶的只是小小三品官的女兒，他卻娶了公主、做了駙馬，怎麼看都是他和皇家的關係更親近。只有這樣，他才能獲得更多和婁慶雲爭的籌碼。

一番思量後，婁玉蘇讓心腹附耳過來，說了一些話後便讓他退下。

婁兆雲之所以能這麼快搭上公主，無非是薛宸從中動了手腳，她還以為她和韓氏那些伎倆旁人看不出來呢！

既然她這麼愛多管閒事，就別怪他給她生事了。

至於三公主那邊……婁玉蘇低頭看看被他踩扁的花，冷冷一笑。花朵和女人一樣，無論在枝頭時多麼嬌豔美麗，一旦被他拿下，就是他的囊中之物，想怎麼拿捏就怎麼拿捏，還怕她翻出手心不成？

薛宸坐著轎子從薛家回來。薛繡帶著女兒囡囡回娘家，兩人正好遇上，薛宸就留在西府用午膳，又和薛繡聊了一會兒才打道回府。

薛繡的氣色看起來還算不錯，問她那些妾侍的問題，但笑不語，瞧她的樣子，便知最近元卿沒做什麼讓她生氣的事。

薛宸知道薛繡不是個軟柿子，若元卿以為她是傳統的大家閨秀就大錯特錯了。薛繡有自己的想法，而且還很有手段，從她費盡心思嫁進元家便能看出一二。真把她惹急了，可是什麼事都做得出來。

就在轎子快轉入衛國公府所在的街道時，車壁突然傳來咚的一聲，把薛宸嚇了一跳。

轎子停下，夏珠在外厲聲喝道：「什麼人？膽敢驚擾我們夫人。」

女子額頭撞出了包，巴掌大的小臉上一雙水汪汪的大眼睛凝著淚，泫然欲泣，再配上清麗脫俗的容貌，任哪個男人見了都覺得我見猶憐。街上的男人們無一不駐足觀賞這般美景，就差對著她流口水了。

「夫人，求夫人救救我吧！」女子說著就跪在地上，對轎裡的人磕起頭來。

夏珠看見她，怒目問道：「妳是什麼人？攔轎做什麼？想訛錢不成？」她可不是那種憐香惜玉的爺兒，看著女子弱柳扶風的模樣就會生出同情心來。

女子害怕地看著夏珠，好像磕頭不要錢似的，對著夏珠又磕了幾個，把夏珠嚇傻了，趕緊退到一旁道：「妳對我磕頭做什麼呀？我還沒死呢！」

周圍傳來指指點點的聲音，無一不是批評夏珠凶惡的。夏珠更是覺得莫名其妙，這姑娘撞了她家夫人的轎子，話還沒說幾句，頭就跟搗藥似的磕起來，有病不成？

薛宸將轎簾掀起，看見那個穿著一身布衣卻難掩風華的女子，開口問道：「怎麼了？」

女子聽見聲音，立刻停止磕頭，膝行轉身看向轎簾。在瞧見薛宸的容貌時心頭一驚，沒想到轎裡的人生得這般美貌，精緻的五官湊在一起便是一幅絕美的畫，更難得的是還自有一股雍容貴氣的氣質。

僅一瞥，女子便低下了頭。

薛宸放下簾子，對夏珠道：「走吧。」

夏珠立刻領命，對轎夫們發號施令，抬起轎子。
女子這才反應過來，追著轎子喊道：「夫人，求夫人救救我！夫人！」
薛宸沒讓轎子停下，直到抵達國公府門前，夏珠扶著薛宸出了轎子，女子的聲音才又傳來，卻因跑得太急，被兩個護衛架住，無法靠近薛宸一步。她口中說著求救的話，薛宸卻不想管，只回頭跟她說了一句。
「有事去找京兆府，找我做什麼？」說完這句話，就要入內。
女子急了，只好大喊：「夫人，我是巡察御史常三河的女兒！我父親在陝甘遇害，我輾轉到了京城，得知世子乃大理寺卿，專管我父親一案，我手中有父親留下的經年錄，還請夫人大發善心，救我於水火中！」
薛宸上臺階的腳步停住了，巡察御史常三河……好像聽婁慶雲說過這個人。轉過身，瞧著那個明豔少女，見她穿的雖是布衣卻不破舊，身上沒有釵環，素面朝天，翦水雙瞳最為奪魂攝魄，烏溜溜的惹人心醉。
夏珠見薛宸走下石階，生怕那女子有問題，提醒薛宸道：「夫人，小心有詐。」
薛宸點點頭。「無妨。」走到女子面前，又將她上下打量一遍，讓兩個護衛放開她，說道：「東西呢？拿來給我看看。」
女子垂目想了想，才道：「我想親自交給世子大人。」
薛宸盯著她看了一會兒，然後漠然地冷哼一聲。「哦，那妳就等吧。」說完，便頭也不回地轉身進府，沒半點留戀的意思。

直到護衛、丫鬟、門房全進門後，女子才反應過來。

正常人聽到她身上有自家夫君想要的東西，不是應該竭力留下她，把她帶進府裡好好安頓，然後引薦到世子面前立功嗎？可這個女人說不要就不要了？女子尷尬地站在衛國公府門前，看著兩尊威武的石獅子，完全傻了。

這好像……跟說好的不一樣啊！

薛宸走在回滄瀾苑的路上，腳步一如往常的飛快。夏珠跟了薛宸好久之後才適應，剛開始，她總是被落下，現在完全不會了，還能邊走邊跟薛宸說話呢。

「夫人，您怎麼不把她身上的東西要來？」夏珠不解地問道。夫人明明想要那女子身上的東西，不知為何突然改變了主意。

薛宸走了幾步後才對夏珠道：「因為我想看看她背後的人是誰。」

如果她真是常三河的女兒，陝甘離京城這麼遠，她是怎麼來的？身上雖然穿著布衣，沒戴首飾，卻絲毫不見髒污，這是很大的疑點。她張口就說出常三河的經年錄，說明她知曉這件事，而她不願將東西交給她，明顯是想利用她接近婁慶雲。若說這一切沒有人在背後操縱，薛宸怎麼都不會相信。

她向她要經年錄，本來就是試探她，她若是肯交出來，那這經年錄的真假又要重新判斷；她要是不肯交出來，那便說明她的目的根本不是案子，而是婁慶雲。既然她想見婁慶雲，自然要有人引薦，薛宸不上當、不被利用的話，自然還會有人出手，把她送到婁慶雲面前來，只需靜觀其變，總能看到那個人是誰。

一會兒後薛宸午睡醒來，果然就有丫鬟稟報，說三公子婁兆雲在門前遇見了一個哭泣的姑娘，問明情況後，得知那姑娘是已故巡察御史常三河的女兒常馨，想求見世子，便把那姑娘帶了進來，正在院外等薛宸見她。

「……」

這個婁兆雲，真是成事不足敗事有餘！

婁兆雲進了主院，身後果然跟著一個我見猶憐的姑娘。看見薛宸，婁兆雲就湊上來道：「堂嫂，這個姑娘太可憐了，您幫幫她吧。」

薛宸朝他身後掃了一眼，不置可否地轉身，說道：「天下可憐之人多了，我幫得過來嗎？」聲音有些冷，與平日裡的熱絡溫和大不相同。

婁兆雲覺得有些奇怪，回頭安撫身後的姑娘。「我堂嫂不是這個意思，她人很好的。妳在這裡等等，我去跟她說。」

常馨屈膝，對婁兆雲嬌滴滴地說了一句。「多謝婁公子。」

婁兆雲瞧著她如花似玉的模樣，又聽說她一個人走了那麼遠的路，只為了將父親的東西交給大理寺，一片孝心難能可貴，不由生出俠義之心，想幫她一把，遂走到薛宸身邊，彎下腰低聲道：「堂嫂，妳幹麼呀，她不過是想交個東西給大堂兄，至於這麼拒人於千里之外嗎？還放她在門外哭，這要給人看見了，咱們婁家的臉面何在？」

薛宸喝了口茶，看他一眼，道：「婁家的臉面只要一個女子在門前哭一哭就沒了？你知道她是誰嗎？就想幫她？」

婁兆雲還想說話，卻被薛宸打斷。「行了行了，既然你把人領進門，那我就不說什麼了。人留下，你回去吧。」

婁兆雲面上一喜。「我就知道堂嫂是菩薩心腸。」

薛宸沒再說話，婁兆雲和常馨說了幾句別擔心的話，心情愉悅、腳步輕快地離開了滄瀾苑，

薛宸看著有些侷促地站在原地的女子，隨口道：「坐。」

常馨屈膝謝過，坐下了，薛宸才好整以暇地向她問道：「妳父親死後，妳還有其他親人嗎？」

「沒有了，如果還有其他親人，我也不會千里迢迢找到京城來。方才是我沒說清楚，我不是信不過夫人，但這是父親留下的最後一樣東西，對我真的很重要，我想親手交到世子手中才能安心。」

常馨怕薛宸還在記恨剛才的事，乾脆自己說了出來。

薛宸卻根本沒接這個話題，而是問道：「妳一個弱女子，一路走來想必很不容易吧？」

常馨愣了愣，才垂目回答。「是。說出來不怕夫人見笑，這一路，我將身上盤纏全用盡了，連首飾也變賣，才輾轉來到京城，如今已是身無分文了。」

薛宸盯著她看了一會兒，點點頭，然後又低下頭喝起茶來。

常馨有些不自在，如坐針氈般難受，忍了片刻後才對薛宸問道：「請問世子夫人，世子大人什麼時候回來？」

薛宸又喝了兩口茶，才放下杯子站起身說道：「哦，剛才三公子沒和妳說嗎？世子隨皇上去了別宮，這幾天都不會回來。妳既然進了府，就安心待著吧，等世子回來，我再和他說。至於他什麼時候見妳、見不見妳，我就不知道了。」

常馨一下從椅子上站了起來，神情震驚。

「什麼？這幾天都不回來？那……」

薛宸對她安慰般笑了笑，道：「不然妳以為我為什麼不讓妳進來？妳放心吧，我先讓人帶妳去偏院住下。國公府戒備森嚴，不比其他地方，沒事千萬別出來，要是讓人以為妳是刺客，把妳殺了就糟糕了。偏院門口我會派兩個婆子看著，免得有其他人進去打擾妳。等到世子想見妳了，我再請人喊妳過來。」

這下，常馨簡直連撞牆的心都有了。

婁慶雲不在家，這是她怎麼也沒想到的。更讓她想不到的是這位世子夫人的態度，說好聽點是請她去偏院住著等，卻等同於軟禁，還派婆子看著，不讓她出門，等世子見她……

哈，這個世子夫人會不會告訴世子還是個問題，如果世子一輩子不見她，難道她要被關一輩子嗎？更何況，還不知偏院有沒有人送飯，若是沒有，難道想讓她在偏院中活活餓死不成？

事到如今，開弓沒有回頭箭，她已經被婁兆雲帶進府，斷沒有出去的道理，心想世子夫人一定是嚇唬她的，怎麼可能會有人在家裡草菅人命呢？

可是，這個想法在常馨跟著婆子走出滄瀾苑大概半個時辰後就被推翻了。就算這回世子夫人草菅人命，也根本不可能有人發現，因為國公府實在是太大了……

吩咐人把常馨帶下去，薛宸便把嚴洛東喊來，讓他查一查常馨進京後和誰接觸過。她若真是常馨，一個弱女子，帶著盤纏還長得那麼漂亮，一路上是怎麼走來的？薛宸真的很難想像。這名女子可以這樣平安無事地一路上京，其中必定有內幕，而這個內幕成功引起了薛宸的興趣。

嚴洛東領命後，薛宸便去了擎蒼院。

這幾天長公主已經將繡娘請入府中，就安置在擎蒼院的前院，方便她時常盯著。

薛宸去時，長公主正好在看一件剛做好的衣服，顏色與花樣都是時下最新的款式，婁映寒很喜歡，拉薛宸入內試穿去了。若是合身，繡娘們就用這尺寸裁製別的衣裳。

薛宸就是跟進去看看，另外還有兩個領頭的繡娘一同入內，再仔細量了婁映寒的尺寸，才從裡間出來。長公主瞧著婁映寒身上穿的衣服，也很滿意。

一番折騰後，薛宸回到滄瀾苑時已經是華燈初上了。長公主留她在擎蒼院用晚膳，因為她的男人和薛宸的男人今夜都不回來。

嚴洛東在後院中等了薛宸許久，薛宸讓他進了花廳，不禁調侃道：「你也太快了吧。」

嚴洛東對薛宸揚起一個比哭還難看的笑，道：「查好，就回來了。」

薛宸讓他坐下說話，自己給他倒了杯茶。嚴洛東雙手接過後，便將事情娓娓道來：「之所以這麼快，是因為今日來府裡的姑娘是春杏小居的人，並不是常大人的女兒常馨。真正的常小姐，如今也身在春杏小居中……」

聽到這裡，薛宸忍不住打斷了嚴洛東的話。「等等，春杏小居是什麼地方？」

嚴洛東乾咳了兩聲。

「就是比一般青樓高級些的場所，但本質是一樣的。今日上府的姑娘名叫綠桃，是春杏小居的頭牌。」

薛宸了然地點點頭，讓嚴洛東繼續說下去。

「常小姐是被人輾轉賣到京城來的。常大人去世後，她便從陝甘坐船到保定，被船老大盯上，在保定下了船，就被賣給當地的人牙子，經歷過好幾處，不久前才被轉賣至春杏小居。」

嚴洛東的話讓薛宸嘆了口氣，她就知道，一個女子孤身上路不可能一路太平，常小姐也是可憐。又問道：「那綠桃是受誰指使上門的？」

「常小姐到了京城後，想起自己父親的好友——鴻臚寺卿鐵大人，便想託人帶話，讓鐵大人救她出火坑。可這消息沒傳到鐵大人耳中，卻被二公子的至交知道了……」

薛宸聽到二公子三個字時，眼睛瞇了起來——居然是他！

嚴洛東繼續說道：「綠桃最喜歡的客人便是二公子，可說是對他一片癡心，每日都幻想著二公子能贖她出去。而這回，二公子給她開了條件，若是她能迷惑住世子，二公子就贖了她。」

薛宸聽到這裡，簡直對嚴洛東的查探本領佩服得五體投地，不禁親自提著茶壺走到嚴洛東面前給他加水，然後問道：「這麼短的工夫，你竟能打探得這麼詳細，連那個女人的心情都知道？」還一片癡心……怎麼感覺有點不真實呢？

嚴洛東很認真地點點頭。「嗯，都知道。因為我是直接問本人，這些全是她告訴我的。」

「……」

薛宸抬頭盯著嚴洛東，半晌說不出話來。他之所以這麼快，就因為他只是跑去偏院問了問假的常馨嗎？感覺自己的智慧受到了藐視。

嚴洛東喝完茶，規矩地把杯子放在一邊，見薛宸盯著自己，便站起來問道：「夫人，您還有什麼吩咐嗎？接下來該怎麼做？」

薛宸這才收回目光，將茶壺放回小爐上，想了想轉身回道：「這事牽涉二公子，暫且放著，等世子回來我問過他再說。明日，你派人去春杏小居把真的常小姐贖出來，找個地方安頓，替她聯繫鐵大人，看看鐵大人是什麼態度……」

婁慶雲回來時，薛宸正在修剪窗櫺上擺放的茉莉花。自從婚後，薛宸就對茉莉很有好感，從花房搬了兩盆來放到房間裡。

婁慶雲走過去抱住她，薛宸回頭，兩人很有默契地親了一下，薛宸回頭繼續修剪茉莉花，婁慶雲將下顎抵在她的肩窩上。

「桌上放著常三河的經年錄，你去看看對大理寺有沒有幫助。」薛宸被他摟得緊，突然想到這件事，指了指桌上。

婁慶雲鬆開她，往桌上看。剛才進門時他只顧著找她，沒注意桌上放的冊子，走過去拿起來，邊看邊問道：「常三河的經年錄怎麼到妳這兒了？」

薛宸放下小剪子，轉過身靠在窗櫺上，看了婁慶雲一會兒後，才將這些天發生的事情告訴他。

婁慶雲坐下來翻閱經年錄，聽著薛宸的話，越聽眉頭皺得越緊。

「……就這樣，我讓嚴洛東去把真正的常小姐贖出來，現在應該在常大人的摯友鐵大人家中，鐵大人得知這個消息後就把常小姐接回府裡去了。這本經年錄，是常小姐託嚴洛東交給你的。常大人死後，她一個人上京，在路上被拐，輾轉才來到京城，一個小姑娘，實屬不易。」

婁慶雲合起經年錄，問道：「那個假的呢？還在府裡？」

薛宸遞給他一杯茶，點了點頭。「嗯。因為這事牽扯了二弟，我沒敢拿主意，想著等你回來之後再定奪。」

婁慶雲聽薛宸說到二弟時，眉頭又是一緊。從前他只知婁玉蘇功利心太強，沒想到他竟敢把心思動到這上面，站起來就要出去，卻被薛宸喊住。

「你慢著點，他現在好歹是皇上欽點的探花，別風風火火地去找他。我不是向你告狀，這事我能私下處理，只是想等你回來問問底限在哪，免得把握不好，真鬧出事來，傳出去影響婁家的聲譽。」

婁慶雲回頭，沈吟片刻，才說了句。「這事我來處理。放心，我有分寸。」說完，臉色凝重地離開了滄瀾苑。

薛宸心裡多少是有些擔心的。從前她一個人，無論做什麼，只要自己拿捏分寸就行，輕了、重了，都能一力承擔。但現在她有了家庭，對外可以強勢，對內就要稍微收斂些，有些事情能暗地裡做，讓對方有苦叫不出，卻不能鬧上檯面，給婁家抹黑。而私下處理的底限，總要先問過婁慶雲才行，不是顧忌婁玉蘇的探花身分，而是因為他是婁慶雲的堂弟，若沒有這層關係，就算再高的身分她都不會手軟。

可是瞧婁慶雲剛才出去的樣子，似乎不打算和婁玉蘇私下解決了。

薛宸心想，要不要先去太夫人那裡說一聲？免得到時婁慶雲真鬧出事來，不好收拾。這種時候只能找太夫人，長公主性子軟弱，若知道婁慶雲去找婁玉蘇的麻煩，只會垂淚哭泣，唯有太夫人能把事情壓下去。

想著，她便火速換了衣裳，往松鶴院趕去。

第五十一章

婁慶雲讓人綁著綠桃，蒙著她的雙眼，把她帶到婁玉蘇的院子裡。

婁玉蘇正在書房裡唸書，聽到下人來報趕忙走出來。瞧見婁慶雲負手立在院裡的一株金桂樹下，長身玉立、秀頎如松，通身貴氣讓他自慚形穢。接著，目光落在他身後被綁來的女子上，心裡一驚，卻不動聲色，腳步有些躊躇地行到婁慶雲面前，笑著對婁慶雲行禮。

「大哥怎麼來了？」表面上看不出異樣，其實婁玉蘇的後背早已汗濕一片。

天曉得他有多怕婁慶雲，從小到大都如此，沒看見他時還好些，心裡頗有鬥志，可一旦看見，還是在自己沒成功爬上位之前，那種威懾與恐懼實在太大了。

見婁慶雲不說話，只用一雙寒潭般的雙眼盯著自己，婁玉蘇便覺頭皮發麻，舔了舔唇後，想開口，婁慶雲卻突然出聲了。

「幾日不見，賢弟安好？」

看婁慶雲嘴角帶著笑，說話也客氣，婁玉蘇卻覺得身子越來越冷，硬著頭皮回道：「好、好……都好。」

婁慶雲突然一伸手，婁玉蘇便嚇得抱住頭，誰知婁慶雲根本不是想打他，才尷尬地放下手來。

婁慶雲噙著笑，一把勾住婁玉蘇的肩頭，道：「我好不容易來一回，也不請我進去坐坐，還得我自己去啊?!」

兩人走到書房門口，婁玉蘇不敢進去，腳步滯了滯，被婁慶雲一推，一個踉蹌，撲倒在門邊的書案上，撞翻桌角的筆架，筆散落在地。聽見身後的門被關起來，他甚至不敢回頭去看。

婁慶雲越過婁玉蘇，在靠窗的太師椅上坐下，瞧著被他嚇得臉色發白的人，指了指桌上的茶壺。

婁玉蘇一個激靈爬起來，走到茶壺前，拿起乾淨的杯子給婁慶雲倒茶，恭敬地雙手奉上，因為他的顫抖，茶水不住泛起漣漪。

婁慶雲接過，喝完後放在一邊，用下巴橫了橫婁玉蘇身後，問道：「認識她嗎？」

婁玉蘇汗如雨下，回頭看去，就見那個被縛住雙手、蒙住雙眼的女人站在書房門前，強自鎮定，嚥了下口水後，回答：「不……不認識。」

「春杏小居的頭牌綠桃不是你的相好嗎？再看看，認不認識？」婁慶雲說得雲淡風輕，聽不出喜怒，越發叫婁玉蘇不敢抬頭。

擦了把汗之後，婁玉蘇才結結巴巴地說了一句。「時間太長了……我、我不記得了。大哥……把她帶到我這裡來，要做什麼呀？」

婁慶雲從太師椅上站起，湊到他面前，雙手抱胸好整以暇地問道：「那你把她送到我院子裡去，是為了什麼呀？」

婁玉蘇被他這麼盯著，只覺像是被一頭極為凶猛的野獸盯住似的，只要他敢動一動，這頭猛獸便會毫不猶豫地撲上來，咬斷他的喉嚨。

「大哥誤會了，她……我怎麼可能把她送到您的院子去……定是大嫂誤會了……」

婁玉蘇早已得到消息，知道婁慶雲剛剛到家，這些事不會是他親自查出來的，而是薛宸查清楚，等他回來處置的。到這個時候婁玉蘇還存著一絲僥倖，他敢確定薛宸拿不出確實的證據，若單是綠桃的證詞，那他完全可以反咬一口，說是薛宸收買了綠桃。

如今他是探花郎，在婁家有了些地位，就算鬧到國公面前，薛宸沒有證據很難指控他，婁家總不會為了薛宸一句似是而非的話就懲治他這個給家族帶來榮譽的探花。

這麼一想，婁玉蘇的心稍微安定下來。原本是想給薛宸添添堵，讓她過幾天心慌的日子，以懲戒她多管閒事幫婁兆雲和三公主牽線，沒想到事情會敗露得這樣快，還被婁慶雲抓來對質。

婁慶雲摸了摸額頭，似笑非笑地對婁玉蘇說：「你想給我送女人，多好的事情，直接跟我說就好，何必弄得這麼麻煩呢？還讓你嫂子知道了……」

婁玉蘇抬頭瞧了瞧婁慶雲，見他不像是開玩笑的，心想難道婁慶雲對這事並不排斥？依舊不敢掉以輕心，眼珠子轉了又轉，然後才試探著僵笑一下。

突然，一巴掌就打在了婁玉蘇的臉上。

婁玉蘇摀著臉，還沒反應過來便感覺頭皮一緊，被婁慶雲抓著髮髻拖到了書房裡的軟榻前，聲音溫和地說：「既然你這麼好心給我送女人，那我也給你送一個。千萬賞我面子，別嫌棄，一定要收了她！」

婁玉蘇懵了，他想解釋，可一回頭就對上婁慶雲那雙帶著濃烈殺氣的黑眸。綠桃也被婁慶雲拖到了軟榻前，跌倒在地，蒙著雙眼的她根本看不見發生什麼事，更加不安。

「快！別不給我面子。好不容易給你送一回，再難吃，也好歹吃兩口不是？」婁慶雲用腳踢了踢同樣跌在地上的婁玉蘇，催促道。

婁玉蘇只覺耳旁嗡嗡地響，嘴唇嚇得發白，被人赤裸裸羞辱的感覺簡直可以把他的自尊碾壓成泥了，他試圖反抗地說道：「大哥，別這樣。我、我好歹也是皇上欽點的……」

不等他說完，心口就被人一腳踩住，只聽婁慶雲用近乎地獄使者般的聲音道：「讓你收下便收下，哪來這麼多廢話！」一把將他揪了起來，推到綠桃身邊。

婁玉蘇沒想到，在自己的院子裡婁慶雲竟也這樣大膽，料定了他不敢求救，不敢把事情鬧大，這般欺辱他，罔顧他的自尊。

不知什麼時候，婁慶雲將婁玉蘇掛在牆上觀賞用的寶劍給拿了下來，抽出劍刃抵在婁玉蘇背後，冷冰冰、陰惻惻地說道：「我再說最後一次。收還是不收？」

堂堂一個大男人，眼淚都要被逼得掉下來了，婁玉蘇心裡恨得咬牙切齒，卻又懦弱地不敢當面反抗，拉起綠桃，將她推倒在軟榻上，欺身而上……

短短一刻鐘，讓婁玉蘇感覺比一生還要難熬，被脅迫的屈辱像是烙印般，深深烙入了他心裡。

今日，婁慶雲加在他身上的屈辱，將來他一定會如數奉還！

婁慶雲坐在屏風外的太師椅上喝茶看書，心平氣和，好像根本不知道裡面發生了什麼事。

婁玉蘇辦完事、提著褲子走出來時，婁慶雲正好喝完一壺茶，將頭探出書本，上下瞄了他一眼，才放下書，勾唇道：「完了？嘖嘖，太快！」

婁玉蘇轉過身，面對著牆壁，再也撐不住地蹲下哭了起來。

婁慶雲走上前踢了他一腳。「你知道在這件事中，我最生氣的是什麼嗎？不是你給我找女人，而是……」緩緩蹲下，把手放在婁玉蘇的後頸。

婁玉蘇僵住了，感覺像是被毒蛇咬住似的，絲毫不敢亂動。

婁慶雲的聲音在他耳旁響起。「你不該去算計我的女人。」手裡一用勁，將婁玉蘇的頭扳向自己。看著婁玉蘇的臉，婁慶雲一字一句道：「以後有事衝我來，我說不定還能佩服你的膽量。再敢動薛宸的腦筋，下次……可就沒這麼舒坦了！」

婁玉蘇嚇得忘了該怎麼說話，就那麼呆呆地看著婁慶雲站起身，走到門邊，拂了拂根本不髒的衣袖，打開門要出去。

突然，婁慶雲又回頭，對他說了句。「對了，你覺得考上探花很厲害是不是？若不是我向皇上進言，這個機會憑什麼落在你的身上？給我記好了，我能讓你上去，也能讓你下來。今後做事前，得先動動腦子。」說完，不再理會婁玉蘇，跨出了書房的門檻。

直到瞧不見婁慶雲的人影後，婁玉蘇才猛地鬆了口氣，倚靠著門扉站起身，可手上一鬆，還沒繫好的褲頭就掉了下來。他慌忙拉起褲子，又想起剛才被逼得毫無自尊的感覺，咬牙往內間走去。

薛宸心不在焉地替太夫人抄著經，不時抬頭向外頭看去。

寇氏見了幾回，終於問道：「敢情妳今兒不是來幫我抄經的？等誰呢？」

薛宸轉頭看寇氏，不好意思地笑了笑。「沒等誰，就是來給您抄經書，知道您手疼。」

寇氏也笑了。「要不怎麼說不是一家人、不進一家門呢？妳這丫頭說起話來和慶哥兒真是一個樣，嘴上抹了蜜似的，哄得我這老太婆窮開心。」

薛宸放下筆對寇氏道：「誰說的，我和夫君對太夫人的孝心可是真的，誰要說不真，那就是不懂我們。」

寇氏失笑，對一旁也在搖頭笑的金嬤嬤說道：「瞧這張利嘴，還沒人說他們呢，她就先把人家的罪名給定了下來。」

金嬤嬤伺候了太夫人一輩子，看見太夫人高興，她也高興。「這府裡，再沒有比世子和世子夫人更孝順的了。」

薛宸撒嬌似的靠到金嬤嬤身邊。「還是嬤嬤了解我。」

屋裡又是一陣歡笑，外頭來報，說是世子來給太夫人請安。

寇氏收起笑聲，讓婁慶雲進來，對薛宸說：「哎喲，我這個孫兒還沒這樣惦記過我，媳婦兒在我這裡，果真就是不一樣啊。」

薛宸大窘。「太夫人……」表面上裝作無事，其實擔心婁慶雲是怎麼處理婁玉蘇的事，這麼短的工夫，應該沒出什麼大問題吧？

這麼想著，婁慶雲已經從外面神清氣爽地走了進來，見了太夫人就行禮。

寇氏讓他起來，問道：「怎麼今兒一回來就到我這裡呀？」目光有意無意地瞥向薛宸，調侃意味甚濃。

婁慶雲摸頭笑了笑。「太夫人冤枉我了，我哪回不是惦記著您，一回府就來向您請安了？」

寇氏和金嬤嬤對視一眼，道：「我剛才說什麼來著？這兩個就知道哄我，明明是來尋他媳婦兒，偏偏說來瞧我。」

金嬤嬤跟著笑。「這是哪兒的話，奴婢看世子和世子夫人是真孝順太夫人的。」

太夫人佯作生氣地打了金嬤嬤一下。「看看，把妳也給帶壞了。」

婁慶雲和薛宸跟著笑了，夫妻倆陪著太夫人又說了會兒話才雙雙告辭，一同回滄瀾苑。

「我怕你惹出事來，就先到太夫人這裡守著，若真有人來報，還能擋一擋。」回去的路上，薛宸對婁慶雲說道。

婁慶雲看過去，隨手摘了一朵粉色的花給薛宸戴在耳畔。「漂亮。」然後才回答她的話。「妳夫君是誰？我是世子，尋一尋婁玉蘇那庶子的麻煩，還怕人告狀不成？」

薛宸聽他這麼說，不禁問道：「你把他怎麼了？好好說的嗎？沒動手吧？」

婁慶雲見薛宸擔心的樣子，愣了愣，不敢把實情告訴她，點頭道：「沒動手！我是那種人嗎？打了他讓他留著傷在身上招搖？又不是吃飽了撐的。」

薛宸擰了他一下。「最好是這樣，我就怕你不理智動了手，到時咱們有理都成沒理了。」

「嘿嘿，還是媳婦兒想得周到。我發誓，真的沒動手。」婁慶雲指天發誓。他的確沒對婁玉蘇動手，那樣不算動手。

薛宸瞧他神情怪異，心中存疑，又問道：「那你怎麼和他說的？他承認了嗎？」

婁慶雲的眼珠子往旁邊看了看，然後一副說瞎話的模樣，一本正經地說：「我……我就是動之以情、曉之以理。我跟他說啊，這個咱們是一家人，要相親相愛，不能暗地裡使絆子什麼的，他便哭得唏哩嘩啦，直說自己錯了，今後再也不敢了。認錯就好，我畢竟是他堂兄，總不能不給弟弟改過遷善的機會嘛，就原諒他。妳也別想著怎麼處置他，我都和他說清楚了。」

「……」

薛宸看著婁慶雲，半晌沒說話，用那些話騙誰呢？

不過，既然他不想告訴她實情，也沒對婁玉蘇動手——至少沒打臉，那便隨他去了。反正她就是等他回來處理的，他全攬了去，她再輕鬆不過，婁慶雲辦事總是牢靠的。

婁慶雲也知道薛宸不相信他說的話，覥著臉笑了笑，摟著她回自家院子去了。

又過了幾天，韓氏紅著眼眶來找薛宸。

薛宸和婁映柔在替婁映寒繡荷包，姑嫂三人坐在耳房裡。韓氏進來之後，婁映寒就帶著婁映柔去了西次間，讓她們說話。

薛宸請韓氏坐，韓氏坐下後只是抿唇卻不說話。薛宸給她倒了杯茶，問道：「二嬸這是怎麼了？」

韓氏接過茶，看著薛宸，又幽幽嘆了口氣。「唉，我真是造孽，生了這麼個不懂事的。」

薛宸聽韓氏這麼說，就知道是婁兆雲的事了。這小子雖然有時候傻了點，容易被人當槍使，可本質還是不錯的，純樸大方、光明磊落，不知比婁玉蘇好多少呢！便問道：「兆哥兒怎麼了？」

提起婁兆雲，韓氏氣得直嘆。「這孩子不懂事，昨天從羅家回來，居然和我說他不想再和三公主見面，讓我死了這條心，他就是做和尚也不會娶三公主當駙馬，還說他已經和三公主鬧翻了……妳說，他這不是作死嗎？難得三公主看上他，一輩子的前程全繫在這上面了，他一點都不在意不說，竟然還使性子。我……唉！」

薛宸聽了，想起上回留婁兆雲在院裡喝酒時，他似乎就說過不喜歡三公主的強勢。那時以為他只是撒撒悶氣，沒想到這小子真有種，居然和三公主直接鬧開了。這真是出人意料，那是公主啊！娶了她，等於娶了個光輝前程，這年頭能抵擋這種誘惑的人可不多見。不得不說，婁兆雲是條漢子。

不過，看韓氏這樣傷心，薛宸也不好說什麼，只能從旁安慰道：「二嬸別急，也許兆哥兒是說著玩的。年輕孩子嘛，誰沒個脾氣，可能是兩人吵了嘴，說氣話。」

這句話似乎說到了韓氏心坎裡，抬頭看著薛宸，緊抓薛宸的手，道：「是，我也是這麼想的。那孩子生下來沒吃過苦，在家裡又是被三爺三爺的喊得驕矜了，一時對公主發了脾氣，也是有的。所以，我想……能不能請妳和慶哥兒說說，讓他去三公主那裡探探口風。若三公主對那小子還有心，別拖著了，我就向太夫人和長公主稟報，讓她們替兆哥兒打算提親的事。」

看著韓氏著急的樣子，知道她不是說笑的，薛宸暗罵自己多嘴，猶豫一下才對韓氏道：

「這個……世子出面，不大合適吧。他和三公主雖然是表兄妹，卻沒什麼來往，貿然問這些不是惹人懷疑嘛！」

韓氏又是一嘆，道：「我也知道這件事有點強人所難，可我沒辦法呀！總不能親自去羅家給三公主賠不是吧。若兩人的事說定了，我替那小子上門賠禮倒也沒什麼，可現在兩人八字還沒一撇，我要上門實在不像樣子，三公主也不會見我。除了麻煩妳和慶哥兒，我實在不知還有什麼法子了。」

薛宸盯著韓氏看了一會兒，然後說道：「有些話，我不知當講不當講，但您是鈺姐兒的親姑母，我與鈺姐兒又是表姊妹，所以才敢對您說。

「二嬸，您有沒有想過，兆哥兒的脾氣未必適合尚高高在上的公主，就算現在勉強在一起，將來成了親，兆哥兒能伺候好公主嗎？您也說了，他在府裡被寵得驕矜，公主府裡難道沒有規矩，能讓他由著性子來嗎？依我看，兆哥兒和三公主的事，還是順其自然好些。」

韓氏聽了薛宸的話，愣了半晌才低下頭，長長呼出一口氣，道：「我何嘗不知這個道理呢，公主可不全是像大嫂那樣的，不過是一時想不開而已，那畢竟是公主啊！」

薛宸見韓氏聽得進去，便繼續苦口婆心地說：「公主高高在上，和她在一起，自然沒有和普通女孩相處自在。兆哥兒出身這麼好，人又俊秀，性子豪爽，將來您想要什麼樣的兒媳沒有。再說，咱們家不趨炎附勢，家裡長輩立得起來，根本無須兆哥兒去受那份規矩，您想開些，何必非要抓住公主的裙帶呢。若真娶了公主，將來是她這個媳婦兒伺候您，還是您這個婆母伺候她呀？」

「……」

韓氏看著薛宸，久久沒有說話，半晌後才緩緩點頭，神情似乎也放鬆了。

三公主孱月在房裡摔東西，羅夫人也不阻止，由著這位尊貴的外甥女瞎折騰，東西摔完了，還從外頭給她送進來，反正讓她摔舒服了便成，畢竟家裡就這麼個祖宗。

羅家女入宮，祖宗保佑，掙了個昭儀，還爭氣地生了孩子，雖說不是皇子，但能把三公主平安生下來養到這麼大，也是祖上積德的事。三公主生來就是金枝玉葉，羅家哪有不捧著的道理，她肯回來小住兩天，羅老夫人就能每天燒香拜佛，感謝佛祖垂青。

這回三公主在羅家住了快十天，這可是前所未有的事。羅夫人心裡明鏡似的，三公主這是看中了衛國公府的三公子，每日都讓兒子去請他，一過來就把人送到她的院子去，生怕別人不知道她的心思。

原本她以為，三公主和婁兆雲的喜事算是這麼定下了，沒想到今天婁兆雲和三公主說了些話，三公主不高興，兩人吵了起來。婁兆雲一氣之下扭頭就走，把盛怒中的三公主丟下，實在不厚道，害她還得來哄這位小祖宗。

三公主摔了好一會兒，終於消停，看著滿地碎瓷，才感覺心情平復了些。

別看三公主年紀小，氣性卻一點都不小。在宮裡她是不得已才收斂些，畢竟那裡多的是貴人，她雖是公主，卻只是昭儀生的，上頭還有大公主和二公主，一個是皇后嫡女、一個是寵妃所生，底氣總比她要足些。

可是在羅家就不一樣了。羅家上下全靠著羅昭儀的關係才發跡，對他們來說，羅昭儀是他們通天的道路，而她就是他們的梯子。雖然她嘴上喊他們外祖母、舅舅、舅母，可誰都知道那不過是客氣的稱呼，她封爵月既然姓了封字，這些人也就是奴才罷了。要不是看在他們還算聽話的分上，她才不願和這樣的人家多來往，省得封婉珂總說她出身不好，還喜歡和這些人打交道。

羅夫人湊上前給她擦了擦汗，識趣地說：「三公主儘管摔，摔舒坦了才成，別給妳舅舅省錢。」

三公主瞪了她一眼，便轉身坐到內間的羅漢床上，一個貼身宮婢上前給她擦汗，另一個上茶，其他則捏肩、捶腿的，好不殷勤。羅夫人腹誹：就是老夫人也沒這麼大陣仗吧？不過也只敢在心裡想想，還沒那個膽子說出來。

「摔什麼摔，就是些破碗、破杯子。有本事，把妳房裡那些珍玩拿出來給我摔啊！」

三公主對這個舅母也不客氣。一個縣令的女兒嫁進了羅家做夫人，地位比羅家人還不如，對三公主說話從不敢有長輩的態度，姿態比三公主身邊的宮婢都要低，讓三公主如何尊重得起來？說話自然沒輕沒重了。

羅夫人不敢生氣，哄著這位祖宗。「哎喲，三公主您這氣還沒消啊？都怪婁家那小子，惹了您生氣，一聲不吭就走了，留您在這兒傷心。我瞧著那小子也不是什麼好東西，三公主這是何苦呢？」

羅夫人這些話難得沒讓三公主反駁她，只是抬頭掃了她一眼，便垂眸憤然道：「婁兆雲這個不識好歹的，真以為自己是什麼人物了？我這樣看重他，事事遷就，他還要我怎麼樣？」

「就是就是。」羅夫人向來不怕挑撥事大，附和著三公主。「那小子不是東西，他就不是個男子漢！」

三公主閉上眼睛，靠在軟枕上養神。羅夫人見她還捏著拳，不禁又說了婁兆雲幾句壞話，直說到三公主不願意聽了，才揮手讓她離開。

羅夫人如釋重負，趕忙行禮告退。「那我先出去了，三公主若有其他吩咐，派人傳我便是。」說著就要離開。

三公主卻喊住她。「等等。」

羅夫人停下腳步，回頭看著三公主。三公主猶豫了片刻，對她道：「明日再讓人去請他。這些天給他的臉面太夠了，明日，我要他臣服在本公主的腳下！」

羅夫人不敢問三公主想幹麼，只能點點頭。「是，明天一早我便讓人去請。」

雖然羅夫人擔心三公主會不會和婁兆雲在羅家搞出什麼事來，卻也不敢逆了她的意，退了下去。

第二天一早，羅夫人照例吩咐人去衛國公府請婁兆雲，可羅家人沒想到，這回來的並非三公子婁兆雲，而是二公子婁玉蘇。

婁玉蘇指名道姓要見三公主，還說婁兆雲有話要他帶給三公主，羅家人不敢攔他，讓他進來了，直接領他去了三公主的院子，然後便退了出去。

三公主以為婁兆雲來了，從裡間高高興興地跑出來，可來的竟然不是婁兆雲，是婁玉蘇。三公主記得這個人，是不久前被父皇欽點的探花郎，過年她和鳳言、婉珂在婁家別院作客時他還上臺唱過戲，因為化了些妝，以至於公主們都沒瞧出他真正的容貌，今日一看倒不比婁兆雲差多少，通身的書卷氣，感覺還不錯。

婁玉蘇故作風流之態，對三公主行了個文人的禮。三公主看著覺得新鮮，坐下後便問起婁兆雲。

婁玉蘇說得有些含糊。「哦，三弟今日有些不舒服，留在府中，囑咐我來給三公主解悶。」

三公主聽聞婁兆雲不舒服，沒什麼特別的感覺，只想著他寧願稱病都不肯來見她，昨天他跟她說得那樣決絕，還說今後不會再見她。哼，她可是當朝公主，紆尊降貴看上他，居然還拿喬說出這種話來。就算是甩臉子也該是她甩才對，婁兆雲算個什麼？

看三公主沒說話，婁玉蘇文質彬彬地走到她面前，溫文儒雅地說：「不如我給公主唱一段如何？」

三公主瞧婁玉蘇白白淨淨的，關鍵是他也是婁家人，對她卻比婁兆雲恭敬多了，衝著這個不想太駁他的面子，賞臉說道：「我不愛聽戲。要不，你給我說段書吧。你不是探花嗎？應該讀過很多書才是。」

婁玉蘇見三公主肯搭理他，心下高興，哪裡還顧得上讀書人的風骨，當即點頭道：「好好，我給三公主說一段。三公主想聽什麼樣的？」

三公主想了想，靈光一閃，道：「你給我說一段……《西廂記》吧。」

婁玉蘇聽三公主點了這個，心裡高興極了，理了理思緒便說起來。

三公主斜斜靠在軟枕上，聽得入迷，忘記了婁兆雲惹她生氣的事情，又證明了自己的魅力，並不是每個人都像婁兆雲那樣對她視而不見。一段哀怨纏綿、帶著豔詞的故事，讓三公主聽得神往不已，恨不能鑽入故事中體驗男女間的情愛。

一段說完後，三公主意猶未盡，又問了婁玉蘇好些問題，展現出小女孩的好奇與天真。而婁玉蘇表現得完全像是個成熟又溫柔的哥哥，不管三公主問了多幼稚的問題，都耐心而仔細地回答，滿足了小女孩的好奇心。

總的來說，兩人相處的這半天三公主算是滿意，婁玉蘇還故意留個結尾沒說，就是等著三公主要他明日過來說完。

片刻後，如願得到三公主邀約的婁玉蘇心滿意足地離開了羅家。走在熙熙攘攘的街道上，他彷彿已經看到光明前程，堅定地認為只要娶了三公主自己的身分勢必會水漲船高，仕途再也不會被婁慶雲抓在手中威脅了。他做了皇上的女婿，這層身分總比婁慶雲要更親近吧，到時，才是他揚眉吐氣的時候！

羅夫人來到三公主面前，見她心情不錯，才敢出聲問道：「婁三公子讓二公子來給公主賠禮道歉？公主就這麼原諒他了？」

三公主秀眉一蹙，道：「誰原諒他了？婁兆雲不識好歹，本公主有的是人獻殷勤，哪裡要看他的臉色？哼，若他不親自上門道歉，跪在我面前學一回狗叫，我是絕對不會原諒他的。」

羅夫人聽三公主這麼說，笑了起來。「三公主說的是，可不能那麼便宜了他。那明兒還要讓人去請他嗎？」

為了三公主和婁兆雲的事，這幾天她的親兒子是日日跑衛國公府，也夠累的。

三公主搖搖頭。「明日就不用了，我和二公子約好了，婁兆雲來我也沒空見他。還真以為自己是香餑餑了，就要晾晾他，看他今後還敢不敢對本公主那樣無禮。」

羅夫人又附和了幾句，看了看天色，便為這位尊貴的公主上晚膳了。

魚貫而入的丫鬟、婆子，將一道道珍饈擺到長桌上，上面菜餚的價值足夠普通人家吃上半年了，就是宮裡的分例也沒這麼多。偏偏三公主好排場，哪怕她不吃，也必須要有這麼多上桌才行。

羅夫人銀錢吃緊卻敢怒不敢言，只能隨她耗下去，反正這筆帳最後要記在羅昭儀頭上。每年年底羅昭儀都會用宮裡的東西向羅府換些現銀，到時這筆帳不就收回來了？便不去多想。

等三公主用過後，這些菜還能拿下去分給各房，美其名為三公主賞的，用這個說法沒人會嫌棄，只會覺得榮幸。明擺著是剩菜又怎麼樣？可是三公主賞的呀！

第五十二章

轉眼又到薛宸最怕的夏季，今年因為府裡事多，所以她和婁慶雲只去承德十幾日便回來了。不過已經避開最熱的時候，感覺好受了許多。

夏天過去，婁家正式開始準備婁映寒婚禮上要用的東西，由薛宸和綏陽長公主一手包辦。長公主事無鉅細，什麼都要自己過眼後才放心讓匠人去做。薛宸跟在她後面打下手，日子過得倒也快。

這日，薛宸和長公主為了婁映寒回門那日要帶去夫家的金餅去了銀樓一趟，確定樣式。看好了後，薛宸帶長公主去買了三份八寶醬鴨和泡椒蹄膀，準備給太夫人送一份。

別看太夫人一把年紀了，口味可一點都不清淡，上回婁慶雲買的蹄膀被她截走後便吩咐了，之後再買都幫她帶一份。

反而是長公主和國公對口味重的東西不感興趣，國公更是一點辣都不能吃，長公主能吃，但覺得對保養不好，所以淺嘗即止，一份小的就夠了。而薛宸和婁慶雲則是無辣不歡，自然少不了了。

今天婁慶雲回來得特別早，從淨房出來，已經洗過澡、換過衣裳了，看見薛宸進房，就過去圈住她。

丫鬟們早已習慣世子和夫人的親暱，識趣地低下頭退了出去，幫他們關上門。

「晚上刑部在酒樓請客，我回來和妳說一聲。妳要不要吃什麼？我給妳帶回來。」婁慶雲抱著薛宸，覺得不管什麼時候都抱不夠，軟軟香香的，叫人愛不釋手。

薛宸的脖子被他呼出的熱氣弄得癢癢的，道：「我要吃什麼府裡沒有，你只管去，少喝點酒就成了，我可不想伺候個醉鬼。」

感覺某人動作越發不自制了，薛宸及時攔住他的手，從他懷裡掙脫出來，往小書房走去。婁慶雲自然跟著，見她站在書架前，自己便坐到書案後的大交椅上，眼睛一眨不眨地盯著她，將她從頭到腳看了個遍。

薛宸知道身後有一道熾熱的目光盯著自己，暗自失笑，轉身對婁慶雲說：「你聽說了嗎？臘八那日皇后召見太夫人和母親，羅昭儀似乎和太夫人說了三公主和二弟的事。你在宮裡當值時可有聽見什麼嗎？」

婁慶雲把兩隻腳蹺在桌上，拿起薛宸寫字的筆看，道：「聽不聽見，沒什麼區別，這種事外人插不了手。更何況，我也不打算插手。」

薛宸聽他這麼說，知道他一定也聽說了這事，便道：「若二弟成了駙馬，也是婁家的臉面呀。」

婁慶雲瞧著薛宸，道：「妳有什麼話就直說，咱們之間還需要拐彎抹角嗎？妳是擔心玉哥兒成了駙馬會與我為難嗎？」

薛宸沒說話，婁慶雲卻兀自笑了起來。

「他就是做了駙馬也沒資格為難我。不過，婁家這廟只怕要容不下他這尊大佛了。」

薛宸放下手裡的書，走到案前疑惑地瞧著婁慶雲。星辰般璀璨的雙眼讓婁慶雲看得心癢難耐，一個伸手把她摟入懷中，讓她坐在自己腿上。

薛宸習慣了他這突如其來的動作，雙手很自然地勾住他的脖子，問道：「怎麼？你知道二弟有什麼想法不成？」

薛宸從前沒怎麼關心婁家三房的事，如今聽婁慶雲提倒想起一點事情。上一世婁慶雲死後，婁玉蘇中了狀元，沒多久便和婁家決裂。她不知婁玉蘇用了什麼方法脫離婁家，不過看樣子婁慶雲像是知道的。

果然，婁慶雲一邊撫摸著她的秀髮一邊回答。

「上州刺史余大人已經向中書省遞了摺子，不日便要回京述職，估計會先去翰林院待一陣子。余大人在這個節骨眼上回來必然和婁玉蘇有關，余家總是他的外祖家，若長年待在京城外，遇到什麼事都沒法幫襯。婁玉蘇既然設法讓余大人回京，那便說明他心裡已經有主意了。」

薛宸不得不說婁慶雲在這方面的確很敏銳，怪不得那麼多皇家子弟裡，皇上獨獨重用他。

婁慶雲見薛宸不說話，而是用那雙足以迷死人的眼睛看著自己，一時沒忍住，親了上去，好好的談話最終還是以氣息不穩結束。如果不是晚上要赴宴，沒準薛宸就被婁慶雲拆吃入腹了。

過完年，薛宸依舊繁忙。

二月，韓鈺出閣，薛宸和薛繡曾私下去瞧過她，韓鈺對這門親事似乎是很滿意的。

這回薛宸沒有送嫁，不過王家提早送來了請柬，請她那日去吃喜酒。薛氏也親自來請，希望薛宸務必要到，給韓鈺撐撐場面。薛宸哪有不答應的，到了正日子帶著婁映寒、婁映柔，和薛繡、魏芷靜一同去了王家，給足了韓鈺面子。

二月底，婁映煙和汝南王江之道回京，先住在別院，三月初才搬進衛國公府。兩人算是政治聯姻，沒有太多感情，卻能做到相敬如賓，不過關係依舊有些僵，算是貌合神離的典範。

三月，婁映寒嫁入陸家。婁映寒是婁家長房二小姐，出嫁排場自然是大的，不過，比起大小姐婁映煙嫁汝南王時又要小得多。

雖然薛宸的年紀比婁映煙要小，可婁映煙還是規規矩矩地喊她大嫂，姑嫂幾個去喜房瞧婁映寒。因為吉時在傍晚，陸家要申時過後才會出門迎親，因此婁映寒還有些空閒。

姑嫂幾人坐在一起聊了一會兒，薛宸便出去忙了。不管她年紀多小，大嫂該擔的責任、該做的事情一樣都不能漏掉。背後不知有多少人正等著看她的笑話，這是薛宸絕對不允許的。

婚禮順利結束。蕭氏代表薛家前來送禮，順便看望薛宸，見她一切都好就放心了。

婁映寒出嫁後，三日回門，將新姑爺帶了回來。陸元是個徹頭徹尾的讀書人，白白淨淨的樣子，對婁慶雲這個大舅哥別提多恭敬了，言談間三句不離婁慶雲當年在國子監的事蹟，毫不掩蓋自己對婁慶雲的崇拜之意。

汝南王江之道雖也是婁家的姑爺，不過卻是一名武將，對那些舞文弄墨之事並不感興趣，和婁慶雲說起兵法來倒是一套一套的，和陸元一樣，對婁慶雲這個大舅子那是打從心眼裡佩服。

陸元和婁映寒吃過午飯後就要啟程回陸家去。婁映寒有些不捨，直到出門時還一直拉著薛宸的手。看著婁映寒跟陸元上了馬車，薛宸站在門前送他們，這才覺得心頭的大石放了下來。

作為一家冢婦真是件累人的事。府中兄弟姊妹多，她不巧又是長嫂，事事都得經手，簡直比管十幾家店鋪還累。

婁映寒的婚禮過後，婁映煙和江之道就要告辭回汝南去。

送婁映煙和江之道出城的路上，薛宸問婁慶雲。「當初煙姐兒為什麼會嫁給汝南王？」

按照長公主愛女的性子，為了婁映寒她能破例找個書香門第的女婿，可大女兒卻是政治聯姻。

婁慶雲看了外面一眼，道：「妳也看出他們處得並不好了？」放下車簾，嘆了口氣。「他們的婚事是老國公作主的，老國公和老汝南王是生死之交，早年便約定了，讓兩人的長孫和長孫女締結連理。當初江之道竭力反對，只是拗不過老汝南王，被押著來提親。」

薛宸點點頭，想著果然也只有這種指腹為婚的可能了。不過，她沒想到婁映煙和江之道之間竟還有一段往事。婁慶雲告訴她，江之道被老汝南王押著來提親時其實已經有了相愛的人，可是那名女子身分低微，根本進不了汝南王府，老汝南王就騙了江之道，暗地裡把人處置掉了，然後押著他來京城。

一開始婁家並不曉得這件事，婚後江之道對婁映煙很冷漠，婁映煙回家哭訴，婁慶雲才派人調查，知道了前因後果。

後來，婁慶雲親自去汝南和江之道談了兩天兩夜，讓江之道稍稍解開了心結，才對婁映煙好些。儘管如此，他們之間依舊有著深深的隔閡，不是一天、兩天能化解的。

到了城外的十里亭，江之道才停了馬走下來，到長公主和婁映煙坐的車旁道：「岳母，你們就送到這裡吧，無須再往前了。過年的時候，我還會帶著煙姐兒回來的。」

婁映煙掀開車簾，扶著江之道的手下車，和江之道一起對長公主跪下，行了告別禮。長公主眼睛紅紅的，很是不捨，卻沒有辦法，叮囑他們過年時一定要回來，江之道點頭答應了。

婁慶雲和薛宸走上前，江之道和婁慶雲互擊了下手，又對薛宸點頭為禮。「大哥、大嫂也回去吧。」

薛宸握著婁映煙的手，感覺她的手有些寒涼，小聲叮嚀道：「照顧好自己。」

婁映煙看著這個年紀雖小但做事極為穩妥的大嫂，抬眼瞧瞧江之道，點點頭。

「我知道。他現在對我挺好的，大嫂有空就多陪陪母親，她太多愁善感，遇到事情容易想不通。」

薛宸自然答應。

「放心吧。妳有什麼事就寫信回來。」

江之道和婁慶雲站在一邊，等著姑嫂倆告別。婁映煙又看了看坐在馬車裡沒有出來的長公主，終於還是忍著不捨，轉頭和江之道並肩上了前頭的車。

看著婁映煙離開的背影，薛宸只覺這個姑娘真是堅強，雖然沒什麼脾氣，可這份堅強卻是很多女子做不到的。

試想，如果汝南王的事情發生在她身上，嫁過去才發現自己不受歡迎，她會如何應對？能不能做到像婁映煙那般顧全大局？而更難能可貴的是，婁映煙和她的情況不一樣，她從小沒有人疼愛，所以早早學會了堅強，可婁映煙在出嫁前，憑著婁家嫡長女的身分，自然被人重視又嬌寵，這樣的她去了那陌生的、不算好的環境，竟然就這樣撐了下來。她和江之道的婚姻無法解除，這一生都要綁在一起了，若沒有感情，是多麼枯燥乏味。

「在想什麼？」婁慶雲見薛宸送走婁映煙等人後坐在馬車上悶悶不樂，便問道。

薛宸看著他，搖了搖頭沒有說話。

婁慶雲想了想，忽然俯下頭貼近薛宸的耳朵，說了一句話。薛宸瞪大雙眼，難以置信，良久後才問道：「真的嗎？煙姐兒懷上了？」

婁慶雲點點頭。「她自己都不知道，江之道私下派大夫診斷過，剛一個月。所以我想，江之道對煙姐兒未必完全沒有感情，如果不是，又怎麼會比煙姐兒還快發覺這件事呢？」

如果他真如表現出來那般不在乎婁映煙，不可能比她還早知道她有身孕的事並且告訴婁慶雲，這足以證明他還是很重視婁映煙的。

薛宸突然直起了身，有些憂心地說：「女人懷孕頭三個月胎象不穩，你既然知道了，怎麼不把煙姐兒留在京裡？等滿了三個月再讓他們走啊！」

婁慶雲見她緊張，不禁安撫道：「妳放心吧，江之道會照顧好她的，他們那馬車比床都舒服，哪裡會顛到煙姐兒！這麼大的事，總要把煙姐兒帶回去，將喜訊告訴老太妃，老太妃盼頭孫可盼了有些年頭。再說了，江之道是汝南王，長久不在汝南會出亂子的。」

薛宸也知道江之道身分特殊，封疆之王的確不能像普通人那樣隨意走動。婁映煙和江之道成親五、六年了，至今才懷孩子，汝南太妃一定等急了，自然希望兒媳這胎能在汝南王府裡將養。

婁慶雲見她安了心，才又將她摟入懷中。薛宸百感交集，對婁慶雲低聲說道：「你說，咱們倆也成親兩年了，我怎麼就懷不上呢？」

婁慶雲低頭看著她，笑道：「這事哪能急呀？孩子都是老天賞的。」

薛宸卻有些擔心，一般身體健康的男女，只要不是像江之道和婁映煙那樣關係不大好的，都是幾個月最多一年就懷上了。可她和婁慶雲成親兩年了，她的肚子卻依舊沒有反應，不禁懷疑是不是因為她重生逆了天命，按照天道來說，她和婁慶雲已經不是這個世上的人，所以兩人不可能有孩子了？

胡思亂想間，車隊回到了衛國公府。

過了一個月，江之道從汝南給京城寄了封信，說他們已經平安抵達汝南城，並告知了婁映煙懷孕的事情。

太夫人和長公主高興極了，當即讓府裡準備產婦用的東西，還有一些珍貴藥材，裝了兩車，派人送去汝南。

五月底，因為楚姨娘，薛繡和元卿起了嚴重的爭執，聽說楚家派人上門鬧騰，元家不僅不阻止，居然還替楚家說話。趙氏得到消息，親自來衛國公府請薛宸一同去元家探望薛繡。

到了元家，元卿雖出來見了趙氏，但神情和態度都不對勁，行過禮後便回書房，不踏入薛繡的主院一步。

兩人趕到薛繡的院子裡，見薛繡正好端端地給花澆水呢。瞧見她們，薛繡放下水壺迎了上來，臉色不見不好，與元卿形成鮮明對比。

三人坐在亭中，薛繡命丫鬟上了茶點，等她們退下後，趙氏才迫不及待地問道：「這到底怎麼回事？元家說妳害死了他們的孩子，這是從何說起？真是冤枉死了！妳從小連殺雞都不敢看，怎麼可能做出這種事呢？」

薛繡冷笑一聲。

「嚴格說來，是我殺的。」

趙氏傻住，薛繡這才解釋道：「楚姨娘私下停了藥，懷上這麼個孽種，我是正室，處置了這胎有什麼問題？」

薛宸和趙氏這才明白事情的原委。楚姨娘既然是姨娘，在得到主母允許之前的確不能懷孕，可她仗著元卿善良好說話，私下停了避子湯，偷偷摸摸懷上孩子，直到兩個月沒來月信，被薛繡發覺，便給她灌了打胎藥，把楚姨娘腹中的孩子打掉了。

楚姨娘日日纏著元卿哭訴，元卿甚是痛子，聽說楚姨娘懷孕他也很震驚，可那畢竟是自己的骨肉，便想著跟薛繡商量，等孩子生下來記在薛繡名下，當作嫡子養。

他想得很美好，無奈薛繡不配合，在知道這件事後沒幾天，趁元卿不在家時命人給楚姨娘灌下打胎藥。元卿回來發現孩子沒了，楚姨娘虛弱又可憐，當即就和薛繡鬧翻了。

知道了前因後果，趙氏一時沒了主意，自己女兒壞了人家子嗣是事實，楚家鬧上薛家的門也是有原因的，六神無主之下便埋怨薛繡。「妳這孩子怎會這樣衝動？那畢竟是一條命啊。妳、妳就這麼……唉……」

趙氏站起來在亭子裡踱步，焦急得不得了。薛繡倒是平靜，說道：「娘，您是想說我心狠手辣嗎？我倒不覺得。若姑息了這事，將來所有姨娘效仿為之，我這個主母還如何坐穩位置？」

趙氏走到她面前，說道：「哎呀，這事和其他事不同，畢竟是元家的孩子呀。妳婆母怎麼說？」

趙氏剛問出口，就聽見院子外傳來腳步聲，丫鬟來報，元夫人聽說親家母來了，親自過來相見。

趙氏一聽，趕忙出了亭子迎上去。不一會兒，兩人一同進了院子。

薛宸在旁邊感覺薛繡的身子明顯僵住了，便知這件事上元夫人是什麼態度了，自然是心疼孫子，對薛繡這個做法必定是不贊成的。

薛宸握住薛繡的手，無聲地給她安慰。薛繡看著她，眼中的酸楚再也忍不住地流瀉出來。薛宸見了，真是心疼，曾經為了愛情義無反顧的女子，原以為如願以償，卻沒想到婚姻才是讓她的愛情枯萎絕望的地方。

元夫人和趙氏來到亭子裡，趙氏請元夫人先坐，有點討好、心虛的樣子。元夫人也不客氣，大大方方地坐下，將趙氏的殷勤盡數收下，然後向薛宸點了點頭算是招呼了。幾個動作下來居然看都沒看薛繡，連薛繡給她行禮也只揮了揮手讓她起來，可見元夫人對這件事的態度了。

「親家夫人，我原以為薛家書香門第，教出來的女子定是賢良淑德之輩，可沒想到妳竟生了這樣一個心狠的女兒，目中無人，不把別人當人看待。她是害怕什麼所以才私下處置？也不和我們說一聲，還真是大家小姐！哼。」

元夫人的一聲哼，讓趙氏無地自容地低下了頭。見趙氏不言不語，似乎覺得趙氏認錯的態度不壞，又接著道：「這樣的媳婦，我真是不敢恭維，今日她可以私下處置了我們元家的孩子，明日還不知道要做出什麼傷天害理的事情呢！」

趙氏連忙湊上去，對元夫人解釋道：「親家夫人消消氣，繡姐兒是無心之失，她原是個純良的好孩子……」

元夫人瞪了趙氏一眼。

「純良？哼，一出手就傷了我元家的子嗣，這等毒婦還能稱為純良？親家夫人這話也太可笑了！」

薛繡聽元夫人居然這樣說自己的母親，當即想站起來頂撞元夫人，卻被薛宸按住了。

趙氏雖然也覺得元夫人說話不客氣，但在這件事上，元家損失了一個孫子，楚家損失了一個外孫。楚姨娘是元卿的青梅竹馬，楚家也是官宦人家，當初是因為楚姨娘和元卿有情才會將女兒嫁到元家做妾，現在女兒腹中的孩子沒了，他們不能怪元家，只能怪身為「罪魁禍首」的薛繡。

「親家夫人，是我沒教好女兒，我替她跟你們道歉。我、我給妳跪下了。」

趙氏不想讓女兒承擔那麼多責任，考慮一會兒後就想替女兒下跪道歉，膝蓋都彎了一半，元夫人卻沒有阻止。

薛宸見狀，走過去一把將趙氏拉了起來。「伯母不必著急，都說這件事是咱們的錯，既如此，不妨先弄清楚事情的前因後果再道歉不遲。」

元夫人瞧著薛宸一副想替薛繡和趙氏作主的模樣，不禁站起來道：「世子夫人，這件事只怕不是妳能插手的，是我們元家和薛家的私事，妳到底是外人，若強行給人出頭，將來不免被人詬病仗勢欺人、包庇娘家姊妹。妳年紀還小，不知道其中厲害，將來這名聲……可不大好聽啊！」

薛宸淡淡一笑，說道：「我的名聲就不勞元夫人擔心了。既然我是繡姐兒的娘家姊妹，今日之事，我插句嘴也是使得的。說實話，我不覺得我們家繡姐兒處理得不對，一個妾侍偷偷停藥懷了孩子，如果元家真是知情識禮的人家，這種事都不需要繡姐兒親自出手，妳這個做主母的就該親自動手把孩子打掉。

「如今繡姐兒不過是不想給長輩添麻煩，替妳做了這件事，沒想到不僅沒落得好，居然還被倒打一耙，也實在太冤枉了！」

元夫人被薛宸說得站起身，將薛宸上下打量兩眼後，冷冷道：「我早看出妳們姊妹就是一丘之貉，看來今後妻家子嗣也勢必艱難了，有妳這樣的媳婦在真是家門不幸！」

薛宸不為所動，繼續笑言。「元夫人又多管閒事了，怎麼好端端地又扯上妻家，妻家的子嗣哪裡用得著元夫人擔心？那是我們府裡太夫人和長公主該擔心的，元夫人實在不必操心。既然夫人要和我說理，那我就和妳說道說道。

「咱們繡姐兒嫁入元家，哪一點做得不好了？她嫁進門三年，若是無所出，妳做主母的的確可以停了妾侍的避子藥，讓妾侍懷孕，生個庶長子也無可厚非。可繡姐兒很爭氣，已經給元家生了一個孩子，那麼請問元夫人，如今又有什麼理由讓妾侍懷孕呢？既然沒這個道理，那繡姐兒將妾侍肚裡的孩子去了，有什麼不對？

「元家好歹也是書香門第，居然連這個淺顯的道理都不懂，幫著妾侍苛待正室，這可是寵妾滅妻啊！若是其他女子遇到這種事，說不定早回娘家哭訴，娘家父親一狀就能告上朝廷。我倒要看看，寵妾滅妻的行為能不能讓皇上給你們加官晉爵！」

元夫人沒想到，薛宸一下子就把問題抬到了朝廷和寵妾滅妻的層面上，有些慌亂，口不擇言道：「妳胡說什麼？她爭什麼氣？頭一胎生的是女兒，可被她打掉的卻可能是個兒子。妳說再多都掩蓋不了她險惡的私心，她就是不想讓妾侍生下兒子，就怕妾侍搶了她的位分！」

至此，薛宸臉上的笑容再也掛不住了。薛繡徹底死心地閉上雙眼，趙氏則在一旁摟著她，嚶嚶哭泣。

薛宸的聲音冷了下來，怒極說道：「元夫人說話可要動動腦子！你們元家正妻的身分是妾侍能隨便搶走的嗎？就因為正室生了女兒，妳做婆母的不高興了，就想將妾侍扶正，頂替正房夫人嗎？好，這話我算是記下了，元夫人這可是替元公子坐實了寵妾滅妻的事。

「既然如此，還有什麼好說的？元家欺人太甚，真的不把薛家放在眼裡是不是？我們薛家的姑娘便是這樣任人欺凌的嗎？好一個寵妾滅妻！好一個因為第一胎不是孫子就想把兒子的妾侍扶正的主母！我今日算是見識了！今日我就把繡姐兒帶回去，若是元家想休妻扶妾，儘管來便是，我們薛家隨時等著！」

元夫人被薛宸通身的煞氣給嚇得跌坐在石凳上，腦子裡嗡嗡響，只覺薛宸的話瞬間勾起了她的恐懼。寵妾滅妻……她什麼時候說過這話了？

「不、不是……妳、妳信口雌黃，我什麼時候說要休妻扶妾了？我……」

薛宸不等元夫人說完便打斷了她的話。「元夫人，妳不用解釋了，妳說繡姐兒將妾侍肚裡的孩子打掉，是因為怕妾侍生下兒子搶了主母之位，這不就說明元家少夫人的位置是憑誰能生出兒子來定的嗎？枉元家自稱書香門第，簡直是貽笑大方！這樣的門第，我們薛家瞎了眼才會將女兒嫁進來。早知道如此，也不必結這個親，隨便找個妓坊頭牌給元家生個長孫不就得了？還禍害好人家的女兒做什麼？」

元夫人被噎得心口疼，可一時又不知該如何反駁薛宸的話，只好看著薛宸牽起薛繡的手，最後給她撂下了一句話。「這種家不待也罷，既然你們嫌棄繡姐兒不會生兒子，那我今日就把她和囡囡都帶回薛家去。你們愛把誰扶正就把誰扶正，不妨礙你們重新找個會生兒子的好媳婦！」

元夫人見薛宸拉著薛繡就要走，心裡有些慌了。

她也知道，這事若真鬧大了對元家並沒有好處，因為確實是楚姨娘先壞了規矩。她只是心疼那個還沒出生的孩子，若真是個男孩兒就太可惜了，這才想尋一尋薛家的晦氣，打算藉著這件事好好整治整治這個下手狠辣的兒媳。沒想到，薛宸的態度這樣強硬，居然不顧兩家顏面就要把薛繡強行帶回薛家去。

這下，元夫人下不了臺，想伸手去攔，可那樣不就讓人覺得她理虧？看著趙氏有些焦急的神情，她收回了自己伸了一半的手，心想，這個世道，女人和夫家鬧，最終不還是女方得放低姿態求夫家原諒？若女子真被夫家休棄，又有何顏面活著呢？

怎麼想，薛繡被薛宸帶走元家都不吃虧。既然想乘機教訓薛繡，那就讓她回去，諒薛家也不敢把這種後宅糾紛鬧上朝廷，最後薛家兩老總要來向她求和，那時她再端起架子就成了。

她一拍桌子，對那些要上前阻止的丫鬟婆子喊道：「讓她走！出了這個門，可就沒這麼容易回來了！」

薛宸看看薛繡，見她並沒有絲毫留戀，帶著薛宸她們去了自己的院子，抱上了在玩耍的囡囡，一樣東西都沒拿，就隨薛宸和趙氏走出了元家大門，正好遇見了聞訊趕來的元卿。

薛繡停下腳步，抱著孩子看他。元卿早聽下人稟報了情況，知道薛繡要回娘家，有些欲言又止，不過最後卻沒有出聲留人，而是別過臉，一副還在生氣的模樣。

薛繡瞧著他的樣子，終於紅了眼眶，淚珠從眼角滑落。

薛宸接過她手裡的孩子，問道：「妳還有話和他說嗎？」

薛繡深吸一口氣，搖了搖頭。

「沒有。我們走吧。」

說完這句話，薛繡頭也不回地走出元家大門，坐上薛宸她們的馬車往薛家去了。

第五十三章

趙氏哭了一路，不知今後該怎麼辦才好。

囡囡坐在趙氏身上，張著黑亮的大眼睛，盯著哭泣的趙氏。

看見外孫女，趙氏更加想哭了，說道：「妳這麼從元家出來，想回去就難了。女人在夫家過日子，哪裡沒有受過委屈的？這樣輕易地離開了，今後妳們娘兒倆可怎麼辦呀？」

薛繡懨懨地靠在車壁上，盯著一起一伏的車簾看，沒說話。

薛宸見狀，對趙氏道：「今兒是我讓繡姐兒出來的，我看，繡姐兒還是先跟我回去。這事未必就沒有轉機。」

趙氏聽了，又是一嘆。「唉，宸姐兒，妳向來比繡姐兒穩重，今日怎會這樣糊塗呢？妳和元夫人鬧翻了，就是把繡姐兒推到火上，若今後元夫人再不讓繡姐兒進門可怎麼辦呀？」

薛宸看了薛繡一眼，只見薛繡突然直起身子說道：「娘，您別怪宸姐兒，她是為了我好。」

趙氏聽薛繡這麼說，對這個女兒已經不知道說什麼好了，抱著天真無邪的囡囡又痛哭起來。

薛繡扶著額頭，虛弱地對趙氏說：「娘，這兩天囡囡先跟您回去，我去宸姐兒那裡住兩天。」

趙氏雖然埋怨女兒把事情搞得一團糟，但也知道她心裡難受。她和薛宸感情好，有薛宸在她身邊開導開導，興許就沒那麼難過了，便點頭。「妳去吧，我會帶好囡囡的。」

薛繡撫了撫囡囡肉嘟嘟的臉頰，道：「囡囡，娘親這兩天要去小姨家住，妳和外祖母住，好不好？」

平日裡，薛繡經常帶囡囡回薛家，所以囡囡和趙氏很熟悉，聽話地點點頭，奶聲奶氣地說：「好。」

小小的孩子似乎也看出了事態的嚴重，並不在車內吵鬧。

薛繡瞧著女兒，越發想哭了，不過卻拚命忍住，現在還不是哭的時候。

薛宸見她這樣，便知道薛繡一定有很多話想和她說。

馬車先將薛宸和薛繡送回國公府，然後才把趙氏和囡囡送去薛家。

薛宸帶薛繡進了滄瀾苑，給她安排客房。然後，薛繡就拉著薛宸到內間坐下。

「我不知道當時為什麼那樣衝動，如果我能和他商量一下，也許事情不會鬧到這個地步。可是，我卻一點都不後悔。」

薛繡抓住薛宸的手，對薛宸道：「宸姐兒，我懷孕了，在我打掉楚姨娘那胎後，第二天就發現了。可是我不敢也不願意和他說，怕他會因為這個孩子而同情我，我不要那樣的同情。」

薛宸一驚。「妳、妳又懷上了？」

薛繡點點頭，整個人看起來更加憔悴。「快兩個月了。」

薛宸從床沿站起來，焦急地踱了兩步對薛繡道：「妳怎麼不早說呢？若我知道，也不會和元夫人把話說得那樣絕了。」

薛繡搖搖頭。「不，我很感謝妳，是妳讓我看清楚元家到底是個什麼樣的人家。他們知道我懷了孕，也許不會和我計較楚姨娘的事，可我真的不想變成那樣，我不想靠著生孩子來拴住男人。我有我的自尊，妳懂嗎？」

薛宸沒有說話，看著薛繡近乎崩潰的表情，想起她少女時那樣明豔動人、活潑開朗，就因為愛上了元卿，短短幾年工夫便被折磨成這樣，心裡不免難過。

她走過去摟住薛繡，輕輕撫了撫她的秀髮，道：「我懂。這些天妳就好好在我這裡歇著，什麼都不要想。這件事，我替妳處理。」

薛繡聽了，一把摟住薛宸的腰大哭了起來。她之所以不願意回薛家，就是因為那裡沒有像薛宸這樣了解她的人，就算哭，也找不到哭訴的對象。她現在需要發洩情緒，讓自己安靜下來，好好想想今後的路該怎麼走。

等薛繡睡下後，薛宸才走出客房，讓衾鳳和枕鴛留在房裡伺候，然後去了太夫人和長公主的院子，打算對她們說今日在元家發生的事情。

太夫人贊成薛繡的行為，按照她的話說，主母如果不能在妾侍的處置上堅持原則，家裡永遠都會一團亂，薛繡只是做了當家主母該做的事情，並告訴薛宸儘管留薛繡住下；長公主那邊，薛宸最終還是沒敢說薛繡做的事，只說她的娘家姊妹想來府裡住兩日。長公主好客，更何況來住的還是兒媳的娘家人，更不會有意見。

向家裡長輩交代後，薛宸回到滄瀾苑，在書房思考一會兒，便喊來嚴洛東，讓他去查查楚姨娘和楚家人。

她總覺得這件事有隱情。當年薛繡和她說起楚姨娘時她就有些懷疑，楚家怎麼說也是官身，就算她和元卿是青梅竹馬，那也不會是讓她甘心入府做妾的根本原因。後來，薛宸在元家遇過楚姨娘兩回，感覺元卿對她並不是特別寵愛，只能說是一般。如果兩人的感情真那麼好，元卿怎麼捨得納她為妾？

所以，這件事可能需要從楚姨娘被抬入元家為妾前後開始查起，若是弄清楚前因後果，說不定能對今日之事有所幫助。如果可以，薛宸更願意替薛繡挽回元卿的心。剛才她是有些衝動，憑著心中怨氣和元夫人鬧翻，但她不知道薛繡又懷上了孩子。正如趙氏所言，薛繡還年輕，若在這時倔強，不肯與夫家和解，今後帶著兩個孩子就真沒有出路了。

不過，就算要回元家，有些事情也不能這麼算了。薛繡的主，她做定了！

這兩天妻慶雲都在宮裡值守，晚上並不回來，薛宸便去陪著薛繡一起睡。

下午，薛宸讓大夫來給薛繡把脈，確定是兩個月的喜脈，也就是說，薛繡和楚姨娘幾乎是同時懷孕的。

隔天一早，嚴洛東就回來覆命了。帶回來的消息卻讓薛宸震驚。

「楚姨娘是尚書左郎中的嫡長女，十六歲時嫁給元公子做妾侍。小時候，楚家與元家住在貓眼胡同，算是鄰居，不過在元家搬到朱雀街後，兩家就沒什麼來往了。

「但元公子娶親後，楚家找上了元家，說是楚姨娘對元公子情根深種，非他不嫁，就算做妾也成，而楚姨娘當時的確私下找過元公子。元公子想，反正是妾侍，倒也沒什麼妨礙，畢竟兩人小時候一起玩過，有著這樣的情分，便納了楚姨娘做妾。夫人讓我去查楚姨娘進元府前後的事情，大概就是這樣。

「不過，在調查時我還發現，楚姨娘身邊一直有著另一個男人，她當年非君不嫁的並不是元公子，而是楚家現在的鄰居張秀才。楚姨娘十五歲時曾一度想和他私奔，這是從貓眼胡同的老人口中得知的。

「這些事，楚家一直對外瞞著，可當年知道的人不少，一般女子有了和男人私奔的流言都不會嫁得太好，楚姨娘之所以甘願給人做妾，只怕和這事有關。畢竟只是做姨娘，對女子的德行並沒有什麼要求；若是做正妻，男方一定會派人去四鄰問一問，到時就瞞不住了。」

薛宸聽得蹙眉。「張秀才？他們在楚姨娘嫁入元家做妾之後就斷了嗎？」

嚴洛東搖搖頭。「並沒有。雖然見得沒那麼勤，可兩、三個月總會見一次面。兩人幽會的地方便是城北大道街尾的福來客棧，那裡地偏客少，如果問那些夥計，應該有人能認出楚姨娘和張秀才。」

事情的發展出乎薛宸的意料，她怎麼也想不到這件事後面居然還隱藏著驚天秘密，不禁又對嚴洛東問道：「那張秀才多大年紀？現在幹什麼？有家室嗎？」

嚴洛東調查事情自然是事無鉅細，對夫人很可能感興趣的人更是調查得清清楚楚。

「張秀才今年二十二歲，小時候考中童生，十八歲中秀才，家境並不優渥，只有一點薄財。父親早死，家裡只有母親，他一心讀書，不想出去做事。當年和楚姨娘私奔的事被楚家人撞破後，他被楚家教訓了一頓，楚姨娘嫁給元公子做妾，他才娶了一個員外的女兒為妻，去年生了兒子。

「這麼多年，張家的積蓄消耗殆盡，幾乎都是靠他妻子娘家的供給過日子。他妻子對他很好，萬事以他為先，倒貼銀錢也無所謂。不過，因為張秀才都不出去找事做，只管在家裡讀書，他岳家似乎對他並不看重。」

薛宸聽了嚴洛東的話，不禁冷冷哼了一聲。

這張秀才是個忘恩負義的白眼狼，妻子待他這般好，居然還惦記著楚姨娘，和她偷情，不知妻子在家替他操持家務有多難能可貴。這種男人，真不知道楚姨娘喜歡他哪裡，居然放著元卿那樣的不要，跑出來和他有首尾。楚家也是個沒算計的，知道自家閨女不乾淨就該夾著尾巴做人，偏偏要湊上來作死，聽說居然還集結人去薛家西府鬧。

嚴洛東看薛宸嘴角露出笑意，問道：「夫人，那我接下來該做什麼？」

薛宸冷哼一聲。「既然他們那麼喜歡鬧，乾脆讓他們鬧個夠。」

說完這些，薛宸便讓嚴洛東湊過來，在他耳旁說了幾句話，嚴洛東便領命下去。

一齣好戲，就要開場了。

一向冷清的城北大道上，今日發生了一件令四鄰瞠目結舌的事情。城東李員外家的大姑娘帶著李家家丁惡狠狠地闖入福來客棧，抓住了正在偷情的姑爺張秀才。

李大姑娘膀大腰圓，拎著張秀才就跟抓小雞似的一把拽出了房，惡狠狠道：「那個淫婦在哪裡？居然敢偷老娘的男人，活得不耐煩了嗎？」

李大姑娘年方十八卻力大如牛，張秀才被她甩了兩個耳刮子，正眼冒金星，依舊沒弄明白，自己收到的明明是楚姨娘的紙條，怎麼來的卻是這頭母老虎？

李大姑娘聲如洪鐘，將客棧的人全驚動了，客人紛紛走出房間，有的在二樓觀望、有的在一樓廊下瞧著，總之，就是很多人在看。

張秀才恨不能把臉遮住，跺著腳對李大姑娘道：「妳這是幹什麼！妳不要臉我還要呢！」

當初若不是因為家裡缺銀子，他如何會娶這麼個母老虎回來，不過就是看中李家有些錢罷了。可是成親之後，張秀才連一天好日子都沒過過，這母老虎能幹是能幹，但沒有學問，說話做事粗糙得很，就算不說這些，光她的容貌也足以叫人倒盡胃口。

李大姑娘聽了，又是一巴掌甩在張秀才臉上。「我幹什麼？你不知道我來幹什麼?!要不是有人告訴我，我還不知道這些年你竟然背著我在外頭藏女人，還時常到這裡來找樂子，你倒是會享受啊，拿著老娘的銀子來貼野女人！我為了你們張家日夜操勞，什麼髒活累活都幹，你對得起我嗎？對得起兒子嗎？」

張秀才想起兒子，這才揚著頭說道：「妳吵什麼？我什麼時候藏女人了？妳也看到了，房裡就我一個人，不知妳從哪裡聽了風言風語便過來尋我晦氣，真是活見鬼了！怪道聖人言：『唯女子與小人難養也！』俗不可耐、俗不可耐！」

李大姑娘再不想和張秀才廢話，跑過去將他撞倒在地，騎了上去，把張秀才壓得差點翻白眼、吐白沫，就是不承認自己來偷情。

李大姑娘口齒不靈，但打人不手軟，對著他啪啪又是兩記耳光。「你要沒約人，看見那字條就急著過來？老娘不是吃素的，我告訴你，今天你肯說也得說，不說也得說！」振臂一呼。「誰看過他和女人出現在這裡，老娘賞他一百兩銀子！」

李大姑娘氣急了，卻不想和張秀才逞口舌，乾脆用了最粗暴簡單的方法——撒錢！

果然，沒一會兒兩個福來客棧的小二站了出來。「我看過這位公子帶女人上門。」

「我也看過，我還能形容出那女人的樣子！」

真金底下出能人，要不怎麼說有錢能使鬼推磨呢？

李大姑娘得了小二的證詞，算把張秀才偷情的事坐實了，提著張秀才的耳朵，半拉半拽把他拖回了娘家。

在李家窮凶極惡地逼供下，張秀才沒能守住心底的秘密，將楚姨娘供了出來。

李家這就瘋了，第二天便集結百來號人堵到楚家門前，連楚大人想去衙所都沒能擠出去，只能由守衛護著進了宅子。李家完全就是市井人家，家裡老爺有錢，請的人都是幹實事的，說鬧楚家就鬧楚家！

楚老爺爬上前院的牆，看著門口黑壓壓的人群，四方鄰里全都出動了，對著楚家指指點點。

楚老爺氣不打一處來，下了梯子後，找了楚夫人來問。

楚夫人唯唯諾諾，哪裡弄得清外頭都是些什麼牛鬼蛇神，讓下人去打聽後才知道原委。楚老爺聽說這是之前和女兒密謀私奔的張秀才的岳父家，當場懵了，原以為是什麼人來尋仇，可如今看來……可不就是尋仇嘛！

李家的人終於撞破楚家的門，一群人闖了進去，揪著楚大人和楚夫人，讓他們在門口說話，好讓大家瞧瞧楚家到底做了什麼見不得人的事情。

楚夫人哭得肝腸寸斷，一個個的想去捣住別人的嘴，不讓他們說下去，楚家可丟不起這個人啊！但李家才不管這些，來的又都是唯恐天下不亂的幫閒們，哪肯息事寧人？問了半天，才問出膽敢和他們家姑爺偷情的楚姨娘是誰、身在何處。

李家人毫不含糊，仗著自己有理，管什麼官威，打算鬧得人盡皆知才好。再大的官也止不住人們傳話的嘴，揪著楚夫人就去了元家。

元家得知外頭有人來鬧，而且帶頭的是楚夫人，以為是楚夫人帶人來算那個被薛繡打掉的孩子的帳。元夫人和元卿親自迎了出去，不等楚夫人說話，元夫人就告訴楚夫人，那個害死她外孫的女人已經被她趕回薛家反省，讓她不要擔心。

楚夫人面如死灰、汗如雨下，哪敢再和元夫人說話，李家人的聲音把她逼得跪坐在地。元夫人要去扶她，卻差點被李家的莽漢打了，元卿急忙擋在自家母親身前。

一陣混亂後，李家才把張秀才和楚姨娘偷情的事說了出來。

元夫人和元卿聽見，腦子裡立即嗡嗡作響，元夫人更是難以置信地看著楚夫人，揪著她的領子道：「這是真的嗎？妳說話呀！這是不是真的？」此刻已經不知自己該是什麼心情了，只能抓著楚夫人重複問著話。

被元夫人連聲逼問，楚夫人再也受不了，抱著頭大叫。「我不知道、我不知道！」

這一早，她已經被嚇得夠嗆了，她也是個糊塗的，哪裡知道女兒嫁進元家還和張秀才藕斷絲連。當初就是怕女兒和張秀才勾勾搭搭，才狠下心把她嫁給元卿做妾。可如今一波未平，一波又起，她才剛去薛家鬧過，讓薛家還她孩子，竟然就在這裡爆出女兒和張秀才有首尾的事情。

楚姨娘被元夫人派人從床上拖到了院子裡，見到李家人和楚夫人，嚇得三魂丟了七魄，怎麼都不敢承認和張秀才的姦情。

李家人見狀就想幫元家一把，畢竟是這麼高的府邸，一來可以除掉這個不要臉的女人，二來還能向元家賣個好，替他們清理門戶，遂讓人把被關在家裡的張秀才一併抓來。反正事情鬧得這麼大，李大姑娘和張秀才也過不下去了，既然他們過不下去，那就沒什麼好替他們隱瞞的。

張秀才被抓進元家，已是鼻青臉腫，不像個人樣。楚姨娘自然竭力和他撇清關係，可李家又把福來客棧的小二給找來，人證俱在，才讓楚姨娘沒得狡辯。

元夫人終於受不了這個打擊，一個抽動，昏厥過去。

元卿讓人把元夫人扶進房，冷靜下來處理這件事。先勸退李家人，再將相關人等迎進內堂，關上門，開始審問楚姨娘和張秀才。

楚姨娘哭得梨花帶雨，自己好好地在床上坐小月子，怎麼就攤上這樣的事，懷疑是薛繡搞的鬼，可薛繡幾天前就被元夫人趕出府了。

楚姨娘正室的夢還沒作完呢，就被人扒皮扒到了家門口，不僅知道她和張秀才幽會的事，連地點都知道。而最奇怪的是，這件事不是由張家或楚家甚至薛家掀出來的，反而是看起來最沒有關係的李家，把整件事鬧得這般大。

元夫人吸了些藥油，醒轉過來，怎麼也要跟去內堂審問，而她最關心的問題自然是——

「妳既然和這個男人有首尾，那我問妳，之前懷的孩子到底是誰的？是不是他的？」

楚姨娘嚇得渾身顫抖，不敢說話，更不敢抬頭去看元夫人和元卿的臉色，可大難當前，她卻不得不做出反應，一路跪爬著到了元卿腳邊，抱住他的腿哭著求饒。

「不是的，我心裡只有爺一個人，但爺有了夫人之後就不怎麼到我房裡去了，我是一時糊塗，可自從知道有了身孕後便再也沒和那人來往。求爺看在剛剛離去的孩子分上，原諒我吧，我自請去家廟削髮為尼，我錯了，求您原諒我！」

元卿低頭看著這個哭得肝腸寸斷的女人，面上沒什麼表情，似乎沒有想像中那麼多的憤怒，還莫名有種大石落地的感覺，有那麼一瞬間，甚至希望楚姨娘被薛繡打掉的那胎不是他的。寧願被戴綠帽，也希望孩子不是自己的，真是荒唐的想法，可是，這個想法確實存在於元卿腦中。

這些天，他一直在悔恨，當薛繡離開元家時他為什麼沒有阻攔？明明不願意讓她離開，可看著她決絕的臉，卻怎麼都鼓不起勇氣來挽留她。如今，這個真相打了他一記響亮的耳光！

這時，門房又來傳話，說是一直替楚姨娘看診的大夫突然求見。

元卿坐下，靜靜等著，看這件事最後到底能發展成什麼樣。

大夫進來後沒有開口說話，直接跪到元卿面前，將一只錢袋子高舉過頭，瑟瑟發抖，像是有人拿刀架在他脖子上似的，說出一堆更讓人震驚又難堪的事情。

「小的……小的知道錯了，是小的財迷心竅，收了府上姨娘的銀子。府上姨娘的胎不是兩個月，而是四個月，小的就知道這麼多了，求老爺放了小的，小的今後再也不敢做這些喪盡天良的事了。」

得知這個消息後，元夫人再也忍不住，上前對著楚姨娘連番搧起耳刮子。楚夫人想阻攔，元夫人便連她也一起打，一時內堂中混亂不已。

元卿終於還是沒忍住，扶住額頭，大大鬆了口氣的同時，又覺得自己真是可笑至極，竟不知是為了什麼蒙蔽雙眼，連這女人的伎倆都沒看清楚。四個月前，他和薛繡的感情正火熱著，堅持只在她房中留宿，哪有去過姨娘房裡……

元夫人管著元府後宅，姨娘們什麼時候侍寢都是有紀錄的，四個月前兒子根本就沒去姨娘房中……這還要人明說是什麼情況嗎？原本想藉這件事壓壓兒媳的威風，沒想到，現實居然給了她難以翻身的現世報。為了這樣的姨娘，她把兒媳趕出了府，元家到底造了什麼孽啊！

薛宸帶著薛繡在院子裡看花，經過幾天的休養，薛繡的臉色好了很多，只不過整個人還是懨懨的。薛宸已經把楚姨娘的事情告訴了她，可顯然還是沒能讓薛繡高興起來，也許她在意的並不是楚姨娘怎麼樣，而是元卿待她的態度吧。對她來說，元卿的不在乎才是最傷害她的。

嚴洛東從外面回來，薛宸讓他在書房候著，然後讓衾鳳和枕鴛送薛繡回房休息，自己去了書房。

「事情怎麼樣了？」不等嚴洛東說話，薛宸率先開口問道。

嚴洛東斟酌一番，等薛宸在書案後坐下才開口道：「事情果然和夫人預想的差不多。李家容不得張秀才的事，李大姑娘追到了福來客棧把張秀才揪回李家，一番審問後，張秀才便承認了他和楚姨娘的事情。李家人又揪著他去楚家鬧，集結了百來號人，把楚家圍了個水洩不通，揚言要找出勾引他們家姑爺的女人。楚家被逼得沒有辦法，只好帶著李家人去元家。

「現在，元家已經知道了楚姨娘偷人的事，夫人命我找的大夫也送進了元家，元公子必然已經知道自己被戴了一頂透綠透綠的帽子，還是被姦夫的妻子娘家找上門，顏面估計是保不住了。」

薛宸冷冷一哼。「出了這種事情，他們家還想保住顏面？」

嚴洛東繼續道：「夫人，那接下來我們要做什麼？」

薛宸想了想，說道：「讓薛家西府也知道這件事。」

嚴洛東領命退下，薛宸便在房裡踱步，思慮下一步該怎麼做時，門房來報，西府薛家有人求見，正是趙氏。薛宸讓人領她進來，在花廳見她。

趙氏似乎是匆忙趕來的，並不是特意來看望薛繡，連囡囡都沒有帶過來。見了薛宸，便急忙迎上來，道：「宸姐兒，這回，妳都不知道事情鬧成什麼樣了。元家真是太不像話，居然容得下那樣不知廉恥的女人！楚姨娘居然在外面偷人，她肚裡的孩子也不是元卿的。」

薛宸將趙氏扶到旁邊坐下，道：「伯母慢慢說，別著急。」

趙氏坐了，緩過氣，這才一一道來。「昨天晚上元卿來了薛家，我以為他是來接繡姐兒母女回去的，好生款待了他，沒想到喝完茶，他就把那些事說出來，我和老爺都驚呆了，這叫什麼事啊？元家立身不正，居然還敢把繡姐兒趕出府？

「元卿說要把繡姐兒和囡囡接回去，我當然不肯了，咱們西府雖不是什麼高門大戶，可女兒也是正經小姐出身，怎能被他們呼之即來、揮之則去，就把元卿趕出去了。本想昨晚來和妳說這事，又怕妳睡了，等到今早才過來。」

薛宸聽了，並沒有太意外，趙氏見她這樣又道：「妳說，這事要不要告訴繡姐兒？她知道了，就算想回去也得給我忍兩天，元家實在欺人太甚！」

「薛繡已經知道這事了，不過，她似乎並不怎麼在意楚姨娘，元卿的態度才是真的傷了她。您說得對，事情不能這麼了結，總要讓元卿和元家受到該有的教訓，讓他們知道繡姐兒的重要，今後不敢再這般拿捏繡姐兒。您說是嗎？」

薛宸的話讓趙氏十分贊同，連連點頭。「是，宸姐兒說得對，絕不能這麼輕易地原諒他。可是，咱們能做什麼呢？人家都親自上門來了，若是不原諒，會不會被人說不通情理？可我實在不想這麼讓繡姐兒回去，不知道楚姨娘的齷齪事，繡姐兒總欠他們元家一條命，可如今證明不是繡姐兒的錯了。

「元夫人那日的態度妳也瞧見了，如果繡姐兒就這麼無聲無息地回去，將來若再發生這種事，元夫人肯定不會悔改，還是會欺負到繡姐兒頭上來。」

薛宸微微一笑。「我再告訴伯母一件事，您就不會覺得咱們不通情理了。」湊近趙氏，輕聲說了句。「您知道嗎？繡姐兒懷孕了。」

趙氏怔了怔，片刻後才反應過來，幾乎要笑出聲，顯然明白這時薛繡懷孕是多剛好的事。為了一個懷了野種的姨娘，把懷了元家親骨肉的正室妻子趕出門，這個道理就是走遍天邊也是他們元家沒理。

趙氏並非想利用薛繡肚裡的孩子做什麼，只想讓元家徹底反省自己的錯誤。點點頭，對薛宸道：「我知道該怎麼辦了。」

兩人又說了幾句話，趙氏便去客房看望薛繡，母女倆說了一會子話，趙氏才告辭離開。

第五十四章

元卿失魂落魄地回到了元家。

剛才他又去薛家了，想把薛繡母女接回來，但薛家說什麼都不肯，還告訴他一個讓他更加無地自容的消息——薛繡懷孕了。

他想，薛繡在離開元家時應該就已經知道了，可她沒有告訴自己、沒有利用肚裡的孩子博取他的諒解，而是毅然決然地選擇了離開。

元夫人聽說兒子回來，正要問他事情怎麼樣了，不過瞧著兒子的樣子，薛家定是知道了楚姨娘的事，不肯讓元卿就這麼把薛繡母女帶回來。

這兩天，元夫人已經氣得一佛升天、二佛出世，沒想到薛繡居然還擺架子，當即怒了，道：「薛家也太拿著雞毛當令箭了，你都親自上門道歉接人，還不肯甘休，想讓我們元家怎麼樣？我早就看出來那個薛繡不是省油的燈，成親前表現的溫婉全是假象，腦子裡主意多得很，平日裡你多去姨娘房裡坐會兒，她都要說出個一二三四來。我也是被她矇騙了，居然覺得她是個好的。

「如今她受了一點委屈，扭頭就回了娘家，這是媳婦該有的態度嗎？即便這件事錯在咱們，可她也不該這般拿喬、不給你面子吧？要我說，乾脆冷她幾天，反正這些日子府裡也鬧夠了，她就是回來我瞧著也不順眼，省得你一天到晚去薛家看臉色。我倒要看看，不去接她的話，薛家要不要來求咱們！」

元卿聽了，第一次感覺到自己的母親不可理喻，也第一次明白了薛繡平日和她相處有多難，話裡話外全是她作為元夫人的優越感，就算她錯了，也要讓兒媳咬牙忍著，不能說一句不好，不能有一處不對。

當初和薛繡成親時，元卿的確沒把這個母親挑選的女人放在心上，婚後雖然處處給她正妻的面子，可他捫心自問，並沒有對薛繡特別好，倒是她每日盡心伺候，不管做什麼都以他為先。漸漸地，他對薛繡有了感情，在她懷孕和生產期間沒有去姨娘房裡，還覺得要是就這麼和薛繡平平淡淡地過一輩子也不錯。

偏偏兩個月前他們因為一些事吵了兩句，他心裡煩悶，去院子裡喝酒，遇見楚姨娘來勾他，他沒忍住，就去了她房裡。因為喝了好些酒，有沒有做什麼他不記得了，過了一個月，楚姨娘告訴他，她懷孕了。

那幾天，元卿都不敢出現在薛繡面前。他把楚姨娘懷孕的事告訴了元夫人，元夫人十分想要孫子，說什麼也要讓楚姨娘把孩子生下來。他雖覺得不妥，但想著薛繡平日對他千依百順，這件事讓她委屈一點應該也沒什麼。可沒想到，薛繡的性子竟然那樣剛烈，不聲不響地就把楚姨娘腹中的孩子給打掉了。

現在想來，是不是她早已知道楚姨娘腹中的孩子有問題，才想無聲無息地替他處理掉？

但他做了什麼，竟連同自己的母親把她逼出了府。

耳中聽著元夫人喋喋不休地抱怨，元卿坐在太師椅上，依舊失魂落魄沒什麼反應，在元夫人說得正激動不已時，突然對她迸出了一句話──

「繡姐兒懷孕了。」

元夫人的聲音戛然而止，難以置信地看著自家兒子，良久後，才吶吶地問道：「你說什麼？誰懷孕了？」

元卿深吸一口氣，目不轉睛地看著母親，心痛地說：「我說，繡姐兒懷孕了。她應該早就知道，楚姨娘肚裡的不是咱們元家的種，所以才想把孩子處理掉，可我們卻因此把她趕回了薛家。如果這件事發生在我身上，我也不會再理元家人了。」

元夫人卻好像聽不見這些，心神被元卿那句話給吸引過去，摀著嘴，震驚了好一會兒，才深深嘆出了一口氣。

她前腳為了一個不該存在的孩子把兒媳趕出府去，後腳就被人揭了老底，找上門來，戳穿了臉面，然後又知道兒媳肚裡有了元家真正的種……短短幾天工夫，元夫人看盡了人生百態，這時，居然想不出該用什麼表情來面對這件事。

什麼叫做現世報？這下，元夫人是明白得通通透透的了。

婁慶雲從宮裡出來，去了大理寺，準備換了衣服就回家，沒想到會遇見在竹苑中等他的元卿，見他站在竹林前，神情似乎有些嚴肅。

婁慶雲走過去拍了他一下，他才反應過來。

「你等我啊？」婁慶雲對元卿問道。

元卿面上有些尷尬，點點頭。「是，等你。有件事想請你幫忙。」

婁慶雲眯眼看他，然後才指了指內堂，讓他進去說話。

進了內室，元卿也不坐下，就站在婁慶雲換衣服的小間門口。婁慶雲的聲音從裡面傳來。「說吧。什麼事？」

元卿一時卻不知從何開口說起，躊躇了好一會兒，等婁慶雲換好衣服，也沒能說出自己來的目的。

婁慶雲走出來，見他神色有異，便拍著他的後背道：「去我家裡，讓你嫂子燙壺酒，咱們倆喝一杯？」

聽婁慶雲如此提議，元卿眼前一亮，道：「若是平日，自然極好，可今日卻有些不便。嫂子未必歡迎我去。」

「怎麼不便？我說，你今天是怎麼了？有事就說。我可不是你女人，願意猜你的心思。」

元卿苦笑一下，這才坐到廳中的太師椅上，讓婁慶雲坐在旁邊，然後將這幾日發生的事一五一十全告訴了婁慶雲，聽得婁慶雲也不禁皺起了眉。

「你是說，就這麼幾天工夫，你便經歷了這種人生起伏，而且，你的妻子如今正在我府裡？」

元卿瞥了婁慶雲一眼，只覺他的最後一句話聽著怎麼那麼彆扭呢？不過沒有反駁，道：「我妻子是嫂子的堂姊，她在你家有什麼奇怪？」

婁慶雲想想也對，看著元卿問道：「那你想讓我幫你做什麼？」

元卿立刻道：「我想讓你幫我回去勸勸她，讓她見我一面，給我機會解釋。」

「解釋？」婁慶雲狐疑地看著元卿。「你是真心想和她解釋，還是不想再把事情鬧大？」

剛才聽元卿說的那些話，婁慶雲可以肯定裡面有自家媳婦兒的手筆，所以還是先把元卿的態度問問清楚，才能決定要不要幫他。

元卿沈吟了片刻，道：「我這麼說，也許你不會相信，但就在這件事情發生時，我所想的其實不是怎麼解決，只想盡快取得她的原諒。你知道的，我從來沒為自己的將來爭取過什麼，家裡讓我讀書考狀元，我就去了；家裡讓我娶一個他們相中的女人，我就娶了。

「一開始，我的確只想和她相敬如賓就算了，可是後來，我發現了她很多有趣的地方。我的棋品那麼差，可她每回都能笑著跟我下完棋，哪怕睏得不行也不抱怨一句。本來，我已經打算和她好好過一輩子，可這件事發生了，她沒有和我商量，就把孩子處理掉，覺得她在我心中的形象似乎有些變了。在我的印象中，她並不是那麼心狠的人。這件事姨娘有錯，我自然會處理，根本不用她動手呀！

「我覺得，自己也許是病了，要不然怎麼會和你坐在這裡說這麼多話呢？既明，你替我想想，如果這件事發生在你身上，你會怎麼做？會怎麼讓她回心轉意？」

婁慶雲認真地想了想，然後攤手回答元卿。「這個問題，我沒辦法回答你。如果我做出和你一樣的事，根本連挽回的機會都沒有。你不知道，辰光和其他女人不一樣，我對她的感情比她對我的要深厚，所以我做事時不敢像你一樣冒險，因為我不敢承擔冒險的後果。」

元卿似乎有些明白婁慶雲說的話，低頭想了想，道：「我現在似乎能感覺到你話裡的意思了。可我到底比你晚知道這些道理，直到快要失去了，才在這裡束手無策。」

婁慶雲看著他的樣子，不禁說了句。「我可以把你帶去我家。只不過……我不敢保證她一定會見你。」

元卿突然搖了搖頭，道：「不了，我想通了，就算我和你回去也沒用。我對繡姐兒的傷害已經造成，見了面，她也不會聽我解釋，不會相信我。」

「那你準備怎麼辦？」婁慶雲見他這樣子，追問道。

元卿失魂落魄地搖搖頭，一邊往外走一邊說：「我不知道……不知道怎樣才能讓她見我，讓她好好坐下來聽我說話……」

看著元卿似乎瘦削了不少的背影，婁慶雲無奈地嘆了口氣，還是決定不擅自作主，回去問過媳婦兒後再看看要怎麼辦吧！

回到家裡，薛宸正在院子裡給花嫁接，婁慶雲走過去，拿起她手裡的花鏟交給一旁的丫鬟，然後拉著她的手去院中涼亭。

薛宸手上有泥土，於是掙脫開來問道：「怎麼了？」

婁慶雲瞧著眼前的小妻子，只覺得怎麼看都看不夠，盯著她問了句。「妳堂姊還在府裡嗎？」

薛宸搖搖頭。「不在了，早上被薛家接回去了。怎麼，元卿找你了？」

知道什麼都瞞不過她，婁慶雲也沒打算瞞，點了點頭。「是啊，他去找我，哭著喊著要我帶他回來，我硬是沒答應，想著這事得問過妳才成。」

薛宸被他的話逗笑了，橫了他一眼，似嗔似怨地說：「就你嘴甜會說話。」

婁慶雲嘿嘿笑了笑，然後才問道：「這事妳打算怎麼處理？我聽著指示，省得到時給妳添亂。」

薛宸抽出帕子擦了擦手，道：「什麼指示呀？我當然希望繡姐兒跟元卿能和好啊！不過，你告訴元卿，這是在他保證今後不會再虧待繡姐兒的情況下。若他下回敢再欺負薛繡，我可就不只動他的姨娘了。」

聽了薛宸霸氣的宣言，婁慶雲頓時狗腿起來。「是是是，一定傳達。」

夫妻倆這才摟著回了房間。

薛繡坐在燈下心不在焉地做著針線。

這兩天囡囡都是趙氏在帶，薛繡自覺體力不佳，所以不勉強囡囡過來和她一起。

房裡就她一個人，總覺得在這個時候，不希望有人看見她的脆弱。

房間的窗戶突然傳出了響動，薛繡以為是風把窗戶吹開了，便放下針線，起身去關，卻被吃力爬進窗戶的人給嚇了一跳，剛要大叫，瞧見那人的臉，又將喊叫憋回了肚子裡。

元卿吃力地爬進窗戶，抬頭看見薛繡，臉上便討好地掛起笑容，等身子完全跳進房間後，才回頭看看窗戶外面，剛才送他來的人似乎已經不在了。

他將窗戶關好，然後才轉身，有些侷促地瞧著薛繡。

薛繡實在搞不懂，她的房間在二樓，元卿不會武功，是怎麼從二樓爬上來的？還有，這招是誰教他的？

不過，她現在還不想和他說話，轉身就往內間走，卻被隨即追來的元卿抱了個滿懷。她想掙脫，元卿抱得越緊，兩人僵持好久後，薛繡才認命地放棄掙扎。

元卿在她耳邊輕聲低喃了句。「繡兒，對不起，我錯了，妳原諒我好不好？」

薛繡堅強了這麼多天，終於敗在元卿這句話上頭，所有的堅持在這一刻全化作淚水。元卿感覺到妻子在哭，趕忙鬆開懷抱，彎下身子給她擦眼淚，像個犯了錯的孩子般。

薛繡把他的樣子看在眼中，這些天，元卿似乎也沒有好好休息，身上和臉上沒人幫他整理，下巴的青鬍碴讓他看起來邋裡邋遢的，一點都沒有平日風流倜儻的模樣。

再看他彎在自己面前、束手無策的模樣，她就想笑，又怕自己笑出來太不嚴肅，便趕忙轉身往內間走去，一副不想再和他說話的樣子。

元卿有些不安，忽然想起某人和他說的話——

她只要沒有大聲喊人，那你就有機會，一定不要放棄，跟上去，抱緊她，別管其他的，只管埋頭道歉就是。

雖然對某人的方法表示懷疑，但他此刻已經無計可施，再怎麼放不開也要放開了，要不然真如某人所說的，拖得越久，媳婦兒離開他的可能就越大。為了挽回妻子，元卿豁出去了，多年來的貴公子形象盡數拋在腳底，從上面踐踏而去。

他立刻跟去了內間，按照某人教導的那樣，又將薛繡抱了個滿懷，一番糾纏後，兩人竟不知不覺倒在了床鋪上。

夫妻間的事情，只要不是那種殺人放火的問題，一般在床上都能解決。而這個時候，男人的臉皮就決定了一切。

元卿徹底實踐了這些話，好不容易把媳婦兒騙到床上，如果他還不能藉機和解，也枉為男人了。

薛繡簡直懷疑面前這個男人到底是不是元卿了！印象中的他從來是風度翩翩、彬彬有禮，就算是在房間裡也從未有過這樣熱情的表現。兩人間的相處從來不是這種八爪章魚似的糾纏，而是發乎情、止乎禮，若是那樣的情況，薛繡怎麼都能應對，但他換了種方式，她就真的有點手忙腳亂了。

元卿將薛繡抱在懷中，薛繡反抗不了，只好任他抱著，目光盯著疊好的被褥。「如果你是為了我肚裡的孩子才這樣，大可不必，我既然出了元家，就有了獨自撫養兩個孩子的打算。你放心，我不會虧待他們的，但是，我也不會為了孩子跟你回去。」

元卿苦笑了下，道：「我知道我現在說什麼妳都不相信，可我還是要說，我不是為了孩子才想把妳找回去的。

「妳走了之後，我想了很多，我在乎的到底是什麼？我一直沒站在妳的位置去想事情，我不知道妳在府裡過得有多辛苦、我不知道妳為了迎合我做了多少努力。我的人生，從小就不控制在自己手中，我沒奢望家裡給我找的妻子就是能和我心意相通的人，總覺得自己不會那麼幸運。但沒想到，我就是那麼幸運，誤打誤撞地娶了妳。

「楚姨娘的事，是我對不起妳。那天我們拌了嘴，我有些生氣，就在院子裡喝酒，最後也不知怎地被她帶去房裡，暈乎乎的，連自己到底做了什麼都記不得。直到一個多月後，她告訴我她懷孕了，我才意識到問題嚴重，那幾天都刻意躲著妳，不是因為在乎楚姨娘肚裡的孩子，而是因為不敢面對妳。在囡囡出生後，我們曾經那麼好，可我卻破壞了這份信任，對不起。

「現在事情水落石出了，楚姨娘肚裡的不是我的孩子，那一刻，我真的好慶幸楚姨娘背著我偷人。」

薛繡聽到這裡不禁回頭看他，雙眼中噙滿了淚，嘴上卻說：「慶幸什麼？她都讓你綠雲罩頂了你還慶幸？」

元卿見薛繡終於肯跟自己說話，替她擦了擦眼淚，道：「她不過是個姨娘，哪裡有資格讓我綠雲罩頂？妳才是我的妻子。」

「……」

面對元卿突如其來的坦白，薛繡有些接受不了。這些話，元卿從沒有和她說過，她不知道原來他心中是這樣想的。

「繡兒，原諒我好不好？」

薛繡緩緩呼出一口氣，猶豫一會兒後才對元卿說：「你以為，我是怎麼嫁進元家的？當初婆母屬意柳家小姐柳玟宣，你還記得嗎？」

元卿想了想，點頭道：「記得。那位柳小姐不是喜歡她表哥嗎？」

薛繡勾唇笑了笑。「說真的，你的女人緣很好，不過卻讓女人守不住，柳小姐是這樣，楚姨娘也是這樣。當年，我和宸姐兒無意間聽見柳小姐和她表哥葉康說話，才知道他們倆有首尾，柳玟宣懷了葉康的孩子，葉康卻不想娶她，就想把她推給你，讓柳小姐把腹中孩子栽在你身上。

「當時我早已傾心於你，自然不想讓你娶一個不檢點的女人為妻，才拜託宸姐兒，讓她想辦法在你和柳玟宣訂親前讓柳玟宣和她表哥的私情暴露出來。你說，你是不是很倒楣，身邊兩個和你有瓜葛的女人，居然都是這樣的。」

這些事情，元卿當然不知道，看著薛繡，想了一會兒才說：「我記得，那時我娘從葉家婚宴回來後，就絕口不提和柳家的親事了。原來是妳和宸姐兒做的？」

薛繡點頭答道：「是。宸姐兒幫我想了辦法，讓柳玟宣在葉家婚宴上不打自招，但也因柳夫人和葉夫人私下不和，才把事情鬧得那麼大。當時我一心想保護你，不覺得自己有哪裡做錯，沒想過這會讓柳小姐名聲盡毀。這些事情，你都不知道。

「我解決了柳小姐後，並沒有就此收手，而是仿效柳小姐的方法，拚了命地去討好婆母，讓她以為我是個溫婉大方、人品絕佳的女孩子。多番接觸後，婆母果真被我騙了，這才有了我和你的婚事。」

元卿難以置信地看著薛繡，沒想到薛繡為了他竟然做了這麼多努力。可是，和他成親後，他是怎麼對她的？不到兩個月他就抬了通房、納了妾侍，將她的真心一點一點消耗殆盡。

知道了這些事，元卿才明白自己到底有多讓薛繡失望，可饒是這般失望，她也沒想過要離開他，但他卻……

薛繡將他環在她腰間的手拉下，說道：「我現在真的好後悔，當年為什麼要做那些事？人家都說強扭的瓜不甜，可我偏偏不信，看準了一個，就費盡心力地爭取，跌跌撞撞過後，才想明白這個道理。」

薛繡坐起身，任秀髮披肩而下，手掌輕撫小腹，道：「好了，這些原本打算瞞你一輩子的事情，我都說完了。我承認我接近你是有目的的，我不是光明正大地嫁進你們元家。在我們成親前，你娘好幾次在路上遇險都碰見我，那不是偶然，我偷偷安排了人，為的就是想在危急關頭救她一回，好讓她徹底記住我。你喜歡善良又溫順的女子，很顯然我不是，趁著這個機會，我們就此別過吧。我為自己的行為向你道歉，至於懲罰，我想我已經得到了，你就不要再和我計較。」

「我真的好累了，你回去吧，再找個合你心意的女子，別再不把婚姻和女人放在眼裡，不管什麼樣的女人，總要和她交心，她才會真心真意地守住你。若你對她們愛理不理，將來柳小姐和楚姨娘的事情很可能再發生。」

薛繡說完，坐在床沿，等著身後的元卿下床，可是等了很久都沒等到，回頭看，只見他正悠閒地用手撐住腦袋看她，半晌後，才勾唇說道：「我從前竟不知道，妳對我用情這般深。」

薛繡大赧，低頭道：「那是從前了，婚後的失望太多，就算再深的愛戀也會消失。我已經厭煩了處處討好你的生活，或許沒有你在，我才能更自在些。」

元卿卻是依舊沒有動靜，薛繡轉頭一看，那傢伙居然在她的枕頭上閉起雙眼，打算睡下了。

薛繡爬過去推他。「欸，你別睡啊！我剛才說的話你聽到了沒有？我不是你喜歡的那種女人，我一直在騙你，現在趁我還願意和你好聚好散時你趕緊走。既然要斷，就斷得徹底一點，你這樣算什麼呀?!」

這是薛繡第一次大聲指責元卿，而且是用這麼不客氣的語氣，但元卿卻感到前所未有的自在，嘴角掛著笑，轉個身，把薛繡的香被抱在懷裡，找了個舒服的姿勢睡下，才張口說道：「誰說要斷了。夫妻幾年，孩子都生了，妳說斷就能斷啊？快別吵了，我好幾天沒睡，現在睏得不行。我睡了啊，有事明天再說。」

說完這個，元卿偷偷把自己的笑臉埋進了被子裡，看來還是某人說得對——

女人怕纏郎，只要知道她不是厭惡你，還喜歡你，那她們就不會鐵石心腸地離開，只要你纏得夠緊的話……

此時，元卿覺得自己真的很幸運，心儀的女子居然在那麼早以前就喜歡上他，還為他做了這麼多事。

薛繡繼續拉扯他。「你起來，你喜歡的那種女人，我不想再裝下去了，你還這樣就沒意思了。別以為我不敢和你鬧，你信不信，我現在就喊人進來把你打出去。」

這回，元卿終於有了動作，轉過身，拉著薛繡的手讓她也躺下，抱棉被的手伸過來改抱媳婦兒，用長出鬍碴的下巴磨蹭著薛繡的臉頰。

「不要這麼絕情嘛，讓我睡會兒。再說了，妳怎麼知道我喜歡什麼樣的女人？我不過是喜歡妳罷了，妳是什麼樣，我就喜歡什麼樣，妳溫柔也好，潑辣也罷，我都喜歡了還不行嗎？快睡吧，我瞧妳這兩天也瘦了好些。」

「……」

薛繡原本還想奮力把他推開的，可在聽到那句「我不過是喜歡妳罷了」時，卻怎麼也下不了手。轉頭看他，這樣邋遢的元卿她從未見過，而他這一臉饜足的表情更是從未表現出來。原來，他也有這麼無賴的一面。

瞧著元卿眼底的烏青，薛繡有些不忍地撫了上去，感覺自己心跳加速，遂自我安慰，畢竟是愛了這麼多年的男人，這麼憔悴，當然心疼了。不過，只有現在，等到明天他睡飽後，她一定會毫不留情地把他給趕出去！

嗯，沒錯，就是這樣！

撫觸元卿臉頰的手被他抓入了掌心，薛繡無奈極了，卻不再反抗，夫妻倆就那麼面對面地睡了過去……

第二天，天色才微微露出魚肚白，薛繡的丫鬟來敲門。

薛繡睡得似乎很香甜，元卿倒是醒了，輕手輕腳地下了床去開門。

那瞬間，丫鬟臉上的表情可精采了，手裡的水盆一下就打翻了，轉身拔腿就跑出去，一路上大喊著。「夫人、夫人，不好了！小姐出大事了！」

元卿想喊住她都來不及了，看著滿地的狼藉，只好把水盆撿起來。

沒一會兒，就看見丫鬟帶著趙氏和幾個家丁急匆匆趕過來，看見了有些尷尬地坐在床沿的薛繡，還有光明正大站在廳中的「野男人」元卿。

趙氏瞧著兩人的樣子，哪裡還不知道發生了什麼事，轉過臉對著丫鬟罵道：「妳這不懂事的小蹄子，連自家姑爺都認不出來了？」害她虛驚一場，還以為自家閨女真的耐不住寂寞，公然在府裡會起了「野男人」來。

丫鬟震驚地在元卿和薛繡之間來回看著，這「野男人」的臉，似乎真和姑爺有那麼一點點相似，可、可姑爺哪裡有過這麼邋遢的時候？

元卿有些尷尬地摸著鼻子過來向趙氏行禮。趙氏沒說什麼，讓他起來，給他拿了乾淨的衣裳，要他在薛繡這裡洗漱，又給他們送了豐盛的早點。

然後，趙氏就趕去衛國公府找薛宸，和她說了元卿與薛繡和好的事。薛宸覺得挺好的，但是……元卿的做法怎麼就那麼熟悉呢？

送走趙氏，薛宸納悶地回到房間。

在宮裡值勤多日後，按慣例，婁慶雲會在府裡歇兩天，所以這時還沒有起床，連早飯都是薛宸端進去給他吃的。

婁慶雲舒服地靠在躺椅上享受薛宸的照料，就著她的手喝了一口甜湯，正幸福無邊，薛宸突然開口說了一句。「昨天晚上，元卿去爬繡姐兒房間的窗戶了。」

「咳咳咳咳……」婁慶雲一時沒忍住，嗆住了，猛烈咳嗽起來。

薛宸給他順氣，等他好些了，才把他的臉轉到自己面前，再問道：「繡姐兒的房間在二樓，你說，元卿不會武功，他是怎麼掩人耳目上去的呢？」

婁慶雲的眼睛不自然地看向旁邊，又乾咳一聲，說道：「這個嘛……要去問元卿。」

薛宸放開了手，順便替他擦掉嘴邊的湯漬，揚眉道：「嗯，我也沒問你，我只是好奇嘛。」

婁慶雲摸摸鼻子，尷尬地笑了笑，不敢再裝大爺，坐直身子，自己端起粥碗乖乖吃了起來。一邊吃還一邊討好薛宸，給她遞包子、挾菜，不住勸她。「吃啊吃啊，涼了就不好吃了。」

「……」

薛宸氣結，這個混蛋！

當年自己不守規矩就算了，如今把元卿也教壞了，好好一個探花郎，今後不知道會不會歪成他這副樣子？若真變成那樣，薛繡不喜歡了，那可怎麼辦呀？

這幾個月，薛繡的肚子開始顯懷，薛宸去看她，談話間，薛繡開口問了一句，薛宸和婁慶雲什麼時候要孩子？

薛宸和婁慶雲成親以來一直沒有孩子，薛宸也有點擔心，或許是因兩人本不該存在於這個世上，卻逆轉了命運，由不存在變為存在，多多少少總要受一些天譴。沒有孩子是很嚴重的懲罰，也許這就是他們兩個該承擔的命運吧。

薛宸覺得得和婁慶雲商量這件事，她看得出來，家裡這些長輩很期盼長孫的。可又不能直接跟婁慶雲說，他並不知道自己逆天改命了。左右為難之際，薛宸想，乾脆自己喝點補藥，看能不能把身子調養得好些，若還生不出來，再去和婁慶雲商量。

晚上，婁慶雲回來看見薛宸在喝藥，緊張得不得了，湊過來問，才訝然說道：「妳喝這麼個苦玩意兒，就為了和我生孩子呀？」

薛宸蹙眉，白了他一眼。「什麼叫就為了和你生孩子呀？你是長子嫡孫，你要是沒孩子，將來婁家誰繼承？你還是趕緊讓我喝了，反正這輩子我是不會同意讓你納妾的，我要是沒調養好身子，你這輩子沒孩子可別怪我。手拿開。」

婁慶雲卻是壓著碗不動，穩如泰山地站在薛宸面前，在蘇苑手中的托盤上取了溫熱的濕帕子幫她擦了擦嘴，然後才拉著薛宸的手道：「妳跟我進來，我有話跟妳說。」

薛宸被他拉得一個踉蹌，差點跌倒，幸好婁慶雲眼明手快扶住了她。兩人入了內間，丫鬟們將桌子收拾乾淨便下去了，獨留下那碗黑乎乎的藥汁和一小碟蜜餞，等薛宸和婁慶雲說完話後再出來喝。

進了內間，婁慶雲讓薛宸坐在床沿上。「妳要孩子幹麼不和我說，去喝那藥做什麼呀？」

薛宸沒好氣地瞪他一眼，說道：「咱們都成親快三年了，你要是……行的話，我早就有了，求你有什麼用？」

婁慶雲失笑，第一次覺得自家媳婦兒雖然精明，可遇到這種事卻是笨得很，知道她今天已經喝過那苦藥了，心疼不已，便不打算再瞞她了。

「咱們成親快三年沒錯，可卻沒正經幹過生孩子的事。我比妳大七歲，懂得比妳多，女人家不能太早生育，容易虧了身子。妳嫁給我的時候才十六，若為了給我生孩子而傷了身體，那我寧願不要孩子。哪裡是咱們不能生啊，妳想要，我隨時都能讓妳生！」

「……」

這口氣，比送子觀音還牛氣啊！

薛宸被婁慶雲的話說得哭笑不得，這些年來的日日夜夜，原來他倆都是在鬧著玩？玩得也太真、太費勁了。

婁慶雲看見了薛宸眼中的懷疑，摸摸鼻頭有些尷尬，猶豫一會兒後，才彎下身子，在她耳旁低聲說：「其實妳能不能懷上，得看我。下回……我弄在裡面。」

薛宸不解地看著他，不懂那句「弄在裡面」是什麼意思？婁慶雲面對這個什麼都不懂的媳婦兒，只好再次湊近她的耳朵，輕聲說了幾句。

薛宸聽了，臉逐漸紅起來，難以置信地看著婁慶雲，半晌才囁嚅道：「那這麼久，你都是……」

後面的話，薛宸實在說不出口，現在真是連掐死婁慶雲的心都有了。

「可是你……為什麼那樣做呀？」

婁慶雲在她旁邊坐下，眼珠子往別處瞥了瞥才厚臉皮地說：「呃，我這不是怕妳太早懷上，傷身子嘛。」

話雖這麼說，可薛宸的直覺告訴她這個理由不充分。

在薛宸目光的逼問下，婁慶雲才投降。「好了好了，我說實話。怕妳太早懷孕傷身子是真，不過還有一個原因。我二十幾年沒嘗過女人的滋味，總得讓我……妳懂的。」

婁慶雲一句「妳懂的」，讓薛宸嘆出一口氣，就知道他存的是這個心，突然覺得好委屈。她每晚盡心盡力地配合他，不知為了懷上孩子的事操了多少心，甚至懷疑是兩人逆命的天譴。但她怎麼也沒想到真相居然是這個樣子的。不知不覺，雙眸便噙滿了淚，鼻尖酸得厲害。

婁慶雲見薛宸哭了，頓時手忙腳亂，摟著她不住安慰。「怎麼哭了？別哭別哭，我錯了，讓媳婦兒受委屈了。」

薛宸眼角掛著淚，帶著哭腔道：「你說你哪兒錯了？」

婁慶雲不停地安慰她，想了想，才說：「我、我不該為了一己私欲，罔顧媳婦兒的感受。我混蛋，我是大笨牛，媳婦兒大人大量，別跟我計較了。別哭別哭，哎喲，心疼死我了。」

薛宸被他一句「大笨牛」給逗得破涕為笑，讓婁慶雲鬆了口氣，將她摟進懷裡，抽出帕子給她擦眼淚，輕聲安慰，就像安撫一個哭泣的孩子般。

「哎喲，瞧瞧這眼淚珠子……」

薛宸以為他會說出什麼情話來，可沒想到接下來那句是——

「留著在床上哭，才叫漂亮呢！」

「……」

薛宸從他懷裡掙脫出來，粉拳對著他厚實的胸膛一頓亂砸，可人家根本沒啥感覺，反而是她手疼。

婁慶雲抓著薛宸的手，放唇邊輕輕呵氣。「別這樣嘛，我又不疼，妳別傷了手。」

薛宸簡直對這個無賴徹底沒了辦法，雙手移到他的臉頰上捏著他的肉，怒道：「婁慶雲，我給你三個月，如果三個月後我還是沒懷上，那我就去找別人懷！」

婁慶雲被捏著臉，還是一副無賴兮兮的樣子，圈過薛宸的腰，把臉埋在她的胸口。「媳婦兒，咱們有話好好說。要不……半年？半年，我準讓妳懷上！」

薛宸斬釘截鐵地說：「不行，就三個月！要是三個月還懷不上，我不是說笑的，我就去找別人讓我懷。你聽到沒？」

婁慶雲抬頭盯著薛宸看了一會兒，薛宸被他那雙看不出喜怒的深邃眸子給嚇住了，立刻反省自己是不是說得太過了些？

「三個月以後……」婁慶雲突然開了口，臉上卻還是沒有表情。

薛宸閉上嘴，不敢說話，以為婁慶雲要訓她了，沒想到——

「成啊，既然媳婦兒這麼說，那三個月以後，我就改名叫『別人』。哈哈哈哈……」

「……」

突然間，薛宸覺得一陣天旋地轉，整個人被一股難以抗拒的力量拉著往前，然後被撲倒在綿軟的床鋪上。

婁慶雲急不可待地將兩邊的紗帳放下來，歡歡喜喜對薛宸道：「媳婦兒，咱們這就開始吧，我一定好好表現。我要不要改名，就看這三個月了。」

「哎呀，也沒有這麼急呀！還沒洗漱呢。」

「洗什麼洗，孩子要緊，快別動了，要不然我可忍不住讓妳哭了啊！」

「……」這個混蛋！

——未完，待續，請看文創風404《旺宅好媳婦》4

2015年8月出版

閒婦好逑

文創風 319～321

貴為國公府的嫡長孫女，
雙親卻是公認的「重量級」廢柴組合，怎不悲劇？
即使眾人都看衰他們大房，但她相信天助自助者，
來自現代的她還是有信心能幫襯爹娘，讓爹娘帶她上道……

寧負京華，許卿天涯／花月薰

親爹高富帥、親娘白富美……這都跟她穿越投胎沾不上邊，
想她蔣夢瑤一出世，雙親就是「重量級的廢柴雙絕」，
親爹雖是大房子孫，卻在國公府中受盡苦待，還遭逐出府。
好在這看似不靠譜的雙親很是給力，
親爹繼承國公爺的衣缽從戎去，親娘經商賺得盆滿缽滿。
好不容易他們一家人熬出頭，
不料，她的婚事卻被老太君和嬸娘們給惦記上，
她剛機智地化解一場烏龍逼婚、相看親事的戲碼，
受盡榮寵的祁王高博後腳就登門來求娶，
猶記兩人初見是不打不相識，之後竟還越看越順眼……
怎知才提親不久，高博就被聖上褫奪祁王封號、流放關外 ?!
也罷，既嫁之則隨之，脫離這繁華拘束的安京，
只要夫妻同心，哪怕是粗茶淡飯也是幸福的……

文創風
403

旺宅好媳婦 3

國家圖書館出版品預行編目資料

旺宅好媳婦 / 花月薰著. --
初版. -- 臺北市 : 狗屋, 2016.04-
冊 ; 公分. --（文創風）
ISBN 978-986-328-584-7（第3冊：平裝）. --

857.7　　105002297

著作者	花月薰
編輯	安愉
校對	黃亭蓁　許雯婷
發行所	狗屋出版社有限公司
地址	台北市104中山區龍江路71巷15號1樓
電話	02-2776-5889～0
發行字號	局版台業字845號
法律顧問	蕭雄淋律師
總經銷	知遠文化事業有限公司
電話	02-2664-8800
初版	2016年5月
國際書碼	ISBN-13　978-986-328-584-7
原著書名	《韶华为君嫁》，由北京晉江原創網絡科技有限公司授權出版

定價250元
狗屋劃撥帳號：19001626
網址：love.doghouse.com.tw　E-mail：love@doghouse.com.tw